Contos Eróticos
do Antigo Testamento

EDITORA

Aos amigos do Brasil,
Angela de Souza, Eugénio da Conceição e Carolina

Deana Barroqueiro

Contos Eróticos do Antigo Testamento

EDITORA AQUARIANA

© Deana Barroqueiro, 2006

Produção: Equipe Ground
Capa: Niky Venâncio
Ilustração da capa: "Betsabá",
Rembrandt, 1654

CIP - BRASIL - CATALOGAÇÃO-NA-FONTE
SINDICATO NACIONAL DOS EDITORES DE LIVROS, RJ

B272c
Barroqueiro, Deana, 1945-
   Contos Eróticos do Antigo Testamento / Deana Barroqueiro. - São Paulo : Aquariana, 2006
   Inclui bibliografia
   ISBN: 85-7217-101-0

1. Bíblia. A. T. - Seleções. 2. Erotismo - Aspectos religiosos - Cristianismo. 3. Erotismo na Bíblia. 4. Literatura religiosa. I. Título.

06-2092.   CDD 220.66
                                                           CDU 22

12.06.06   14.06.06   014897

Direitos reservados:
Editora Aquariana Ltda.
Rua Lacedemônia, 68 - Vila Alexandria
04634-020 São Paulo - SP
Tel.: (011)5031-1500 / Fax: (011)5031-3462
e-mail: editora@aquariana.com.br
site: www.aquariana.com.br

A quem ler este livro

Os Contos Eróticos do Antigo Testamento nasceram quase por acaso, quando pesquisava material para um romance que tinha em mãos e fui consultar na Bíblia, as crônicas antigas, de tradição oral, com base nos mitos e lendas da Mesopotâmia, como o Dilúvio provocado pela subida das águas dos rios Tigre e Eufrates e a destruição de Ur.

Fiquei prisioneira daqueles textos pelos fios da memória que retomaram os percursos quase esquecidos da minha infância e adolescência de sólida formação católica, embalada pelos contos maravilhosos da Sagrada Escritura, cegamente aceites por mim até à idade dos treze anos, a que se seguiram tempos de duvidar e de descrer.

Li os livros do Antigo Testamento de fio a pavio, li-os porventura com outros olhos, já não com a inocência maravilhada da juventude, mas com o distanciamento de mais de meio século de existência. Li-os com a curiosidade do estudioso (os históricos e os dos provérbios, mais objetivos ou terra-a-terra), com o prazer do poeta (os dos cânticos e salmos), com o amor zombeteiro do céptico (os fantasiosos e absurdos, de pura lenda), com a repugnância de um humanista face ao atropelo dos valores éticos e morais (os episódios crudelíssimos das mortes sem sentido ou do uso e abuso degradantes da mulher).

Porém, sobrepondo-se a todos estes aspectos, espantou-me e encantou-me muito mais a componente erótica fortíssima que outrora me passara despercebida e agora transparecia de modo gritante e persistente em tantas dessas pequenas crônicas, tornando-as deliciosamente impúdicas, terrivelmente escandalosas e, por vezes mesmo, inacreditavelmente depravadas, mas a pulsar de vida.

Senti, então, uma vontade imensa de reescrever algumas dessas histórias, sob um outro ângulo, o de um cronista daquele tempo, um pouco céptico, sem crenças em Baal, Marduk ou Jahweh, interessado em recriar os espaços geográficos, ambientais, sociais e étnicos, segundo os testemunhos que chegaram até nós das placas de argila em escrita cuneiforme de Ur e de Ninive ou hieroglífica do Egito, desdivinizando as lendas e procurando uma explicação mais real e prosaica para os acontecimentos, de acordo com essa sociedade de pastores nômades que formaram as tribos de Judá e Israel. Homens e mulheres, forçosamente pouco cultos e muito supersticiosos, lutando ferozmente pelo seu lugar num mundo bárbaro de guerras e fomes, recorrendo a todos os meios que lhes sugeriam a esperteza e o engenho, para assegurarem a própria sobrevivência, mesmo se isso implicasse a destruição do seu próximo.

Além da pesquisa feita em livros de História da Antigüidade e nos relatos das escavações arqueológicas, entre outras fontes, segui em muitos casos as notas, explicações e comentários minuciosos dos missionários Capuchinhos, estudiosos incansáveis para uma interpretação circunstanciada dos livros sagrados, que frequentemente apresentam uma explicação científica para os fenômenos milagrosos ou apontam as ligações e analogias entre os textos da Bíblia, escritos muitos séculos depois de circularem na tradição oral, e as fontes históricas onde foi beber essa tradição, como o Código de Hammurabi ou as placas de argila da biblioteca de Assurbanípal.

Por fim, seduziu-me a idéia de lançar um desafio a mim mesma, às minhas latentes capacidades de escritora, e tentar utilizar como elo de ligação entre os contos a componente erótica dessas histórias, sem cair na tentação da linguagem vulgar ou obscena, mas fazendo-o de uma forma sutil, sensual e poética, se bem que, por vezes, assaz violenta devido à própria matéria das narrativas do Antigo Testamento.

Pretendi que este meu livro fosse, em parte, uma crônica histórica da Antigüidade, ficcionada, cujo fio condutor seria a aventura dos sentidos, através do olhar magoado das mulheres e da sua luta pela existência, num mundo em que as descendentes de Eva eram consideradas pelos homens como mercadoria e inferiores aos animais, conceito que perdurará ainda hoje, per-petuado por determinadas interpretações fundamentalistas dos livros ditos sagrados, em nome de uma verdade religiosa que nenhum Deus, bom e justo, poderia alguma vez sancionar ou sequer tolerar.

Deana Barroqueiro
Março de 2003

Índice

No início.. 11

Os Cuidados de Abraão........................... 15

Os Reveses de Lot................................... 59

As Agruras de Abraão............................. 76

As Provações de Judá.............................. 105

As Doçuras de Booz................................ 121

As Desditas de David.............................. 141

Os Deboches de Amnon........................... 168

As Luxúrias de Salomão.......................... 176

Os Langores de Holofernes...................... 201

Bibliografia... 223

No início...

Deus sentira-se de tal modo defraudado por a Sua criação mais auspiciosa – o Homem feito à Sua imagem e a Mulher feita segundo a imagem aperfeiçoada do Homem, para dominarem sobre todos os outros seres do Mundo – ter resultado tão defeituosa e rebelde que, depois de os fazer expulsar do jardim do Éden, apesar da insistência dos anjos, se mostrara inabalável na recusa de uma nova tentativa para criar a Humanidade.

Apesar da Sua omnisciência (talvez devido ao cansaço de ter feito aquele imenso Mundo em apenas seis dias), no instante da criação do Homem sentira-se muito orgulhoso e satisfeito com a Sua obra e não lhe achara qualquer defeito ou mácula. Assim, na euforia que se seguiu, não vendo entre todos os animais desse Mundo uma companheira adequada para oferecer à Sua criatura, caíra na tentação de dar vida a um novo ser, feito à imagem do anterior, mas aperfeiçoando o modelo com a introdução de pequenas mas significativas diferenças.

Como desejava um material mais raro do que o pó utilizado na primeira tentativa, adormeceu profundamente o Homem, nas margens do rio Tigre que limitava a Oriente o jardim do Éden, e tirou-lhe uma das costelas que substituiu por carne, esculpindo a partir do osso uma nova criatura em forma de Mulher.

Ao contemplar a Sua obra, Deus achou-a tão bela que, em vez de lhe soprar a vida pelas narinas como fizera ao Homem, lha insuflou através dos lábios beijando-a e, com surpresa, sentiu pela primeira vez o Seu espírito vibrar de emoção nesse fugaz contato com a matéria.

Deus conduziu a Mulher para junto do Homem que despertara e observou cheio de curiosidade a sua reação. Para Seu espanto, o Homem, ao ver diante de si aquele novo ser em toda a sua esplêndida nudez, não se ergueu do lugar, nem agradeceu a dádiva ao Criador, limitando-se a exclamar:

– Esta é realmente osso dos meus ossos e carne da minha carne! Chamar-se-á mulher, visto ter sido tirada do homem!

Ouvindo estas frases, Deus admitiu pela primeira vez que talvez a sua melhor criação não fosse afinal tão perfeita no espírito como era na carne e pensou se não seria um risco pôr a árvore da ciência do bem e do mal ao seu alcance. Porém como já era tarde, retirou-se para descansar ao sétimo dia e não voltou a pensar no assunto.

E, um dia, as Suas criaturas eleitas atraiçoaram-No e quando Deus os confrontou com o crime da rebeldia e da desobediência, o Homem culpou a Mulher e a Mulher culpou a Serpente pela tentação de provar o fruto proibido. E Deus, ferido no Seu orgulho e no Seu amor, vestiu-os com túnicas de peles e expulsou-os para sempre do Jardim das Delícias, antes que descobrissem o fruto da árvore da vida e vivessem eternamente. Apesar do seu arrependimento e das suas súplicas, Deus lançou-lhes terríveis maldições:

– Tu, Mulher, por teres desejado ser mais inteligente do que o Homem e igual ao teu Deus, procurarás com paixão o teu marido, a quem serás sujeita. Aumentarei os sofrimentos da tua prenhez e parirás teus filhos com dor, suor e lágrimas. Chamar-te-ás Eva pois serás a mãe de todos os viventes.

A Mulher chorou o Paraíso Perdido e a sua nova condição na terra.

Em seguida, Deus amaldiçoou o Homem:

– Tu, Homem, que provaste o fruto proibido da inteligência, procurarás o alimento, à custa de penoso trabalho, em todos os dias da tua vida e comerás o pão com o suor do teu rosto, até que voltes à terra de onde foste tirado: porque tu és pó e em pó te hás-de tornar! E todo o Homem nascido da tua semente há-de ser tentado e enganado pela Mulher, por toda a Eternidade, como tu foste pela tua.

E Deus enviou querubins armados de espadas flamejantes expulsá-los do Paraíso, pela porta do Oriente, para as terras desérticas da futura Babilônia, entre os rios Tigre e Eufrates que Adão, o primeiro homem, deveria tornar férteis pelo esforço do seu lavor e castigo.

Quando Deus acalmou a Sua ira e pôde pensar com serenidade nas duas criaturas caídas em desgraça, viu que dispunha apenas do casal primordial, Adão e Eva, para povoar o mundo e, como não queria voltar com a palavra atrás, criando novos seres, foi forçado a prolongar as suas vidas miseráveis assim como a dos seus descendentes, tornando-as férteis durante séculos para que a Humanidade pudesse crescer e multiplicar-se com algum sucesso.

Mesmo assim o processo era tão lento que os Filhos de Deus, contrariando os desígnios do Pai, decidiram sair da esfera celeste e contribuir para o acréscimo da Humanidade, escolhendo entre as mais belas filhas dos Homens as que bem quiseram para mulheres e da sua união nasceram os gigantes e os famosos heróis dos tempos remotos, paridos em grande dor pelas filhas dos Homens, pois a maldição divina jamais fora levantada.

Deus, tomando conhecimento da desobediência das forças celestes e da desordem cósmica que isso implicava, arrependeu-se mais uma vez de ter criado o Homem e a Mulher e, sofrendo amargamente, castigou de novo as Suas criaturas:

— Não quero que o meu espírito permaneça indefinidamente no homem, pois o homem é carne, por isso, os seus dias não ultrapassarão os cento e vinte anos.

E Deus enviou o Dilúvio e destruiu as terras da Mesopotâmia e todos os seres vivos, permitindo que apenas

Noé com a sua família – a nona geração de Adão – e um casal de todos os animais em vias de extinção se salvassem numa arca, abrindo assim o caminho para uma nova Humanidade, num processo quase idêntico ao anterior.

Deus contava com a efemeridade da vida a que havia condenado os homens e com a sua lentidão em crescer e se multiplicar, para tão cedo não ser importunado pelos seus erros e desacatos, nem ter de os vigiar, punir ou premiar pelos seus atos. E então Deus deixou os homens entregues a si próprios e esqueceu-se deles.

Porém, contrariando os desígnios divinos, as forças celestes interessaram-se de novo pela Humanidade e, para acelerar o seu crescimento, concederam aos descendentes de Noé, tal como haviam feito aos de Adão, uma esperança de vida de mais de novecentos anos nos homens e uma juventude e fertilidade quase eternas nas mulheres, segundo consta nos registos do livro das gerações nascidas de Adão, de todos os Patriarcas de antes e depois do Dilúvio, no Livro do Génesis, que não enunciaremos aqui, por ser demasiado extenso e não servir os propósitos deste nosso conto.

Os Cuidados de Abraão

No início do II Milênio antes de Cristo, mais precisamente por volta do ano de 1700, na Caldeia, terra da baixa Mesopotâmia, dominava a dinastia dos Amorreus. Nesses tempos remotos, na cidade de Ur, vivia Taré, descendente em linha direta de Sem, filho de Noé. Taré cruzara o limiar dos setenta anos quando gerou a Abraão, o seu primogênito, seguindo-se-lhe Nahor e Harran que morreu muito novo, deixando o filho Lot, ainda criança, a cargo do avô.

As tarefas obrigatórias da construção e manutenção da imensa rede de canais que irrigavam as terras da Mesopotâmia com as águas dos rios gêmeos Tigre e Eufrates e os impostos pesadíssimos que tanto o rei como os sacerdotes do Templo de Ur lançavam sobre o gado tornavam a vida impossível aos pastores e agricultores, obrigando-os a endividar-se a tal ponto que, não podendo pagar aos credores – quase sempre os próprios sacerdotes que cobravam juros de vinte a trinta por cento –, acabavam por ser vendidos como escravos juntamente com toda a sua família.

Taré viu-se forçado a emigrar para Harran, a principal cidade da alta Mesopotâmia, levando consigo o neto, o filho Abraão e a mulher deste, a formosíssima Sarai. Aí se fixaram e viveram durante muito tempo com alguma prosperidade, apesar de estarem sob o domínio dos Urritas, um povo indo-europeu que a pouco e pouco se viera fixar na Mesopotâmia Superior, perseguindo os naturais da terra e provocando um grande movimento de fuga e migração para Ocidente.

No entanto, aos setenta e cinco anos de idade, Abraão vivia muito descontente em casa do pai, ansiando pela independência e pelo dia em que se tornaria senhor da sua vida e da própria família. Esse sonho, porém, parecia-lhe impossível de realizar, visto Taré ainda não ter passado dos cento e quarenta e cinco anos, sendo portanto um homem na força da vida e nada disposto a largar as rédeas do poder nem a permitir a ida do filho para longes terras.

Abraão não podia deixar de sentir uma certa inveja do irmão Nahor a quem o pai obrigara a ficar em Ur, a fim de não perder a casa e cuidar da parte dos bens deixados à sua guarda, pois a sorte poderia não lhes sorrir em Harran e, nesse caso, teriam de regressar ao lar antigo. Assim, Nahor ganhara a sua liberdade e Abraão trocaria sem hesitar o seu lugar com o dele, apesar das dificuldades que teria de defrontar para sobreviver em Ur.

Sendo, todavia, um filho respeitador, não queria ferir os sentimentos do progenitor, mostrando-se ingrato e desobediente ao insistir no desejo de partir contra a vontade de Taré. De noite, o seu sono era intranquilo, povoado de pesadelos que o faziam despertar em sobressalto, alagado em suor e sem ânimo de viver.

Se ao menos Sarai emprenhasse, talvez o pai os deixasse em paz e não o perseguisse com rogos que mais pareciam ordens para tomar uma segunda esposa:

– Sarai é estéril! – insistia Taré, todos os dias. – Esse é muitas vezes o mal das mulheres demasiado belas. A admiração dos homens leva-as a não querer emprenhar, para não deformarem os corpos. Como ela não te dá filhos, a lei permite-te tomar uma nova esposa ou uma escrava concubina. Já é tempo de me dares netos e assegurares a tua geração. Nunca te devia ter dado Sarai por mulher, mas julguei que seria como a sua mãe, fértil e submissa.

Abraão não respondia, desgostoso do modo cruel como Taré se referia a Sarai que também era sua filha, gerada numa escrava de grande beleza e, todas as noites possuía a mulher, rogando aos deuses da fecundidade para a abençoarem com uma desejada prenhez. Porém, apesar de amar a esposa e de continuar a admirar sua beleza, parecia que o desejo por ela o havia abandonado e raramente lograva levar o ato até ao fim. Quando os seus corpos se uniam e Sarai sufocava um gemido de prazer, a voz do pai ressoava-lhe aos ouvidos e era como se um fantasma se viesse instalar entre eles no leito, o seu corpo amolecia subitamente e Abraão retirava-se da mulher, voltando-lhe as costas, envergonhado. Sarai suspirava de tristeza, mas nada dizia.

Uma noite Abraão confiou-lhe a sua pena e desilusão:
– Sonhei de novo com a nossa partida. Por vezes é tão real, parece mesmo que já fui embora! Rezo aos deuses para não me darem esses sonhos, porém mal adormeço ouço uma voz imperiosa a mandar-me seguir viagem. Mas nosso pai jamais me deixará partir.

Desesperado, Abraão escondeu o rosto entre as mãos e chorou. Sarai, compadecida mas implacável, disse-lhe:
– Também eu não sou feliz na casa de Taré, sujeita a servi-lo e a obedecer aos seus caprichos. De tanto dizer que sou estéril, parece ter-me lançado uma maldição! Só sei que, enquanto aqui viver, não serei capaz de conceber um filho da tua semente.
– Mas eu não posso desobedecer ao nosso pai! Isso, nunca!
– E se for ele a querer que partas? – perguntou Sarai quase num murmúrio.
– Mas como? – Abraão erguera o rosto ainda molhado de lágrimas e olhava a mulher com surpresa.
– Essas vozes que ouves nos sonhos são as dos Elohim[1] a indicar-te o rumo da tua vida e não deves fugir ao destino, nem desobedecer a uma ordem divina. Tens de consultar os videntes da Casa do Segredo, diante do nosso pai, para ele

---
[1] Deuses.

ouvir os oráculos que, certamente, te hão-de aconselhar a seguir o caminho indicado pelas vozes.

Abraão sorriu, com uma leve esperança:
— Os deuses falaram pela tua boca, Sarai, para me dares tão sábio conselho! Taré não se recusará a acompanhar-me ao Zigurate! — O seu rosto ensombrou-se de novo e perguntou ansioso: — E se os oráculos não nos forem propícios?

— Levaremos o carneiro mais gordo do nosso rebanho para os videntes o sacrificarem no altar de Marduk e lerem nas suas entranhas o teu destino; e eu mesma irei ao Templo entregar outras ricas ofertas aos sacerdotes para eles realizarem bem os ritos e fazerem uma boa interpretação dos oráculos.

Por momentos, aflorou ao espírito de Abraão a suspeita de que Sarai se preparava para subornar os sacerdotes e os videntes do Zigurate de Harran (como ele sabia que podia ser feito), de forma a obter o melhor resultado para a sua empresa e a ideia de enganar Taré quase o fez desistir do seu propósito. Porém, o rosto de Sarai tão próximo do seu, iluminado pela luz oscilante da candeia suspensa por cima da enxerga, tinha uma beleza diferente, como nunca antes lhe vira, com um brilho estranho nos olhos tão negros e profundos que Abraão se sentiu atraído para eles como para um abismo e esqueceu todos os escrúpulos e remorsos.

Sarai reclinara-se sobre ele, para lhe expor o seu plano e Abraão sentia contra o corpo o contato quente dos seios, redondos e duros como os frutos do Jardim das Delícias e recebia no rosto o sopro da sua fala envolto no hálito perfumado e fresco das folhas de menta que se acostumara a mordiscar.

Sentiu o desejo invadi-lo como uma onda, o coração bater acelerado e o sangue pulsar nas veias, quente como fogo, trazendo finalmente a vida e a seiva a um corpo há muito adormecido. Tomou Sarai com a força dos primeiros tempos, quando recebera no leito a virgem quase criança que o pai lhe entregara e o deslumbrara com sua beleza. Para seu espanto, ao penetrar o corpo da mulher sentiu a mesma resistência, como se o véu da virgindade se tivesse de novo cerrado e quando Sarai o recebeu dentro de si, gemendo e suspirando com a mesma intensidade da noite dos esponsais, Abraão deixou seu corpo abrir-se como um dique ao impulso das sensações e escondeu o rosto nos seios da mulher sufocando um grito de agonia.

O zigurate erguia-se no meio da cidade, sobre uma enorme plataforma, com uma elevação de cerca de quatro metros, formando um átrio ou praça, com vários templos secundários e outros edifícios. Atravessando o átrio, chegava-se a uma nova plataforma, ainda mais elevada, sustentando a torre sagrada, com mais de cem metros de altura e dividida em três andares. Os dois primeiros, de forma quadrada, rasgavam-se em terraços abertos, plantados de árvores e flores que lhes davam o aspecto de jardins suspensos, de belíssimo efeito. Três lances de escadas de oitenta degraus convergiam do térreo para a porta monumental do primeiro andar e continuavam até ao último, onde se erguia o pequeno templo e por elas desfilavam as procissões de sacerdotes e sacerdotisas, nos seus trajes coloridos de festa, carregados de ofertas que iam depositar no altar do deus tutelar.

Na Casa do Segredo, as ervas de cheiro ardiam nos incensários e, diante da família de Taré e de outros fiéis, os sacerdotes davam início às cerimônias do sacrifício do carneiro, entregue por Sarai no dia anterior, para lerem nas suas entranhas os augúrios do deus. O animal, de cornos untados com óleos sagrados, jazia amarrado sobre a ara, balindo de medo. Ao som das harpas, dos tamboris e das flautas dos músicos do Zigurate, os três sacerdotes depuseram no altar as oblações trazidas por Sarai e fizeram as libações aos deuses.

Em seguida, ajoelharam-se diante do altar e, virando as cabeças para trás de si, lançaram um esconjuro contra os demônios e espíritos maléficos, para não prejudicarem a cerimônia com sua presença funesta. Liam em tabuinhas de argila o texto gravado na graciosa escrita cuneiforme do Templo, como uma cantilena alternada, terminando num coro a três vozes:

> *– Esconjuração:*
> *Demônios assassinos, bruxos enganadores*
> *que sujais o céu, a terra e as águas,*
> *que vos ergueis como o vento*
> *para matar os homens no deserto*
> *e secar o ventre das mulheres,*
> *Marduk, Senhor do Céu e da Terra,*
> *vos há-de perseguir com castigos terríveis*
> *para vos fazer sofrer como vós nos fazeis sofrer!*
> *Glória a Marduk, protetor dos homens!*

Os músicos silenciaram os instrumentos e os sacerdotes acercaram-se da ara do sacrifício. Lugal-apindu, o adivinho, tomou a cabeça do animal pelos cornos, puxando-a para trás e expondo-lhe o pescoço revestido de sedoso pêlo branco, Ginil-Marduk, o esconjurador, segurou o vaso para recolher o sangue e Adda-Kalla, o purificador, cortou-lhe a garganta com a faca ritual.

Enquanto o sangue corria, os sacerdotes prostraram-se diante da imagem do deus e iniciaram um salmo laudatório do suplicante, de modo a justificar o favor e as benesses que Marduk lhe iria conceder:

> *– Nunca Abraão ofendeu os deuses,*
> *ou foi acusado de mentir.*
> *Jamais desprezou pai e mãe*
> *ou semeou a discórdia entre pai e filho,*
> *entre o irmão e seu irmão.*
> *Marduk, concede-lhe o teu favor!*
> *Nunca Abraão vendeu animais doentes*
> *ou roubou no peso da sua carne,*
> *nem disse não em vez de sim, nem sim em vez de não.*
> *Marduk, concede-lhe o teu favor!*
> *Nunca Abraão entrou de má fé na casa do seu vizinho,*

> não roubou nem fez correr o sangue do seu vizinho,
> jamais desejou a mulher do seu vizinho.
> Marduk, concede-lhe o teu favor!
> Abraão é um homem justo e piedoso
> Merecedor da proteção divina.
> Marduk, indica-lhe o caminho!

A litania terminou antes do corpo do carneiro parar de tremer, no estertor da morte e a faca de Adda-Kalla rasgou-lhe o ventre, expondo as entranhas fumegantes ao olhar sabedor do vidente Lugal-apindu que as examinou em busca de indícios e falou sem olhar para Abraão:

– Os augúrios são-te favoráveis. As volutas dos intestinos formam uma corda com poucos nós, indicando uma longa estrada que vais percorrer sem grandes obstáculos.

Enfiou as mãos por entre as vísceras, fez os intestinos desenrolarem-se para dentro de uma bacia e prosseguiu a sua leitura dos sinais ocultos:

– A tua vida será extraordinariamente longa e continuará por gerações sem conta, mas o teu destino não se cumprirá em Harran.

Taré soltou uma exclamação e Abraão dominou-se a muito custo para não fazer o mesmo. Olhou o rosto de Sarai, mas a mulher manteve-se impassível, embora atenta à cerimónia.

Lugal-apindu remexeu nas entranhas do carneiro, extraiu o fígado, abriu-o, examinou-o atentamente e, quando falou, havia surpresa na sua voz:

– O fígado deste animal sacrificado em holocausto representa o mundo onde vives, mas a teia das suas linhas é emaranhada como um labirinto e o saco do fel está fora do lugar! Grande poder comanda um oráculo assim tão estranho, capaz de obscurecer a minha visão.

Ginil-Marduk trouxe-lhe o modelo em barro de um fígado marcado com linhas divisórias e anotações para guiar a interpretação dos sinais obscuros. O adivinho comparou cuidadosamente os dois e concluiu:

— Posso dizer-te, no entanto, que estes augúrios confirmam a tua errância pelo mundo, mas não andarás só, serás seguido por muitos e terás riquezas e poder. É tudo quanto vejo.

O silêncio pesou entre os assistentes, depois de ouvido este oráculo auspicioso, mas ao mesmo tempo misterioso e assustador e Abraão leu no rosto de Sarai a surpresa maravilhada de quem vem em busca de uma dádiva e recebe mais do que o seu quinhão.

Lugal-apindu falou novamente:

— Os deuses criaram os sonhos para indicar o caminho aos homens quando eles não podem ver o futuro. Conta-nos o teu sonho para que o interpretemos.

Durante a semana anterior à consulta aos videntes, Abraão pensara demoradamente no sonho e ensaiara o seu discurso com a ajuda de Sarai, escolhendo bem as palavras para o poder descrever no templo com todos os pormenores, a fim de que nada daquilo que pudesse ter significado fosse esquecido. Assim, cerrou os olhos e falou com voz segura:

— Vejo-me com o meu rebanho num campo a perder de vista, mas não conheço o lugar. Há um arco-íris no céu, cujo extremo toca numa montanha a Ocidente e uma águia atravessa-o num voo majestoso. Uma criança vem ter comigo e aponta com um cajado a montanha ao longe. Ouço uma voz que me diz: *Eu sou El-Chadai, o Todo-Poderoso, e falo-te para que Me conheças. Deixa a tua terra, a tua família e a casa do teu pai, e vai para a terra que Eu te indicar. Farei nascer de ti um grande povo, abençoar-te-ei, engrandecerei o teu nome e serás uma fonte de bênçãos. Abençoarei aqueles que te abençoarem e amaldiçoarei aqueles que te amaldiçoarem. E todas as famílias da terra serão em ti abençoadas.* Depois, o menino entrega-me o cajado e eu desperto do meu sonho.

— E o sonho repete-se? — interrompeu o sacerdote.

— Muitas vezes, mais nos últimos tempos.

– E é sempre o mesmo?
– Com pequenas diferenças.
O vidente meditou longamente e disse:
– Também no teu sonho o oráculo fala claro pela voz do deus que se denomina a si mesmo El-Chadai, o Altíssimo. O arco-íris é a ponte entre o céu e a terra, assim tu és o mediador entre El-Chadai e a tua tribo. Vais fazer uma grande viagem, não só pelo mundo mas também dentro de ti mesmo, porque a montanha é símbolo de purificação e aperfeiçoamento. O rebanho representa os teus seguidores ou todos os nascidos da tua semente, pois o cajado que o menino te entrega e aponta para Ocidente confere-te a autoridade e a dignidade de um chefe, confirmadas pela águia que indicia riqueza e poder. – Curvando-se diante do suplicante, o sacerdote acrescentou com humildade: – Abraão, foste abençoado pelos deuses. Vai e cumpre o teu destino!

– Não sejas negligente nos cuidados com a tua casa – recomendou Taré a Sarai, na despedida. – Rogarei aos deuses que te ajudem para em breve me dares um neto. Envia-me notícias por viajantes ou comerciantes que venham para Harran.
Sarai prometeu fazê-lo. Então Taré dirigiu-se ao filho:
– A tua vida vai ser a de um pastor nômade, errando pelo mundo. Não pretendo pôr em dúvida a sabedoria dos videntes, mas nunca ninguém ouviu falar do deus El-Chadai que quer ser adorado como único e verdadeiro! Esperemos que essa idéia blasfema não faça cair sobre a tua cabeça a ira e o castigo de todos os outros deuses.
Abraão não respondeu, a fim de evitar nova disputa no momento da despedida e o pai prosseguiu com as suas queixas:
– Preferia que Lot ficasse a viver comigo, mas não quero desobedecer aos oráculos do Zigurate e ser amaldiçoado. Se o menino do sonho é Lot, como tu dizes, e quer ir contigo, não serei eu a impedi-lo. Ide, com a minha bênção!

Abraão abandonou finalmente a casa paterna, levando consigo Sarai, o sobrinho Lot, alguns parentes e amigos, assim como todos os bens que possuía e os escravos por ele adquiridos em Harran.

A caravana era numerosa e deslocava-se lentamente para Ocidente, deixando a cidade para trás e seguindo pelos caminhos familiares das antigas pastagens, adiando o medo do desconhecido e de um futuro incerto. Ao anoitecer, depois de armarem as tendas do acampamento, comeram junto das fogueiras, beberam o sumo das suas uvas, mas ninguém cantou, pois todos traziam um peso no coração pela mágoa e a saudade daquilo que deixavam (e tão cedo não voltariam a ver) em troca de uma vaga promessa de um futuro melhor.

Sobre as peles de carneiro que lhes serviam de leito, no espaço exíguo da tenda, Sarai exibia a sua esplêndida nudez aos olhos do marido, abrindo o corpo como um fruto suculento ao toque dos seus dedos. E Abraão sentia na curva dos seios, na concavidade macia do ventre, o arrepio da pele de Sarai sob a sua mão, respondendo com um desejo igual ao seu desejo, crescendo dentro dele como o pulsar desordenado de um coração. Beijou-lhe a pele dourada, prendendo entre os lábios os mamilos rosados, até os sentir endurecer e inchar sob a língua e vibrar de anseio como o seu próprio ventre. Quando finalmente se fundiu no corpo da mulher, vergando-a com o seu peso e a sua fúria, Sarai gritou, gemeu e suspirou, libertando sem pejo os sons de prazer que há longos anos sufocava na garganta.

Durante muito tempo Abraão guiou a tribo através de terras inóspitas, por vezes desérticas, montando e desmontando as tendas do acampamento, atardando-se um pouco mais nos melhores terrenos para apascentar o gado, sem que El-Chadai lhe mostrasse por qualquer sinal a terra prometida. As promessas do deus tardavam em cumprir-se, as murmurações de descontentamento dos familiares, amigos e servos aumentavam de tom e chegavam-lhe aos ouvidos. Sarai, que andava sempre de mau humor e cansada, continuava estéril e, por fim, também ele começou a deixar-se invadir pelo desânimo e a pensar se o sonho profético não teria sido obra de qualquer demônio malévolo para o fazer cair num terrível logro.

Por isso, quando avistou as férteis terras de Canaã[2] quase duvidou do que os seus olhos viam e cobiçou-as como jamais havia desejado uma coisa na sua vida. Animou a tribo a seguir até ao lugar dos carvalhos de Moré, perto da cidade de Siquém, na amena planície situada entre os montes de Ebal e Garizim. Vendo a beleza do lugar, Abraão sentiu mais do que ouviu a voz do seu Deus dizer-lhe: *"Darei esta terra à tua descendência"* e vendo como a sua gente estava exausta, a ponto de se revoltar, recusando-se a ir mais longe, disse-lhes:

– Rejubilai! Esta é a terra prometida por El-Chadai. Ergamos aqui um altar ao Todo-Poderoso, pois Ele nos concedeu esta terra.

Todos rejubilaram e um altar foi erguido em honra do Deus único de Abraão. Nessa noite, no acampamento, depois de montarem as tendas, sacrificaram oito borregos a El-Chadai, cantaram e dançaram como há muito tempo não faziam, aspergindo-se com o sangue do holocausto e o vinho, reanimando o prazer dos sentidos nos cultos ancestrais.

Os músicos tocaram canções de amor ardente que punham asas nos pés e as cabeças tontas a todas as mulheres e moças, livres ou escravas, que soltavam os cabelos e deixavam ver por entre as vestes abertas e desalinhadas os seios e as coxas, brilhantes de suor, a vibrarem ao ritmo da música endiabrada. Celebravam na dança selvagem e no sangue dos sacrifícios com que se aspergiam, desenhando nos corpos misteriosos símbolos, não El-Chadai, o Deus desconhecido, mas Ishtar, a deusa da fecundidade e do amor. Aquecidos pelo vinho, os homens perseguiam-nas como sátiros, aspirando no ar esse

---

[2] Palestina.

cheiro forte de sangue, suor e perfumes que os excitava, procurando-as nas tendas ou nos recantos escuros do arraial, tombando-as no solo e penetrando-as com uma violência animal ausente de ternura, usando os seus corpos como um vaso para alívio de tensões insuportáveis.

Abraão queria pôr cobro aos desmandos de sua gente, mas não sabia como. No fundo, não eram culpados de um crime. A fornicação, os excessos e a brutalidade faziam parte do culto de Ishtar que todos conheciam e ninguém sabia como adorar El-Chadai, o Deus único da terra prometida.

Nos dias seguintes puderam ver como a região era habitada pelos Cananeus, um povo poderoso que vivia em grandes cidades fortificadas como Siquém, Bethel, Hai ou Hebron, por isso a tribo de Abraão foi forçada a deixar os bosques de Moré e a prosseguir viagem, parando aqui e além para descansar e erguer outros altares a El-Chadai, a fim de o dar a conhecer às gentes daqueles lugares, até chegarem a Negeb, uma terra desabitada na planície do Jordão, onde puderam finalmente armar as tendas e começar a viver em paz a sua vida de pastores.

Porém, em vez das riquezas prometidas, houve fome naquela região e, como a miséria era grande, Abraão decidiu conduzir o seu povo até ao Egito para aí viverem durante algum tempo. Talvez na terra dos Faraós, onde reinava a abundância, o luxo e o bem-estar, sua mulher fosse capaz de emprenhar.

À medida que atravessavam a península do Sinai e se aproximavam do Egito, Abraão reparou como a beleza de Sarai atraía a admiração de todos os homens que cruzavam com a caravana e paravam à beira dos caminhos para lhe dar passagem, quando a viam avançar, com a graciosidade e o porte de uma rainha, montada num onagro[3] de pêlo de azeviche.

---

[3] Burro selvagem, usado para transporte na Mesopotâmia.

O vento e o trote da alimária faziam esvoaçar os leves panos do seu modesto traje de pastora que se colavam ao corpo moldando-lhe as formas magníficas e acirrando o desejo daqueles homens sensuais, amantes do prazer e do amor:
– Formosíssima! Seria capaz de a raptar...
– E eu de matar, para a possuir!
– Uma rainha vestida de pastora!
– Tão bela como Ísis!
– Digna do leito de um Faraó!

Abraão começou a recear pela sua vida e o coração encheu-se-lhe de temor, pois não podia encerrar a mulher numa tenda nem escondê-la eternamente dos olhos dos homens e não sabia que outra coisa poderia fazer. Todavia, quando já estavam às portas do Egito, ocorreu-lhe subitamente a solução do problema e, cheio de gratidão, orou em silêncio a El--Chadai a quem atribuiu a iluminação do seu espírito. Então disse à esposa:
– Ouve-me com atenção, Sarai: Tu és uma mulher muito bela e, quando te virem, os egípcios dirão: *"É a mulher dele!"* E matar-me-ão por tua causa e a ti conservarão a vida para te usarem para seu próprio prazer.
– Como podes dizer isso? – protestou a mulher indignada.
– Eu não fiz nada para merecer as tuas censuras...
– Não estou a acusar-te, mas vi como a tua beleza desperta os desejos destes homens ociosos e ouvi-os afirmar que seriam capazes de matar para te possuírem. Como viúva, serias uma presa mais fácil.
– Que posso eu fazer? – Havia lágrimas na voz de Sarai: – Não quererás por certo que eu viva coberta de véus ou encerrada dia e noite numa tenda?
– Não, mas se disseres que és minha irmã, eu serei bem tratado por tua causa e salvarei a minha vida em vez de a perder graças a ti.

Sarai ficou por momentos silenciosa a olhar para a figura suplicante do marido, cujas virtudes aprendera a admirar enquanto vivera na casa de Taré mas que agora não lograva reconhecer neste homem que se humilhava diante dela, a tremer de medo, confessando-se sem coragem para a proteger e defender do desejo de outros homens! Abraão dizia-se ungido por Deus, fizera os mais solenes juramentos no Zigurate de Harran para mostrar a pureza do seu espírito, todavia, sem o menor escrúpulo, não hesitava em inventar uma vida de mentira para ambos, a fim de se livrar de um perigo imaginário. Sentiu o calor da vergonha e o gelo do desprezo disputarem o seu coração e, incapaz de dizer uma palavra, acenou com a cabeça, dando-lhe o seu consentimento.

Quando Abraão assentou arraiais nas terras fronteiriças de Gessen, a fama da beleza de sua mulher correu célere entre os egípcios e os grandes da corte que a viram referiram-se tão elogiosamente "à irmã do chefe dos nômades" na presença do Faraó que este desejou conhecê-la e, um dia, Sarai e o assustado marido receberam na sua tenda a visita dos três emissários de Sebekhotep, o Bom Deus, Filho de Amon-Ra[4], Senhor das Duas Terras do Egito.

Trajados com o sendit, um pano de linho a cingir-lhes os rins e atado com uma faixa caída à frente, com as cabeças rapadas, cobertas por cabeleiras postiças e os braços e dedos cheios de jóias de ouro e prata, os orgulhosos egípcios puseram todo o acampamento em alvoroço, numa agitação de pasmo, medo e curiosidade.

Sennegem, o cortesão mais nobre, transmitiu a Abraão o desejo do Faraó em acolher Sarai no palácio, falando da grande honra que lhe era concedida, acrescida de enormes benefícios, pois ele iria receber da parte de Sebekhotep um riquíssimo dote em troca da irmã.

Um desejo do Faraó era, para qualquer homem ou mulher, uma ordem impossível de desobedecer e uma mentira dita ao filho de Amon-Ra era um crime ainda mais grave, por

---

[4] Deus solar de Tebas.

ser cometido contra a encarnação do próprio deus na terra. Assim, Abraão calou o seu segredo e Sarai, num silêncio sem lágrimas nem queixumes, deixou o acampamento e foi conduzida ao palácio régio de Tebas.

Escoltada pelos três cortesãos e muda de admiração por tudo o que via, Sarai atravessou imponentes salas de colunas, câmaras cobertas de belas pinturas murais e corredores cujos pavimentos eram decorados com figuras de inimigos para serem calcados pelos pés do Faraó e de todos aqueles que gozavam do favor real ou tinham o privilégio de serem chamados à presença do Divino Senhor.

Passaram finalmente por um corredor e entraram na antecâmara do harém do rei, com uma altíssima porta de madeira finamente trabalhada, guardada por oito lanceiros. Como se a sua presença tivesse sido anunciada, um homem muito belo e uma mulher idosa, de porte altivo e severo, vieram ao seu encontro, erguendo o braço direito numa saudação respeitosa.

– É esta a tão falada nômade do deserto, Sennegem, Servo da Casa da Verdade?

Sarai reparou na voz fina do homem e nos seus gestos delicados, quase femininos. O rosto, cuidadosamente pintado, era tão perfeito como os das figuras gravadas nas paredes do palácio.

– Sim, Mesehti, Superintendente da Caixa dos Cosméticos – Sennegem correspondeu à saudação com uma curta vénia. – Esta é Sarai, irmã do pastor Abraão, chefe da tribo recém-chegada a Gessen.

– Eu sou Meryt, a Governanta do Real Harém e ama de leite do Bom Deus – falou a mulher, cujo olhar não se afastara de Sarai que se mantinha curvada e encolhida de medo e vergonha. – A fama da tua beleza chegou até ao palácio de Tebas e o meu Senhor desejou conhecer-te. Vejamos se és tão bela como dizem.

Num gesto rápido, puxou-lhe o manto e o longo pano deslizou para o chão, expondo a delicada beleza do rosto, emoldurado por uma longa cabeleira macia e brilhante como seda e a perfeição de um corpo que a simples túnica de algodão não lograva encobrir, antes despertava desejos de desvendar o mistério apenas entrevisto.

Meryt e Mesehti trocaram um olhar de aprovação e sorriram. Falaram com Sennegem, como se Sarai não estivesse presente:

– Os seus admiradores não mentiram! – disse a mulher.
– É na verdade muito bela. Ficará aos nossos cuidados até Sebekhotep decidir o seu destino.

O Superintendente da Caixa dos Cosméticos girou em torno de Sarai, observando-a atentamente e, franzindo o nariz com desagrado, acrescentou:

– É uma jóia que precisa de algum aperfeiçoamento, antes de ser entregue ao Divino Senhor. Primeiro, temos de a livrar deste cheiro de rebanho de que vem impregnada, depois amaciar-lhe o corpo com óleos, sobretudo as mãos e os pés tão pouco cuidados. Escolherei os cosméticos mais adequados ao tom da sua pele e à cor dos seus olhos – talvez um bistre[5] verde de malaquite para as pálpebras inferiores e um negro de antimônio com sombra branca para as superiores.

A revolta de Sarai punha-lhe um nó na garganta, prestes a desfazer-se em lágrimas e gritos. Sentia-se como um animal a ser preparado para o holocausto em honra do filho de Amon-Ra. A esperança de ser repudiada pelo rei egípcio e poder volver em paz à sua tribo desvanecera-se, ao ver como passara no exame da governanta e do seu companheiro. Ia tornar-se concubina de Sebekhotep e Abraão era responsável pela sua vergonha. Foi assaltada por uma onda de ressentimento contra o marido que, por medo e covardia, a oferecia sem um protesto ao rei estrangeiro, como se fosse

---

[5] Tinta feita com fuligem.

uma escrava de prazer e não uma mulher livre, além do mais, sua esposa.

Quando Meryt a conduziu através das portas abertas pelos lanceiros para a ala do palácio reservada às mulheres, Sarai, amaldiçoando Abraão, aceitou o seu destino e o pranto secou-se-lhe na garganta.

O Faraó tinha no seu harém uma infinidade de mulheres de grande beleza, dos mais variados tipos e raças, vindas de todas as partes do mundo conhecido para seu uso e prazer, das quais, na maioria dos casos, mal recordava o rosto e ainda menos o nome. Sebekhotep procurava na Casa das Mulheres alívio e esquecimento para o fardo da sua vida e a humilhação de estar sujeito ao jugo dos Hicsos, uma casta de pequenos príncipes mas formidáveis guerreiros, oriundos da Palestina, que se tinham apoderado das Terras Baixas do Egito, no vale do Nilo, empurrando os legítimos reis para a região de Tebas e cobrando-lhes tributos.

De entre as esposas e concubinas que melhor o satisfaziam, distinguira três como favoritas, deixando-as guerrear entre si – até mesmo com a própria rainha, sua esposa-irmã e mãe do príncipe primogênito – na disputa pelos seus favores. Alimentando rivalidades, ódios e invejas, acabava por descobrir muitos jogos de poder, intrigas e mesmo tentativas de conspiração que fervilhavam na sua corte, sobretudo pela influência dos sacerdotes do templo de Amon, em Tebas, chefiados pelo ambicioso Meketra, o Sumo-Sacerdote cujo poder era, senão maior, pelo menos igual ao seu.

Sebekhotep meditava nestes pensamentos, enquanto espiava pelo falso olho do sol, dissimulado entre as numerosas inscrições das paredes da antecâmara que ligava os seus aposentos privados ao espaço mais secreto do harém e lhe permitia ver tudo o que se passava na ala reservada aos cuidados e descanso das mulheres. Chegavam-lhe aos ouvidos as risadas, os gritos e mesmo o estalar de uma briga a que as

governantas se apressaram a pôr cobro, expulsando as culpadas.
— Que se passa? Porque se batem? — perguntou, atento a qualquer indício de rebelião, reconhecendo nas duas mulheres as favoritas Tadukhipa e Ahmose.

Por trás da sua cadeira Meryt servia-lhe tâmaras e figos e Nebamun, o Superior do Real Harém, apressava-se a encher-lhe o copo de vinho, ainda antes de ele o esvaziar. Só naquele espaço de intimidade a ama ousava dirigir-lhe a palavra, sem antes se arrojar pelo chão, gritando as fórmulas de cortesia e de louvor que lhe eram devidas.

— Desde que aqui chegou, há três dias, a nômade Sarai provocou grande perturbação na Casa das Mulheres, Divino Senhor. A sua admirável beleza, realçada pelos nossos cuidados, ofuscou todas as outras mulheres e enegreceu de ciúme os corações de Tadukhipa e de Ahmose que já disputavam entre si o favor da tua escolha e não o querem partilhar com a estrangeira.

Sorriu, divertido e espreitou de novo. Meryt sabia, como nenhuma outra governanta, preparar a apresentação de uma nova esposa ou concubina, fazendo de cada ocasião um divertimento estimulante e encantador. Ensinara com toda a sua experiência e sabedoria às escravas do harém os cuidados e os gestos capazes de despertar na virgem mais inocente a sensualidade e a volúpia de uma cortesã, enchendo-a de inquietação e desejo de conhecer e servir o Divino Faraó.

A nômade tinha um rosto formosíssimo, dessa beleza estranha e rara tão a seu gosto, emoldurado pela pesada trança da negra cabeleira, mas isso era tudo quanto via, pois a túnica longa cobria-a até aos pés. Impaciente, ia dar ordem para a despirem quando as escravas começaram a preparar a água do banho no pequeno tanque de alabastro, astuciosamente erguido diante do posto de observação. Sebekhotep percebeu que a ama lhe retardara o prazer de contemplar a nudez de Sarai, a fim de o excitar pela impaciência, provocando-lhe um desejo cada vez maior na antecipação do encontro. Recordou o poema de amor e murmurou, sem se dar conta:

> *– Ah, se ao menos eu fosse a serva negra*
> *Que está sempre a seu lado!*
> *Poderia ver enfim a cor do seu corpo!*

Meryt sorriu, com agrado, vendo como o interesse do Faraó estava preso da representação preparada por ela com todo o cuidado. O harpista cego do harém e as três tocadoras de alaúde, flauta e tamborim fizeram ouvir a sua música de sons harmoniosos, numa cadência voluptuosa que afagava os sentidos. As três servas núbias misturavam na água perfumes e pétalas de flores, desdobravam os panos macios para, terminado o banho, envolverem o corpo da concubina e dispunham sobre uma mesa espelhos de bronze e de cobre, escovas, pentes, frascos de óleos perfumados e caixinhas de cosméticos. Traziam apenas um curto sendit a cobrir-lhes as ancas e os seus movimentos graciosos de bailarinas combinavam-se numa coreografia perfeita dos corpos quase nus.

Por fim trouxeram Sarai e com gestos lentos desprenderam-lhe a túnica que deslizou para o chão, deixando-a nua, vermelha de vergonha, de olhos baixos, com os braços cruzados à frente e as mãos em concha sobre o sexo. O observador escondido não logrou evitar uma exclamação abafada.

– Só Amon-Ra podia conceber tal criatura...

As servas prosseguiam o seu jogo, rindo e brincando com a estrangeira, recorrendo a uma mímica cheia de sentidos maliciosos, segurando-lhe as mãos, borrifando-a com a água perfumada, fazendo-lhe cócegas e Sarai, primeiro contra vontade, depois liberta pelo riso irreprimível, soltava as mãos, erguia os braços, contorcia e dobrava o corpo em posições extravagantes e graciosas, expondo aos olhos fascinados de Sebekhotep o maravilhoso espectáculo da sua nudez.

– Parece muito jovem! – a voz do Faraó soou um pouco rouca aos ouvidos de Meryt, o que era nele um sinal de perturbação. – Ama, a nômade está intocada?

Fazia parte das atribuições da Governanta inspecionar as mulheres destinadas ao seu senhor para descobrir defeitos e enfermidades que escapavam por vezes ao exame dos médicos da corte ou certificar-se da virgindade das donzelas se eram oferecidas ainda crianças. Foi imperceptível a hesitação de Meryt quando respondeu com voz firme:

– Sim, Deus Bom, meu Divino Senhor. Sarai é virgem.

A nômade entrara no tanque e as escravas negras mantinham-na de pé, molhando as esponjas e espremendo-as sobre a pele dourada por onde a água corria em pequenos riachos perfumados, contornando a curva dos seios, deslizando pela superfície lisa do ventre até sumirem no diminuto bosque, entre as coxas, onde, por breves momentos, ficavam suspensas algumas gotas como pérolas de orvalho.

As esponjas percorriam-lhe o corpo com a lentidão de carícias, acalmando a pele arrepiada e, do seu esconderijo, Sebekhotep pôde ver como ela cerrava os olhos e inclinava a cabeça para trás, expondo a garganta e os seios ao toque das escravas, abandonando-se nas mãos de ébano que a seguravam com doçura, lhe massageavam a nuca, o pescoço e os ombros, com dedos sábios que desciam preguiçosamente pela cintura até às ancas, explorando e descobrindo no seu corpo os pontos mais secretos do prazer. E as narinas frementes de Sarai pareciam aspirar o ar com avidez, as coxas afastavam-se imperceptivelmente para permitirem a passagem das esponjas e dos dedos, cerrando-se de novo sobre eles como num espasmo e a mulher mordia os lábios para conter um suspiro ou um gemido de prazer.

O copo de alabastro soltou-se dos dedos do Faraó e caiu no chão, rolando com um som de pedra até aos pés do silencioso Nebamun, o Superior do Real Harém, que o recolheu com veneração. Sebekhotep ergueu-se da cadeira, limpou as palmas das mãos húmidas de suor e, passando diante dos servos ajoelhados, disse sem se deter, numa voz pouco segura que pretendia mostrar indiferença:

– Vou retirar-me. Meryt, envia-me a nômade quando estiver pronta.

Nem daquela janela, no piso superior do palácio, os olhos de Sarai conseguiam abarcar toda a imensa caravana dos magníficos presentes enviados a Abraão para pagamento do dote da irmã que, poucos dias antes, fora recebida no harém real como a mais recente concubina do Faraó e se tornara de um momento para o outro na sua única favorita, com direito a aposentos próprios, arcas de vestes, jóias e perfumes sem preço e a uma hoste de escravas para a servirem.

Sarai ouvia as exclamações de espanto e os risos cúmplices das servas que também espreitavam a saída da cáfila e contavam os inúmeros camelos, ovelhas, bois, burros, jumentos, escravos e escravas da oferta, recomeçando alegremente quando lhe perdiam o conto e comentando cheias de malícia a infinita generosidade do Bom Deus Sebekhotep, a qual só podia ter sido ditada por amor à bela concubina.

Só ela não sorria, por não haver lugar para a alegria no seu coração pesado de rancor. O Faraó do Egito, adorado pelo povo como o Filho de Amon-Ra e o Bom Deus, pagara pela posse da nômade Sarai um dote digno de uma princesa e, por sua vez, Sarai fora o valor entregue por Abraão em troca da sua tão preciosa segurança. E quanto a ela? Que preço pagara Sarai só por ter nascido mulher? Um custo muito alto em submissão, falsidade e humilhações.

Toda sua vida fora forçada a mentir e a fingir para poder sobreviver, primeiro como filha obediente de um pai tirânico e irascível, depois como esposa submissa e enamorada de um marido velho e timorato, por fim, como joguete dos desígnios insondáveis de El-Chadai, o deus sonhado por Abraão. Dizia-se, na saudosa cidade de Ur, que "o homem é a sombra de Deus, mas o escravo é a sombra do homem livre", todavia ela não encontrava muita diferença entre a sua condição de mulher livre e a de uma escrava.

Assim, trouxera consigo a mentira e o engano para a corte do Faraó, ajudando a urdir um terrível embuste, todavia, pela primeira vez e para sua surpresa, o remorso e a vergonha perturbavam-na e toldavam-lhe o entendimento, porquanto esses sentimentos eram suscitados pelo homem que jurara odiar. Sentiu o coração bater e o sangue afluir-lhe ao rosto numa onda de calor, como sempre acontecia quando pensava em Sebekhotep, o Divino Senhor do Egito.

As recordações da primeira noite com o Faraó estavam inscritas no seu corpo e na sua alma, com todos os pormenores e tão profundamente como as imagens representando os amores de Ísis e Osíris, gravadas nas paredes da câmara, aonde fora conduzida pela mão de Meryt que anunciara antes de se retirar:

– Aqui tendes, Bom Deus e Divino Senhor, a nômade Sarai, com o coração cheio de ventura e gratidão, pois o seu maior desejo é servir-te.

Permanecera ajoelhada, quase deitada no chão como lhe fora ensinado, silenciosa e submissa, até alguém a erguer com uma suavidade desconhecida e, então, Sarai encontrara-se face a face com o mais belo e altivo homem do mundo e nem por um momento duvidara de que Sebekhotep era o Divino Filho de Amon-Ra, o Deus do Sol e da Vida.

E tudo acontecera como um sonho ou um feitiço, ouvindo o ser divino falar-lhe na língua usada pelos nômades, viajantes e mercadores de todos os povos do deserto, do Jordão, do Tigre e do Eufrates, a fim de se entenderem nos seus tratos. E Sarai, comendo e bebendo as iguarias que Sebekhotep lhe servia, perdera o medo e a timidez e contara da sua vida, da beleza de Ur, da longa peregrinação até ao Egito.

A música (vinda não sabia de onde), os perfumes raros, o vinho e sobretudo a proximidade tão humana do Divino Senhor entonteciam-na e, por fim, o desejo do Faraó apoderara-se da vontade de Sarai que, liberta da túnica mas coberta de jóias, fora levada nos seus braços como um ídolo e deitada no precioso leito para ser amada por um deus.

Pela primeira vez a nômade contemplara o corpo nu de um homem na força da juventude, moldado no exercício das armas e no requinte da corte, feito à imagem dos deuses, uma escultura de carne e osso, com músculos e tendões movendo-se como pequenas cobras irrequietas sob a pele macia e lisa, cor de cobre, brilhante de óleos perfumados.

E Sarai recordara com desgosto o corpo velho de Abraão, mole e enrugado, o hálito fétido dos dentes podres, o cheiro azedo a suor e a bedum de carneiro. A água era um bem demasiado precioso para ser desperdiçado em banhos e não havia erva defumadora que lograsse afastar das tendas e da própria pele dos pastores nômades o fedor da urina quente e do sebo dos rebanhos a que todos acabavam por se habituar. Ela só se apercebera desse cheiro depois de ter entrado no sumptuoso harém do Faraó.

E quando Sebekhotep se deitara sobre o seu corpo para lhe tomar a flor da virgindade, enroscara-se nele como a hera no tronco firme da árvore que a sustenta, sentindo-o deslizar para dentro de si, com a dureza do bronze e a maciez de uma lâmina oleada. Fizera-lhe as carícias que Meryt lhe ensinara como sendo as mais doces ao seu prazer, percorrendo com os lábios e os dedos os caminhos secretos do seu corpo, até o sentir vibrar dentro de si. E o ventre de Sarai latejara, quente e húmido, e eclodira por fim em ondas de êxtase quase dolorosas, como jamais experimentara no leito de Abraão.

Então o virgo postiço rebentara e o sangue correra pelas coxas de Sarai quando Sebekhotep se retirara de dentro dela, sorrindo por vê-la perturbada. Mas a vergonha da nômade não era devida à perda da virgindade mas ao ardil usado para o enganar e que contara com a cumplicidade de Meryt, sempre desejosa de lhe satisfazer os mais ocultos desejos.

A Governanta do Real Harém soubera desde o primeiro dia que ela já fora tocada por homem, mas Sarai confiara--lhe uma triste história de infância e ganhara a sua simpatia ou talvez a mulher não gostasse das favoritas Tadukhipa e

Ahmose e tivesse visto na nova concubina uma rival capaz de as derrubar. Mas, para isso, era necessário guardar segredo e proceder de modo a Sarai poder passar por virgem no leito de Sebekhotep, o que não era difícil de fazer, bastando um pequeno artifício muito comum entre as alcoviteiras de qualquer lugar do mundo e algum fingimento da parte da falsa virgem. Assim, antes de a conduzir à câmara do Faraó, Meryt dera-lhe um minúsculo saco de pele com sangue de galinha e ela introduzira-o na vagina. E o embuste surtira o efeito desejado, todavia Sarai, enquanto se limpava do sangue impuro, chorara de humilhação e pejo.

Arrancou-se à penosa lembrança para seguir de novo com o olhar os movimentos da ruidosa cáfila, que tomava a direção leste e se perdia lentamente no horizonte e o seu coração alegrou-se por não ter de partir com ela ao encontro de Abraão.

Arrastada no torvelinho da paixão de Sebekhotep, aqueles últimos dias haviam sido para Sarai um tempo de turvação e encantamento. Tudo começara quando Meryt a viera buscar para a conduzir de novo ao harém e lhe vira na cabeça a coroa de flores de lótus com que o Divino Senhor a coroara graciosamente, beijando-a com ardor e ternura, antes de sair da câmara.

– A coroa de lótus para uma filha do povo das areias?! – espantara-se a Governanta do Real Harém. – E logo na primeira noite? Terá Sarai poderes ocultos de feiticeira que Meryt desconhece?

Sem parar de falar, passara revista aos aposentos, bisbilhotando tudo e sorrira de aprovação ao descobrir as manchas de sangue no leito. Vendo o embaraço e a incompreensão da nômade, explicou:

– A coroa de flores de lótus mostra que o Bom Deus te escolheu para favorita e isso é admirável, pois as concubinas reais são damas de sangue nobre, esposas, filhas ou irmãs dos grandes senhores da corte, jamais mulheres do povo e estrangeiras. Como conseguiste tal feito?

Sarai guardara silêncio e Meryt prosseguira, depois de chamar as servas que aguardavam na antecâmara:

– Sebekhotep deu ordens para ocupares estes aposentos, com escravas para te servirem, guarda-roupa e jóias dignas de uma princesa. Mas, se quiseres manter estes privilégios, trata de servir bem o Divino Senhor, pois vais fazer muitas inimigas no harém. Tadukhipa e Ahmose hão-de recorrer a toda a sua perfídia para tramar intrigas e causar a tua desgraça.

Desse modo, na manhã seguinte a ter conhecido o Faraó, Sarai passara a gozar da posição e privilégios de uma princesa da Casa Real de Tebas. E o poderoso e belo rei do Egito vinha procurá-la todos os dias, mostrando-lhe um mundo de coisas novas e admiráveis, ensinando-lhe os requintes de uma corte que fazia do luxo e do prazer uma arte. E a pastora nômade de Ur surpreendera-se a ansiar por essas visitas cada vez com maior inquietação e deleite, para se oferecer como cera macia às mãos divinas e, deslumbrada, deixar-se moldar segundo a vontade e o ardor do Mestre, tomando a forma das suas fantasias.

Por outro lado, as premonições de Meryt não tardaram a concretizar-se e Sarai sentia os olhos inimigos espiarem-na, vigiando-a sem descanso. As suas servas mais fiéis punham-na ao corrente das intrigas do harém e mostravam-lhe o ódio crescente de Tadukhipa e Ahmose que se tinham unido, esquecendo momentaneamente a antiga rivalidade, a fim de trabalharem para a sua perda. Todavia, a nova favorita encontrara na Casa das Mulheres, além da Governanta, uma protetora inesperada e poderosa na Rainha Mutnedjmet, que detestava as duas arrogantes favoritas e tomava o novo capricho do seu divino esposo e irmão – a nômade Sarai, uma humilde filha do povo das areias – como uma arma para as humilhar e derrotar. Por isso, enquanto servisse esses propósitos, a nova concubina podia respirar tranqüila.

A barca, de um só mastro e com a vela recolhida, tinha uma graciosa linha curva, própria para navegar no Nilo e estava decorada e pintada com flores de lótus (o símbolo das Terras Altas do Egito) e papiros (o emblema das Terras Baixas) e com as figuras de Hórus, o deus-cabeça-de-falcão incarnado pelo Faraó, de Sobk, o crocodilo sagrado e da cobra Uto, o olho flamejante do Sol, anunciando a todos os súbditos que ali seguia Sebekhotep para um passeio no rio ou uma sortida de pesca e caça nas suas margens. Acompanhavam-na a curta distância, numa formação em semicírculo, oito barcos com uma hoste de soldados bem armados e prontos para entrar em ação.

No convés da barca, à popa e à proa, dois biombos de bambu entrançado abrigavam a tripulação de remadores que, de pé, manobravam cadenciadamente os quatro remos compridos apoiados nas altas forquilhas de uma barra fixa. No centro da embarcação erguia-se a espaçosa cabine retangular com duas portas, encimada por um telhado em forma de degrau ou sótão, com quatro janelas de cada lado, luxuosamente mobilada para albergar o filho de Amon-Ra e a sua favorita.

– Bastet, perdeste de novo! – disse Sebekhotep, rindo-se da expressão amuada de Sarai e dando-lhe carinhosamente o nome da deusa-gata do amor, adorada pelos povos do deserto.

Reclinados num leito sumptuoso, tinham entre ambos um tabuleiro com o desenho de um corpo de serpente enrolado, cujos anéis indicavam prêmios ou castigos, decididos pelo lançamento dos dados de marfim que os faziam recuar ou progredir no jogo. Ao lado do Faraó, uma peruca e um corpete de mulher mostravam as perdas de Sarai que procurava cobrir os seios nus com a longa cabeleira solta enquanto a sua mão repousava sobre um pequeno monte de jóias fruto dos castigos infligidos ao Bom Deus do Egito.

– Escolhe tu o meu castigo, Divino Senhor.

– Uma dança de Ishtar!

No decurso de quatro meses, Sarai desabrochara na corte de Tebas como a flor de lótus no vale do Nilo, adquirindo a elegância e graciosidade de uma princesa real, sem todavia perder a sua natureza silvestre, de uma sensualidade bravia. Sebekhotep, requintado e culto, soubera limar as ásperas arestas, sem no entanto destruir o fogo de *ka*, da sua alma, o verdadeiro ser da nômade Sarai, tão diferente de todas as mulheres do harém e, por isso mesmo, tão cara ao coração do amante. E a favorita, iniciada por ele nos jogos voluptuosos de Bastet, incitava-o ao amor com ousadia, cantando e dançando as canções selvagens e lascivas de Ishtar, acirrando-lhe o desejo com palavras e gestos como nunca antes se atrevera a formular por serem tabus da sua tribo.

Por trás dos biombos que os resguardavam dos olhos das servas, soaram os primeiros acordes de uma estranha melodia e Sarai, no espaço íntimo da alcova, cantou a canção de amor de Ishtar, não com as modulações da sua voz, mas com os meneios do seu corpo, numa linguagem mais eloqüente do que todas as palavras, porque vinha do íntimo da terra, ora ondulando como a água, ora sussurrando como o ar ou queimando como o fogo. Quando o corpo nu da favorita se prostrou numa dádiva sagrada, aos pés do Filho de Amon-Ra, o Soberano do Egito tomou-a nos braços e esqueceu por completo as humilhações dos Hicsos e o surto de peste que lhe ameaçava o reino.

Os remadores ergueram os remos ao alto, junto à pequena ilha de Séhail, cerca da primeira catarata, deixaram deslizar a barca até à orla de areia branca e lançaram uma prancha em terra, gritando em seguida para a água, a fim de afugentar algum crocodilo mais atrevido que se tivesse aventurado na baía:

– Ao largo! Vai-te, maldito crocodilo! Não te acerques de nós. Vai-te! Sabemos palavras mágicas para te destruir.

Depois fizeram libações a Toeri, a deusa da fecundidade com cabeça de hipopótamo:

— Fecunda é a tua vida, ó divina Toeri, Senhora do Nilo! Os braços das mulheres imploram o teu *ka*, acorda para a vida e torna-as férteis como as terras do delta depois de baixarem as águas.

A tripulação recolheu-se por trás dos biombos pois a sua presença não era permitida junto das mulheres do Faraó, nem os olhos deles podiam contemplar a sua nudez, com risco de lhos quebrarem como castigo. As servas prepararam tudo para o banho e despiram o Filho de Amon-Ra, em respeitosa adoração.

Sarai usou a sua longa trança para lhe untar o corpo com óleos perfumados de modo a não arrefecer dentro de água. O brilho da pele realçava o vigor e a perfeição de Sebekhotep, dando-lhe o aspecto de uma estátua de bronze e os gestos da favorita tornaram-se mais lentos quando se ajoelhou e lhe passou a trança escura e molhada de óleo pelos rins, acariciando os quadris, descendo pelas coxas, enredando-se no sexo que se desenrolou sob os seus dedos como a cobra Uto que desperta. Sebekhotep segurou-lhe na mão, fazendo-a erguer-se e soltou uma alegre gargalhada, mergulhando de golpe nas frescas águas da pequena baía.

As escravas cantaram alegremente:

> — *Ah! Se tu pudesses vir ao encontro da tua amada*
> *veloz como o cavalo do Faraó escolhido entre mil ginetes*
> *e o mais valoroso que há nos esquadrões.*
> *Mal ouve estalar o chicote nada o detém*
> *e não há condutor de carro que o saiba refrear.*
> *Ah! Bem sabe que dele não está longe*
> *o coração da sua amada!*

Sebekhotep nadou em frente da barca, chamando Sarai repetidamente pelo nome de Mery-en-Amon, a *Amada-de--Amon*, tão doce para os seus lábios. As servas acabaram de massagear a favorita com os óleos e ajudaram-na a entrar na água onde, cheia de terror por não saber nadar, foi recebida nos braços do enamorado Filho de Amon-Ra, enquanto as vozes das cantoras se enchiam de malícia no terno poema de amor:

> – Ó bem-amado, como é doce entrar no lago
> banhar-me diante dos teus olhos, mostrar-te a minha beleza
> quando a minha veste de linho mais fino
> do linho digno de uma rainha
> se molha para desposar cada curva do meu corpo.
> Entro na água depois de ti
> e vou ao teu encontro com um lindo peixe vermelho
> pousado na minha mão!
> Vem e olha-me!

E Sebekhotep, de pé, com a água até aos ombros, olhava o corpo molhado de Sarai que, suspenso dos dedos cruzados na sua nuca, se colava ao dele como um náufrago a um escolho, sentia a pressão tensa de medo da carne dela contra a sua, o roçar da pele dourada a que os óleos emprestavam uma doçura lúbrica e de novo o desejo lhe aquecia o sangue com uma chama que nem as frias águas do Nilo logravam extinguir.

O corpo da favorita balouçava suavemente na água e as mãos de Sebekhotep deslizaram pela curva perfeita dos rins, afagando-a e imobilizando-a contra o seu ventre até a magoar, desceram em seguida para as nádegas, puxando-a para cima, à altura da sua cinta. Sarai, cerrando os olhos, entregou-se à carícia dos dedos e da água, as pernas afastaram-se para rodearem com volúpia as ancas do amante e se cruzarem com ímpeto nos seus rins. Sentiu nos quadris as mãos de Sebekhotep a guiar-lhe os movimentos e esticou o corpo para trás, tenso e flexível como um arco pronto a receber a sua seta.

– Foi tudo obra de Tadukhipa e Ahmose, que Osíris as confunda! – Meryt estava consternada e assustada, pois sabia que também ela caíra em desgraça e não escaparia a um castigo severo, apesar de ser a ama de Sebekhotep. – Contaram com a cumplicidade do Sumo-Sacerdote Meketra, que te odeia e te chama herética por adorares um único Deus. Diz que és uma feiticeira e exerces uma influência perniciosa no Faraó.

Sarai chorava de desespero:

– Se ao menos pudesse vê-lo uns momentos para lhe pedir perdão, depois já podia morrer sem pena! Eu amo-o, Meryt!

Era um grito de alma, profundo e amargo. Não era medo da morte, por muito cruel que pudesse ser, era a dor causada pelo sofrimento de Sebekhotep, pela sua indignação e desprezo. Apesar das súplicas, recusara-se a vê-la e Mutnedjmet a quem recorrera em desespero não quisera interceder por ela.

O escândalo rebentara no harém no próprio dia do passeio na barca quando, no regresso, o Faraó fora informado por Meketra da hedionda mentira dos nômades Abraão e Sarai, para obterem do rei do Egito bens incalculáveis, favores e privilégios só concedidos aos mais nobres cortesãos.

– A impostora não era uma virgem inocente, irmã do chefe da tribo dos pastores, Bom Deus, mas sua esposa e trabalhou com muita arte para te enganar, Divino Senhor, troçando de ti por todo este tempo. Merecem a morte!

Sebekhotep, pálido de ira e de desgosto, desejava expulsar o odiado Sumo-Sacerdote, correr para junto de Sarai e ouvir da sua boca que aquela terrível história não era verdade.

– Mas Meryt foi responsável pela admissão dessa mulher no harém! Como não desconfiou do ardil? – havia uma vaga esperança na voz do Faraó.

Meketra aproveitou a oportunidade para fazer cair em desgraça a Governanta do Harém e, assim, agradar à Rainha Mutnedjmet:

– Meryt atraiçoou-te, Divino Senhor. O teu amor pela nômade herética não agradou aos deuses, por isso Amon enviou a peste ao nosso reino. O povo está revoltado e murmura contra ti. Tens de destruir os impostores, para a ordem e a paz voltarem a Tebas.

Sebekhotep sentiu uma velada ameaça na voz do sacerdote e cedeu, com um terrível peso no seu coração:
— Mandai buscar, sem demora, o nómade Abraão. Quero ouvir o que tem para me dizer sobre esta história.

Meketra inclinou-se profundamente antes de se retirar e o Faraó suspirou com tristeza e também com algum alívio. Até à chegada do marido de Sarai teria tempo de pensar no seu castigo. A recordação da favorita causou-lhe uma dor insuportável e Sebekhotep atirou com a mesa de jogo, estilhaçando com estrondo o tabuleiro axadrezado e as pequenas peças de alabastro rolaram pelo solo, de imediato recolhidas pelos assustados servos.

— Deixai-me só! — gritou.

Os cortesãos, dobrados numa vénia respeitosa, apressaram-se a abandonar a sala, recuando com os olhos postos no chão para não verem no rosto divino do Filho de Amon-Ra, as marcas de uma dor tão profundamente humana.

A intriga do Real Harém atraíra à audiência de Abraão sacerdotes, nobres de maior qualidade e servidores de todos os ofícios, além da Rainha Mutnedjmet com as suas aias, do príncipe herdeiro e de inúmeras princesas, familiares e concubinas.

Assim, uma interminável procissão de cortesãos havia desfilado diante do Filho de Amon-Ra, para lhe beijar o pé em respeitosa submissão, indo em seguida ocupar na grande sala de audiências a posição definida para cada um deles pela rígida etiqueta da corte. Ali estavam Pashedu, o Escriba de Astronomia de Amon, o Vizir Kouphor, Paneb, o General dos Carros de Guerra, Raouben, o Escriba das Contas do Ouro, Tawi, a Cantora de Amon, Pawah, o Comandante do Cavalo do Rei e tantos outros de menor importância. Mais perto de Sebekhotep viam-se Nefermat, o Pai do Deus[6], Nakht, o Por-

---

[6] Crê-se que este título era dado ao sogro do Faraó.

tador do Leque Real, Ouadjmes, o Escriba Pessoal do Rei, Ipuky, o Portador das Sandálias e, finalmente Meketra, o Sumo-Sacerdote que era o grande acusador.

Todos comentavam em segredo os últimos acontecimentos e o destino dos protagonistas daquela infame maquinação. Meryt, presa no Templo, levara chibatadas nos pés e nas mãos até confessar a sua cumplicidade no embuste, embora com a atenuante de desconhecer o verdadeiro parentesco da sua protegida com Abraão. Por certo não escaparia à morte, apenas lhe concederiam o privilégio dos nobres de se suicidar em vez de receber o castigo das mãos dos carrascos.

A traiçoeira favorita, para espanto de todos, fora mantida nos seus aposentos em total reclusão, mas conservando todos os bens, incluindo as escravas, de que Sebekhotep a tinha cumulado. Pelo contrário, Tadukhipa e Ahmose, depois da denúncia, tinham sido repudiadas e devolvidas às respectivas famílias e essa insólita atitude do Faraó deixara a corte muito perplexa.

Quando Abraão entrou na sala conduzido por Sennegem, o Servo da Casa da Verdade e quatro outros cortesãos com cargos de justiça, fez-se um silêncio total, carregado de ódio e repugnância por aquele miserável chefe tribal, bárbaro e herético, que ousara enganar e desfeitear a incarnação do deus Hórus na terra, o Filho de Amon-Ra e rei supremo das Duas Terras do Alto e do Baixo Egito. E logo um murmúrio ameaçador irrompeu pelas alas dos cortesãos e alguns punhos ergueram-se numa promessa de vingança contra o aterrorizado nômade.

Sennegem, o cortesão mais nobre, parou a uma distância protocolar, fez cinco reverências e ergueu os braços para o Faraó em sinal de respeito e júbilo, enquanto os companheiros se lançaram por terra, arrastando-se sobre o ventre e beijaram o chão com grandes exclamações de alegria, forçando Abraão a fazer o mesmo. Então, Sennegem pronunciou a saudação preliminar exigida pela etiqueta, prestando homenagem ao seu senhor:

— Ó Tu, que és semelhante a Ra em todos os teus empreendimentos! Tudo o que o teu coração deseja se torna realidade! Quando sonhas com qualquer coisa no decorrer da noite, o teu sonho cumpre-se ao raiar da manhã. Desde o dia da coroação até hoje, fomos testemunhas de todos os teus maravilhosos feitos. Existe alguma coisa que tu ignores? Quando dizes às águas: "Subi até ao cume da montanha!", o oceano vai para onde lhe ordenas. Viverás eternamente e nós obedeceremos a todas as tuas ordens, ó rei e senhor nosso!

Terminada a fórmula de consagração, o Servo da Casa da Verdade curvou-se de novo várias vezes e anunciou:

— Aqui tendes, Bom Deus, Abraão, o chefe da tribo nômade acampada nos arredores de Gessen.

O vizir ordenou a Abraão que se aproximasse, de forma a ser ouvido pelo Faraó e poder responder-lhe, se fosse interrogado. Sebekhotep olhava com curiosidade e desprezo o velho pastor que avançava na sua direção, trêmulo de medo, a rastejar pelo chão numa súplica lacrimosa para lhe poupar a vida. Pensar que a formosíssima Sarai tinha passado das mãos daquela criatura abjeta para as suas, saber que amara e tocara na mulher daquele homem, conferindo-lhe um pouco da sua divindade, era o bastante para o Rei do Egito estremecer de horror e repugnância e desejar nunca ter conhecido Sarai, a flor do deserto, a quem chamara em adoração, Bastet, a deusa-gata do amor e Mery-en-Amon, a Amada de Amon, a sua bem-amada.

Dominou-se e a voz saiu firme e severa quando lhe disse:

— Porque não disseste que Sarai era tua mulher? Porque afirmaste que era tua irmã dando lugar a que eu a tomasse por esposa? O nosso castigo para quem comete adultério são mil vergastadas! Qual foi a tua intenção ao fazer-me isto?

Abraão rastejou até ao degrau do trono, tentando beijar-lhe o pé, mas Sebekhotep não lho consentiu.

— Piedade, Divino Senhor, não desejei enganar-te! — o velho choramingava, sem ousar erguer o rosto para o soberano.

— Foi por temor de ser morto por causa da beleza de minha mulher que, quando Deus me levou para longe da casa de meu pai, eu pedi a Sarai para dizer em todo o lado por onde passássemos que eu era seu irmão. De resto, é verdade que ela é minha irmã, filha do meu pai, mas não de minha mãe e, assim, pode ser minha esposa.

Também no Egito isso era permitido e, no caso dos Faraós quase obrigatório, como o seu casamento com Mutnedjmet, para que o filho varão e herdeiro do trono fosse gerado da melhor cepa divina. Abraão recorrera a uma meia verdade, um subterfúgio capaz de lhe salvar a vida, pois Sebekhotep não duvidava que o desejo de possuir Sarai podia levar qualquer homem ao crime, para se desembaraçar desse obstáculo que era um marido indesejável.

Deixá-lo-ia partir em liberdade e levar consigo a mulher, que ele não queria voltar a ver, e nem sequer lhes exigiria a devolução do dote, pois assim Sarai poderia ter uma vida melhor. Ser afastada da corte do Faraó para acompanhar o marido na vida de nômade afigurava-se-lhe punição suficiente para o seu crime. Por outro lado, não era tarefa fácil ser a incarnação de um deus na terra, a vida do Filho de Amon-Ra fora solitária e monótona até Sarai lhe dar um sabor de aventura e singularidade. No mais secreto do seu coração, Sebekhotep sabia que a favorita o havia amado de verdade e esse amor era como uma pedra preciosa entre os vidrilhos de falsas paixões das suas cortesãs, forjadas em lisonja e ambição. Tal certeza era um doce lenitivo à alma magoada do Faraó. Disse ao velho nômade:

— No futuro, lembra-te que o homem será julgado segundo o modo como se comportou na terra. Agora, toma a tua mulher e vai-te embora.

E, então, o Faraó ordenou aos seus homens que conduzissem Abraão e Sarai, com tudo o que lhes pertencia, até à saída do Egito.

A imensa e rica caravana de Abraão saíra há muito de Gessen e seguia em direcção a Negeb, para se fixar numa região entre Cades e Chur. Lot, o seu sobrinho que também já era senhor de muitas tendas e ricos rebanhos de bois e ovelhas, decidira ir na sua companhia.

O fabuloso dote de Sarai, pago pelo Faraó, fora acrescido do enxoval igualmente precioso em tecidos, jóias, perfumes, óleos e objetos de grande valor que ela recebera como favorita e pudera trazer intacto. Por isso, Abraão era agora um homem muito rico em rebanhos, prata e ouro, no entanto, a sua vida não se tornara feliz nem pacífica, muito pelo contrário, passara a ser vivida em contínuo sobressalto e terror, tudo por causa da mulher e da sua danosa beleza, acrescentada e apurada durante a estadia na corte do Faraó.

Lembrava-se ainda da terrível humilhação sofrida às portas do palácio real de Tebas, quando, rodeado pelos soldados e oficiais de justiça que os iam escoltar até Gessen, esperara por Sarai, a quem não via há mais de cinco meses, para a levar consigo para a tribo. Meditava sobre a sua boa sorte e o modo como o terrível conflito com o rei do Egito se resolvera em bem e da maneira mais proveitosa para ele, pois nunca duvidara de que Sebekhotep o haveria de mandar matar ou mutilar e condenar à escravatura nas minas de ouro para o resto dos seus dias. Comparado a estes castigos, o exílio fora uma bênção ou um milagre de El-Chadai, o Altíssimo!

Suspirara de impaciência ao ver que não era Sarai a mulher que saíra do palácio, acompanhada por numerosas servas e o arrancara ao seu devaneio. O porte altivo e a riqueza dos trajes e jóias mostravam tratar-se de uma princesa real ou da esposa de algum nobre cortesão e, por isso, quando ela se acercara, Abraão lançara-se por terra numa saudação respeitosa.

– Por que se prostra Abraão diante de Sarai, a concubina do Faraó? Não deve o marido lavar a sua honra e apedrejar até à morte a esposa adúltera?

Abraão erguera-se lentamente, olhando-a, mudo de pasmo e consternação. Aquela mulher desconhecida, trajada com uma ligeira túnica branca, reluzente de pérolas e um manto pregueado e transparente a envolver-lhe suavemente o corpo parecia uma pintura do templo ou do palácio do Faraó. Não havia nada de Sarai naquela mulher, nem na voz desafiadora, nem nos olhos pintados, rasgados até às têmporas como os de um ídolo a olhá-lo com a fixidez cruel da serpente que se apodera da vontade da sua vítima para a abater sem custo. Respondera-lhe numa voz trémula, insegura, com a frase de perdão que ensaiara muitas vezes para lhe dizer quando a voltasse a ver:

– A minha vida foi poupada à custa do teu sacrifício! Isto servir-te-á de véu para os olhos quanto a tudo o que se passou contigo.

Sarai esboçara um sorriso breve, semelhante a uma careta de desprezo. Parecera-lhe ressentida, como se o acusasse de a ter forçado ao adultério e agora, com remorsos ou arrependido, pretendesse mostrar-lhe uma falsa generosidade no perdão, permitindo-lhe lançar o véu do esquecimento sobre a desonra, como se, para ele, a sua honestidade não tivesse sofrido dano. Voltara-lhe as costas, sem mais palavras, dirigindo-se para as carroças que os servos carregavam com os seus bens e escravas e os soldados ajudaram-nos a acomodar-se nos lugares.

À chegada a Gessen, Abraão fizera levantar de imediato o acampamento e preparara a caravana a fim de levar de novo a tribo para a doce terra de Canaã. Porém, antes de partirem, procurara a mulher e proibira-a de pintar o rosto e de vestir as roupas egípcias que a tornavam demasiado tentadora, mas, mesmo assim, a sua espantosa beleza não diminuíra e logo no primeiro dia de viagem provocara as mais acesas reações nos homens dos povoados e oásis por onde passaram.

E o antigo terror de Abraão renascera com a certeza de que alguém o mataria para se apoderar dela, por isso, nessa mesma noite, depois de terem montado o acampamento, dissera-lhe enquanto ceavam:

— Sarai, peço-te que me escutes e me ajudes mais uma vez. Andamos viajando por terras de gentes guerreiras, muito rudes e poderosas e tu estás cada dia mais bela, aumentando assim o perigo em que vivo. Vais fazer-me a mercê de dizer em todos os lugares onde formos que sou teu irmão!

Sarai olhara-o de novo com aqueles olhos que o desconcertavam e cuja expressão rebelde contrariava a submissão com que lhe obedecia, concordando com tudo, sem emitir o mínimo protesto. Como naquele momento, quando baixara a cabeça num assentimento mudo, sorrindo de forma estranha. A suspeita de que a mulher nunca dizia não aos seus pedidos e ordens, mas depois acabava por fazer apenas o que lhe apetecia tinha-o trazido durante algum tempo desconfiado e agastado, porém, atarefado como andava com os cuidados e trabalhos de guiar a caravana, deixara de pensar nisso.

No entanto, para a atemorizar um pouco e a trazer de novo à sua religião, acrescentara:

— Ontem, durante o meu sono, El-Chadai visitou-me e disse-me: "Não chamarás mais à tua mulher Sarai, mas Sara, a *'Princesa'*. Abençoá-la-ei e dar-te-ei um filho seu. Será mãe de nações e dela sairão reis". Assim, o Altíssimo te concedeu a sua bênção e conselho, pois, para não te associarem ao rei do Egito, passarei a chamar-te Sara e direi que és minha irmã.

E, para dar mais veracidade à história desse parentesco, Abraão pusera a mulher com as suas escravas egípcias em outra tenda, onde só raramente a visitava e não voltara a dormir com ela.

Sara viajava com a escrava preferida na cômoda charola[7] montada sobre a corcova de um camelo. Estava grata ao medo

---

[7] Caixa de liteira, montada na corcova do camelo, onde viajam as mulheres, protegidas do calor e dos olhares dos homens.

de Abraão que, ao fazê-la passar por irmã, a livrava da sua presença incômoda e lhe permitia refugiar-se na saudade e na memória de um bem para sempre perdido.

Reclinada nas almofadas, com os pés no regaço de Agar e embalada pelo balanceante passo do camelo, segurava nas mãos os pequenos objetos de luxo trazidos de Tebas, o espelho de bronze ou o leque de marfim, recordando o requinte dos seus aposentos de favorita, os cuidados das servas com o seu corpo para o transformarem num objeto precioso capaz de despertar o desejo e o prazer do Divino Senhor do Egito. A memória dos lábios e dos dedos inquietos de Sebekhotep estava inscrita em todo o corpo de Sara e queimava como lume, pois Agar podia ver como ela a buscava na pele com os dedos trêmulos, arrancando as vestes numa ânsia sufocada, percorrendo caminhos invisíveis de prazer e dor que a faziam suspirar e chorar de agonia.

Então, a escrava egípcia, condoída, afastava-lhe as mãos e afagava-a com os gestos sábios e experientes ensinados no harém a todas as servas, destinados a causar as mais doces sensações ou o prazer mais lascivo. Agar mimava o toque masculino de um amante ansioso e Sara, cerrando os olhos e esquecida do lugar onde se encontrava, sentia de novo os lábios de Sebekhotep sobre os seios, os dentes mordiscando-lhe os mamilos que endureciam e inchavam com um arrepio da pele ao contacto da sua língua. E quando as mãos de Sebekhotep subiram por entre as coxas até ao fulvo triângulo do sexo, como a serpente em busca do ninho, o corpo ondulou e contorceu-se em torno dos seus dedos e Sara, esvaindo-se, mergulhou por fim num limbo de esquecimento.

Ao chegar a Gerar, Abraão obteve autorização do rei Abimalec, para viver algum tempo naquelas terras. Durante a estadia, quando se referia a Sara ele dizia sempre que era sua irmã e o rumor da extraordinária beleza da nômade correu como um rio em tempo de cheia, não tardando a alcançar os ouvidos do soberano.

Os relatos dos seus homens e as conversas das cortesãs – num misto de fantasia e verdade – alimentavam, diariamente, primeiro a curiosidade, depois o desejo e a paixão de Abimalec por aquela estranha mulher que de dia se vestia como uma pastora e de noite, sozinha na sua tenda, envergava trajes sumptuosos de concubina e se perfumava com as mais raras essências do Oriente. E o Senhor de Gerar, antes mesmo de a conhecer e sabendo que já não acharia descanso nem para o corpo nem para a alma enquanto não tivesse a misteriosa Sara no seu leito, uma noite mandou-a raptar e trazer em segredo para o harém.

Sara fora dominada e amordaçada por dois homens corpulentos, quando saíra para urinar num local escuro por trás da tenda, lançada como uma saca na garupa de um cavalo e levada num galope desenfreado para lugar desconhecido. Na confusão e terror do rapto, percebera pelos ditos brejeiros que os homens não agiam por conta própria, mas por ordem do rei de Gerar, pois desde a chegada da tribo, Abimalec não ouvira falar de outra coisa senão da irmã de Abraão e o seu desejo por ela tornara-se numa doença, a ponto de parecer enfeitiçado.

No harém do rei não houve banhos, nem cuidados especiais com o seu corpo, prodigalizados pelas escravas da casa, pois esses luxos não eram comuns nos pequenos reinos situados nas terras desérticas entre o Egito e Canaã, cujos soberanos eram pouco mais do que chefes tribais, ignorantes e supersticiosos. Sara foi imediatamente levada por um servo para uma pequena câmara e deixada só, enrodilhada em amargura e revolta.

Conhecendo os costumes daqueles povos rudes, violentos e com falta de mulheres, não duvidava de que iria ser violada pelo Senhor de Gerar e sentiu-se invadir por uma onda de ressentimento muito próximo do ódio contra Abraão. Desprezava o marido com todas as forças do seu coração, pela sua covardia, pelo modo como se servia dela permitindo que outros a cobiçassem e usassem para seu prazer, tirando sabiamente partido disso, enriquecendo mesmo à custa da sua desonra. Sem remorsos nem vergonha, persistia no jogo das mentiras e da impostura, apresentando-a ao mundo como irmã, expondo-a vilmente ao desejo dos homens.

Já não lhe suportava sequer a presença e ainda menos quando lhe aparecera com o pretexto de que El-Chadai lhes queria dar um filho. Por duas vezes a procurara na tenda às escondidas – não fosse alguém desconfiar de que afinal não eram irmãos – para servir-se dela, mas Sara pusera-lhe na bebida uma droga trazida do harém de Sebekhotep e Abraão adormecera de imediato e sonhara belos sonhos de amor e coito, saindo de madrugada muito satisfeito com a sua atuação.

Na corte egípcia, Sara aprendera com Meryt o uso de muitas ervas e outras drogas capazes de provocar as fantasias mais prodigiosas, tornar a virilidade murcha de um velho numa fonte de inesgotável energia, mas também de provocar a inconsciência, o esquecimento e até a morte. E não tinha qualquer escrúpulo em as usar, se a isso fosse obrigada para preservar a liberdade. O corpo e o espírito de Sara haviam sido moldados pelo amor de Sebekhotep, o divino Filho de Amon-Ra, à sua imagem e semelhança, portanto, o desejo de outro homem era já uma violação insuportável. Por essa razão ela trazia sempre ao pescoço a pequena jóia que escondia um veneno poderoso e estava disposta a usá-lo em Abimalec ou em qualquer outro, se as suas súplicas não fossem atendidas.

O Senhor de Gerar retirara-se bem cedo para os seus aposentos, pretextando uma ligeira indisposição por ter comido em demasia e nenhum dos convivas presentes à mesa achou isso estranho, pois os excessos de Abimalec eram sobejamente conhecidos, fossem eles de comida, bebida ou mulheres e o corpo gordo e mole, o rosto vermelho com os olhos raiados de sangue e a expressão libidinosa, quase bestial, eram um testemunho gritante de tais desmandos.

Abimalec quisera ter tempo para preparar um recebimento digno da apregoada beleza de Sara, condescendendo mesmo em tomar um banho e perder o cheiro a estábulo ou a camelo com cio – como dizia a esposa principal, a ciumenta Nin-dada. Vestira uma túnica larga e bordada para disfarçar o ventre rotundo, deixara que lhe penteassem os cabelos e as barbas e, por fim, contemplara-se satisfeito no pesado espelho de bronze.

As mulheres submetiam-se aos seus caprichos e violências não por amor ou desejo, mas por conveniência, medo e cativeiro e o soberano de Gerar, fosse como fosse, obtinha sempre a satisfação das paixões; só desistia da presa quando os oráculos não eram auspiciosos, por ser demasiado supersticioso para ousar desafiar o destino e os poderes divinos. Porém, no caso de Sara, abrira uma excepção quando as predições foram de mau agoiro.

Estendera-se sobre o leito para esperar a nômade que Pikol, o chefe do seu exército, não tardaria a trazer-lhe, enquanto bebia um bom vinho de Canaã para dominar a impaciência e a ansiedade. O golpe fora arriscado, pois a tribo de Sara, segundo lhe haviam dito, era numerosa e aguerrida, adorava El-Chadai, o Altíssimo, um deus poderoso e moralizador que estava conquistando muitos crentes, mesmo entre o seu povo e Abimalec temia a vingança de Abraão pela afronta. O chefe tribal nunca lhe daria de boa vontade a irmã para concubina, porém, depois de ele a ter raptado e seduzido, não lhe restaria outra coisa senão fazer um acordo a fim de reparar a desonra. Esperava resolver o incidente com a oferta de um dote generoso em troca de Sara.

O vinho tornava-lhe as pálpebras pesadas, os defumadouros de mirra criavam no quarto uma bruma perfumada e quente que o entontecia, um suave quebranto apoderava-se do seu corpo no gozo antecipado do encontro com Sara e o Senhor de Gerar cerrou os olhos, deixou cair o copo com os restos da bebida e adormeceu.

E teve um sonho terrível. Em vez da nômade de seus desejos, o Senhor de Gerar recebeu a visita do Deus de Abraão que lhe disse, numa voz sem corpo: *"Eu sou El-Chadai, o Altíssimo e vou punir-te. Vais morrer por causa da mulher que raptaste, visto ela ser casada com Abraão"*. O aterrorizado Abimalec respondeu, tremendo: *"Senhor, eu ainda não me aproximei dela. Dareis a morte mesmo a um inocente? Não me disse ele que era sua irmã? E ela própria tem dito a toda a gente: 'É meu irmão'. Procedi com pureza de coração e mãos inocentes."* Então Deus respondeu-lhe no sonho: *"Eu bem sei que agiste com pureza de coração, por isso obstei a que pecasses contra Mim, e não permiti que a tocasses. Manda novamente a mulher para esse homem..."*.
— Abimalec, meu senhor, a mulher já chegou!
A voz do servo despertou-o em sobressalto, alagado de suor e tremendo como se tivesse as febres do deserto. O escravo assustou-se e, de joelhos, suplicou:
— Perdoa-me, meu senhor, por ter interrompido o teu sono, mas disseste-me para te avisar mal ela chegasse e...
Fez um gesto com a mão para que se calasse, compôs as vestes enrugadas, alisou para trás os cabelos suados, colados à testa e ordenou:
— Vai buscar a mulher.
Sara entrou, sem dar mostras de temor, com uma altivez pouco habitual numa pastora nômade:
— Porque me fizeste raptar, tirando-me à minha tribo e à minha família? Que pretendes de mim?
Sara ouvira o marido falar de Abimalec como um homem muito supersticioso, acreditando em toda a sorte de sonhos e profecias e, ao ver como isso era verdade pelos inúmeros amuletos de protecção que o rei trazia ao pescoço pendurados num fio, além de outros talismãs dispersos pelo quarto para afastar o mau olhado e os feitiços dos inimigos, procurou usar essa fraqueza em seu favor.
— Abraão é um profeta — disse com arrogância — e El-Chadai, o Todo-Poderoso é o seu Deus. Uma ofensa feita a

Abraão é uma afronta ao Altíssimo. Se me deixares ir embora para a minha tribo, ele rezará por ti e tu conservarás a vida.

Abimalec empalideceu, pois a mulher tinha a voz das profetizas do templo e o que ela dizia soava-lhe a uma maldição. Já nem prestava atenção à cobiçada beleza da mulher, desejava apenas saber do seu destino e se o sonho falara verdade.

– Afinal, Abraão é teu irmão ou teu marido?

Sara respondeu sem hesitar:

– Ambas as coisas. Somos filhos do mesmo pai, Taré de Ur, mas de mães diferentes, por isso pudemos casar. Assim, se não me mandares entregar a Abraão, ele há-de lançar-te uma maldição tão grande que morrerás de certeza, tu e todos os teus, pois o nosso Deus nos vingará.

– Não devias ter dito que eras irmã dele, sendo sua esposa! Porque o fizeste?

– Abraão temia que, sabendo-me sua esposa, o matassem, para se apoderarem de mim, pois uma viúva é presa fácil para os homens sem escrúpulos.

Abimalec via como o seu sonho coincidia com a fala de Sara e, cheio de medo, curvou-se à vontade dos deuses dando ordens para que ela fosse imediatamente alojada nos aposentos das mulheres e muito bem tratada.

De manhã, ao erguer-se do leito, o rei convocou os seus familiares para lhes contar todas estas coisas e eles foram dominados por grande terror, pedindo-lhe para mandar chamar o profeta dos nômades e a fim de lhe entregar a esposa o mais depressa possível, antes de algum terrível castigo lhes cair sobre as cabeças. Abimalec seguiu o conselho da família e mandou os seus soldados trazerem o marido de Sara à sua presença.

Quando Abraão se apresentou diante dele, bradou-lhe:

– Que nos fizeste? Em que te ofendi para nos expores a mim e ao meu reino, ao castigo do teu deus? Não devias ter procedido comigo da forma como procedeste! Que pretendias com isto?

Abraão respondeu:

– Julgava que não havia temor de Deus neste país e que iriam matar-me por causa de minha esposa.

Então Abimalec tomou ovelhas, bois, escravos e escravas e deu-os de presente a Abraão. Ao entregar-lhe a mulher, ofereceu:

– O meu país está à tua disposição, podes fixar-te onde quiseres.

Disse também a Sara:

– Dei ao teu parente mil moedas de prata, para esqueceres tudo o que se passou contigo. Ficas assim compensada do mal que te fiz.

Abraão tomou posse da sua esposa e dos presentes de Abimalec e, agradecendo a generosidade do soberano de Gerar, regressou ao acampamento muito aliviado e mais rico do que antes.

Os Reveses de Lot

Abraão saiu do Egito para Nageb com sua mulher Sara, os rebanhos e tudo o que lhe pertencia e Lot decidiu acompanhá-lo. Como a região de Nageb continuava muito pobre, resolveram regressar ao lugar do primeiro acampamento, entre Bethel e Hai, no sítio onde Abraão erigira pela primeira vez um altar a El-Chadai. Todavia, as terras não eram suficientemente grandes para nelas se estabelecerem o tio e o sobrinho com bens tão avultados, pois Lot também possuía ovelhas, bois, servos e tendas e os seus pastores andavam sempre envolvidos em questões e zaragatas com os pastores de Abraão, o qual decidiu ter uma conversa com Lot para pôr fim àquele inferno:
— Peço-te, meu filho, que faças os possíveis para não haver conflitos entre os nossos pastores, pois eles são fonte de discórdia entre nós e isso não está certo, por sermos do mesmo sangue. Não te deves esquecer de que teu pai Harran era meu irmão!
— Meu tio, os teus pastores são soberbos e expulsam os meus servos com os rebanhos dos melhores pastos.
Estava zangado e não parecia disposto a ceder, por isso Abraão sugeriu, apaziguador:
— Não tens esta região toda diante de ti? Creio que será melhor separarmo-nos. Se fores para a esquerda, eu irei para a direita; se fores para a direita, irei para a esquerda.
Lot ergueu os olhos e viu toda a planície do Jordão estendendo-se ao sul e ao norte do Mar Morto, inteiramente regada pelo rio e, por isso mesmo, tão fértil como a terra do Egito ou os Jardins do Paraíso:

– Separemo-nos então, meu tio. E eu escolherei a planície, se mo permitires.
– Pois bem, tu seguirás para os vales do Jordão e eu ficarei nas terras de Canaã. Que o Senhor te acompanhe.
– E fique contigo também.

Separaram-se um do outro e Lot seguiu para oriente, até às pequenas cidades da planície e ergueu as suas tendas à entrada de Sodoma, cujos habitantes eram muito perversos e grandes pecadores, levando uma vida de devassidão e luxúria.

Algum tempo depois de Lot se ter estabelecido na planície do Jordão, Kedor-Laomer, Senhor de Elam, aliou-se a Amrafel de Sennaar, a Arioc de Elasar e a Tidal de Goim e puseram-se em marcha, atacando e submetendo ao seu jugo todos os povos que encontraram numa vasta região, desde Achteroth-Karnaim até El-Faran, no deserto, devastando igualmente, no regresso, todas as terras dos Amalecitas e dos Amorreus, nas vizinhanças de Cades.

Os reis Bera e Bircha, das cidades de Sodoma e Gomorra, e os seus aliados Chinab de Adma, Chemeber de Ceboim e Çoar de Bela, saíram em defesa das suas terras e alinharam-se no Vale de Sidim para a batalha. Os quatro reis invasores, mais experientes na guerra, derrotaram os cinco reis defensores, fazendo-os fugir. Os soberanos de Sodoma e Gomorra, na sua fuga, caíram nos poços de betume[8] que enxameavam a região e aí encontraram a morte.

Os vencedores saquearam as duas cidades, matando os velhos e fazendo prisioneiros a muitos homens moços, para os venderem ou usarem como escravos. Entravam em todas as casas em busca de mulheres que arrebanhavam, usando muitas delas para serviço e divertimento das tropas, nos improvisados bordéis onde eram violadas, por vezes até à morte,

---

[8] Betume – Espécie de mineral combustível, da cor do asfalto, proveniente do Mar Morto.

em apostas bestiais da soldadesca ébria de vinho e de sangue, ou forçadas repetidamente aos mais torpes deboches, até nelas já não restar nada de humano e esperarem a morte como uma libertação.

Quando os invasores se retiraram, levando com eles as mulheres mais jovens e belas que haviam guardado para escravas ou concubinas, deixaram para trás esse rancho de miseráveis criaturas, com olhos vazios de alma, ventres rasgados e apodrecidos. Lot também ia no grupo dos prisioneiros, depois de ter sido despojado de todos os seus bens e víveres, consolado na sua miséria por a mulher e as filhas terem conseguido esconder-se e, assim, logrado escapar ao destino das outras prisioneiras.

Um dos fugitivos de Sodoma correu a anunciar a desgraça a Abraão que vivia em Hebron[9]:

— Teu sobrinho foi feito prisioneiro por Kedor-Laomer. Vai com outros prisioneiros a caminho de Elam.

O patriarca sentiu o coração pesado de dor:

— E a mulher e as filhas?

— Conseguiram fugir e refugiaram-se nos montes.

— Vou reunir a minha gente e partiremos sem demora.

Abraão enviou recado aos principais chefes da sua tribo convocando-os para um Conselho na Tenda da Reunião. Agradeceu ao fugitivo:

— Que El-Chadai te cubra de bênçãos, meu amigo! Agora vou reunir-me com os chefes de família, pois não há tempo a perder. Temos de alcançar as hostes inimigas ainda no nosso território e atacar de surpresa, só assim poderemos ter alguma esperança de vitória.

O patriarca não logrou obter ajuda do Conselho e nenhum dos chefes enviou homens para formar uma companhia de soldados, por isso, reuniu trezentos e dezoito dos seus mais

---

[9] Hebron se identifica com a atual El-Kalil, a trinta e seis quilômetros de Jerusalém.

valentes servos, nascidos na sua casa[10], e lançou-se com eles em perseguição do inimigo, fazendo marchas forçadas até às terras de Dan.

Quando os batedores avistaram as indisciplinadas e alegres hostes do rei de Elam a prepararem o arraial para a noite, arrogantes e seguros da sua força, Abraão disse aos seus homens:

– Vamos dividir-nos em grupos e esconder-nos até à noite, para atacarmos o acampamento de surpresa quando eles estiverem dormindo ou bêbados.

Durante muito tempo ouviram os soldados de Kedor-Laomer festejarem com vinho e amor os triunfos, porém, Abraão só deu ordem de ataque quando o som da música se calou. Os homens, divididos em grupos, chefiados por ele e pelos seus aliados Aner, Echkol e Mambré, cercaram o acampamento e fizeram o assalto por diferentes lugares ao mesmo tempo, caindo sobre os descuidados inimigos que, no rescaldo das orgias, jaziam pelo chão inconscientes de embriaguez ou dormiam nos braços das escravas, esgotados nos excessos da luxúria.

Deste modo, quase sem encontrarem resistência, os nômades do deserto destroçaram os adversários e puseram em fuga o rei de Elam, perseguindo-o até Hoba, ao norte de Damasco. Por fim, senhor do campo, Abraão passou revista ao acampamento abandonado, retomou as riquezas das cidades e dos povos saqueados e libertou os prisioneiros.

– Meu tio! – exclamou Lot, ainda incrédulo, quando o libertaram e viu o velho parente à frente das tropas vitoriosas. – Desde quando te tornaste guerreiro?

– Quando soube que te tinham feito cativo – respondeu, sorrindo do seu pasmo. – Não podia deixar um crente abençoado por El-Chadai ser escravo de um idólatra!

– Como soubeste da nossa desgraça? – o sobrinho abraçava-o, comovido, com o rosto molhado de lágrimas.

---

[10] Filhos de outros servos da casa.

– Por um fugitivo de Sodoma. Contou-me os feitos criminosos de Kedor-Laomer e disse-me também que te levavam como escravo.
– E a minha mulher e filhas, tiveste alguma nova do seu paradeiro?
– Sossega o coração, meu filho, que elas estão a salvo nas minhas tendas, em Hebron, e em breve se reunirão contigo.

Ao ver como Abraão tinha vencido Kedor-Laomer e os reis seus aliados e ficara senhor de todos os despojos da batalha e do arraial, como era próprio da lei da guerra, o novo Senhor de Sodoma veio lançar-se a seus pés e suplicou-lhe:
– Dá-me as gentes da minha cidade e fica tu com os bens. O meu povo era livre, não deve ser feito escravo!
– De tudo quanto possuis não quero nada – retorquiu o patriarca com gravidade –, nem um fio, nem uma correia de sandália, para que não digas que enriqueci à tua custa!

Em seguida, libertou as mulheres cativas de Sodoma e devolveu-lhes todos os bens roubados pelos conquistadores, a fim de poderem regressar às suas terras e refazer a vida.
– Nada quero para mim – afirmou ainda Abraão ao rei de Sodoma –, salvo o que os meus servos comeram e a parte do saque que cabe aos meus aliados Aner, Echkol e Mambré.

Finalmente, quando pôde descansar, Abraão sentou-se sob uma árvore e, abarcando com o olhar a belíssima planície do Jordão, recordou a promessa de El-Chadai, no seu sonho profético em Harran, de dar à sua descendência toda aquela região que ia desde o Egito ao grande rio Eufrates e, no mais íntimo do coração, voltou a cobiçá-la com a mesma força da primeira vez.

Cerrou os olhos cansados e, sem dar por isso, adormeceu. Foi imediatamente envolvido pelas densas trevas das visões e ficou aterrorizado. Então ouviu a voz de Deus dizer-lhe: "*Nada temas Abraão! Eu sou o teu escudo e a tua recompensa será enorme*". Cheio de amargura, o patriarca respondeu-Lhe no sonho: "*Que me dareis, Senhor Deus? Não me concedeste filhos e, por isso, será Eliezer de Damasco, um escravo nascido na minha casa, o meu herdeiro!"*. Imperturbável, El-Chadai repetiu uma vez mais a sua promessa: *"Não é ele que será o teu herdeiro, mas aquele que sairá das tuas entranhas. Vês as estrelas no céu? Pois bem, assim será a tua descendência! Eu sou o Todo-Poderoso que te mandou sair de Ur, na Caldéia, para tomares posse desta terra".*

— Mas, quando, meu Senhor? — acordou com o seu próprio grito e suspirou de tristeza, quase de descrença.

Olhou de novo a planície. A Terra Prometida pertencia já a outros povos e o chefe nômade sabia que só por meio de uma guerra muito longa e sangrenta lograria expulsá-los das suas casas e cidades e esse tempo ainda não tinha chegado e, se chegasse, seria muito depois do seu tempo. Suspirou de pena e foi despedir-se de Lot para voltar ao vale onde vivia, enquanto o sobrinho regressava ao acampamento.

Alguns anos de paz tinham decorrido desde a Guerra dos Nove Reis, quando um dia, ao fim da tarde, dois estrangeiros chegaram a Sodoma. Lot estava sentado à porta da cidade e ao vê-los iluminados pelo sol quente que baixava e lhes punha uma auréola em volta das cabeças, sentiu que aqueles dois seres não eram homens vulgares, mas emissários de El--Chadai, por isso, ergueu-se pressuroso, correu ao encontro deles e, prostrando-se com o rosto por terra, disse-lhes:

— Peço-vos, meus senhores, que venhais para a casa deste vosso servo passar a noite e lavar os pés. Dar-vos-ei de comer e, quando tiverdes as forças restauradas, prosseguireis caminho. Levantar-vos-ei de manhã cedo e podereis atravessar a cidade com menos perigo.

Um dos estrangeiros respondeu-lhe:

— Não, meu amigo, passaremos a noite na praça.

Lot instou com eles, aflito:

— Ignorais, então, o perigo que correis? Não conheceis os hábitos dos sodomitas e os seus nefandos pecados? Não passeis adiante, peço-vos, parai antes em casa deste vosso servo.

Os estrangeiros acabaram por ceder e acompanharam-no. Lot, depois da guerra com Kedor-Laomer, deixara de viver em tendas e habitava com a família, há já alguns anos, numa casa à entrada de Sodoma. Mal cruzou a soleira da porta, mandou a mulher e as filhas tratar do jantar:

– Preparai já três medidas de flor de farinha e cozei pães ázimos no borralho, para os nossos hóspedes. Fazei prestes!

Tomou manteiga, queijo e leite e pô-los diante dos estranhos, sobre a mesa, ficando de pé junto deles, enquanto comiam. Quando terminaram, disse-lhes:

– Os leitos estão preparados e podereis ir dormir quando quiserdes.

Ainda não se tinham deitado nessa noite, quando os homens de Sodoma, desde os mais novos até aos mais velhos, todos sem exceção, nos seus trajes garridos e modos licenciosos, rodearam a casa chamando Lot numa grande berraria. Então o que parecia ser o chefe bradou num momento de pausa do alarido:

– Onde estão os homens que entraram em tua casa esta noite? Trá-los cá para fora, para os conhecermos.

Os mais jovens batiam com os punhos na porta, cada vez mais encarniçados pelo silêncio dos moradores.

– Ouvimos dizer que são estrangeiros, belos e requintados. Temos um grande desejo de os conhecer – gritou um mancebo entroncado e folgazão, sublinhando a frase com um obsceno menear de quadris que arrancou um coro de gargalhadas à multidão.

Lot sabia qual era o significado de *conhecer* para os sodomitas e que, por isso, os hóspedes corriam um grande perigo. Para tentar dissuadir os provocadores dos maus propósitos, veio à entrada e, fechando a porta atrás de si, rogou-lhes:

– Suplico-vos, meus irmãos, não cometais semelhante perversidade! Deus há-de castigar-vos.

Gritaram ameaças, exaltados pelo excesso da bebida e pela oposição encontrada:

— Se eles não saírem cá para fora, entramos nós!
— O que pedimos agora com bons modos, tomaremos pela força, se não abrirem as portas!
— Tira-te da frente — ameaçou o chefe da horda com irritação —, se não queres levar o mesmo tratamento que reservamos aos teus hóspedes!

Para salvaguardar a honra dos estrangeiros, Lot não hesitou em fazer um grande sacrifício no seio da sua família, propondo-lhes uma troca:
— Escutai-me! Tenho duas filhas muito belas e ainda virgens que vos darei, para fazerdes delas o que vos aprouver. Mas tereis de jurar que não tocareis nestes homens, nem lhes causareis dano algum, porque eles vieram acolher-se à sombra do meu teto e, portanto, são hóspedes sagrados.

Várias vozes gritaram, coléricas:
— Retira-te! Deixa-nos passar! Sai daí!
— O que podia ser dado com volúpia, será tomado com dor!
— Maior será o nosso gozo!
— O que quereis fazer é contra natura, é um crime nefando! — insistia Lot, tapando a porta com o corpo. — E é um pecado contra El-Chadai, o Deus Todo-Poderoso, cujo profeta é Abraão, o meu tio, que vos salvou na Guerra dos Nove Reis, a vós e vossos parentes, da escravidão de Kedor-Laomer.

O cabecilha do grupo soltou um riso escarninho e mostrou Lot aos companheiros:
— Cá está um homem que chegou como estrangeiro e quer agora ser o nosso juiz. Pois bem, vamos fazer-te pior do que a eles.

Agarrou-o pelo pescoço e empurrou-o, batendo-lhe repetidamente com a cabeça contra a parede, até Lot cair inanimado no chão. Nesse momento, os dois estrangeiros abriram a porta, estenderam as mãos pela abertura e puxaram-no para dentro de casa, trancando-se de novo no interior.

Furiosos, os sodomitas avançaram para arrombar a porta, mas os sitiados lançaram-lhes do telhado azeite a ferver e substâncias a arder que incendiaram as roupas e os cabelos e feriram de cegueira os homens da frente; loucos de dor e aflição, os feridos esforçavam-se inutilmente por encontrar o caminho para fugir daquele inferno, mas chocavam com os de trás, provocando o caos na turba dos assaltantes.

Incitados pelos gritos de dor dos companheiros, os restantes sodomitas recompuseram-se e lançaram-se contra a porta com brados e insultos, quebrando a madeira em pedaços. Entraram de roldão pela casa, caindo com fúria assassina sobre os três homens e as três mulheres impotentes para resistirem à violência daquela horda enraivecida.

A excitação e a impaciência ruidosas dos sodomitas, causadas pela longa altercação e pelo estorvo imposto por Lot à satisfação das suas paixões, haviam-se transformado em sentimentos de ódio e desejo de vingança, ao sofrerem na pele as queimaduras das substâncias a arder lançadas pelos sitiados. Naquele momento já não buscavam o prazer lascivo dos sentidos, o gosto voluptuoso do interdito ou a curiosidade mórbida do pecado e da transgressão; queriam apenas fruir da dor e humilhação dos estrangeiros, estimular o fogo negro das suas almas com o som dos gritos, choros e súplicas das suas vítimas.

Por isso, não houve piedade, indulgência ou remorso, somente violência e crueldade, quando os seis prisioneiros foram agarrados pelos braços e pelas pernas, as roupas rasgadas em pedaços e arrancadas para expor os corpos nus à mais abjeta manipulação, como fantoches articulados num jogo perverso de posições. Os algozes revezavam-se em grupos para os imobilizar, uns erguendo-os no ar ou sujeitando-os no chão, de pernas afastadas ou dobradas contra o peito, para serem repetidamente violados pelos companheiros, enquanto outros lhes seguravam as cabeças, lhes introduziam os sexos na boca, masturbando-se excitados pelos espasmos dos violadores e pelos movimentos convulsivos dos corpos rasgados e ensanguentados das suas presas.

Os sodomitas arrastaram as duas filhas de Lot e um dos hóspedes até à mesa comprida e estreita, deitando-os de bruços sobre o tampo, atravessados, com os braços e as pernas pendurados e presos pelos pulsos e tornozelos; Lot, a mulher e o outro estrangeiro foram suspensos pelos pulsos dos ferros onde o pastor pendurava as carcaças das ovelhas. E os algozes chicotearam-nos, retalhando-lhes as carnes e de novo os violaram e abusaram até ao sangue e à inconsciência. Por fim, saciados, soltaram-nos, abandonando os corpos profanados, quase exangues, na casa saqueada cuja desordem e imundície davam testemunho das brutalidades e horrores ali cometidos.

Só muitas horas mais tarde, já o dia nascera num silêncio apenas cortado pelo choro das duas moças, as vítimas do abominável assalto tiveram forças para cuidar das carnes maceradas, das muitas feridas e golpes, lavando-se do sangue e do sêmen impuros, como se buscassem na frescura da água uma purificação que lhes devolvesse um pouco de dignidade humana.

Então, quando puderam falar, Lot disse à mulher e às filhas:

– Ninguém precisa saber o que se passou aqui. Guardai segredo desta ignomínia, pois de nada tivemos culpa ao agirmos como manda a nossa lei.

As moças limparam as lágrimas e baixaram a cabeça em sinal de concordância. Então os dois estrangeiros falaram pela primeira vez:

– Não podemos deixar sem castigo o crime nefando que foi cometido contra nós! – disse o mais jovem dos dois, com raiva contida. – Mas, para que nada vos aconteça, tereis de abandonar esta casa e Sodoma para sempre.

– Quantas pessoas da tua família ainda vivem aqui? – perguntou o outro. – Manda sair desta região os teus filhos, filhas, genros e todos os parentes, pois vamos destruir estas terras, porque a nossa ira contra os seus habitantes é enorme e clama por vingança.

– Que ides fazer? – quis saber Lot.

– Algo que jamais esquecerás – garantiu o estrangeiro com um sorriso feroz que fez estremecer o sobrinho de Abraão. – Todavia deves dizer aos teus parentes que foi El-Chadai quem te apareceu em sonhos para te avisar do castigo deste povo sem lei, de outro modo não acreditarão em ti.

Quando se sentiu capaz de andar, Lot saiu e foi falar aos seus genros, dizendo-lhes:

– Tomai todos os vossos bens e ide embora daqui, pois Deus vai destruir a cidade, para castigar a perversidade dos sodomitas.

Tal como os hóspedes haviam dito, eles julgaram que o sogro estava gracejando e recusaram-se a fugir. Lot voltou para casa muito preocupado e sua aflição foi ainda maior quando a mulher lhe disse que os estrangeiros tinham estado toda essa noite ausentes, não sabia onde. Já não se deitou, ficando à espera dos hóspedes, de coração apertado e só respirou de alívio quando os viu regressar ao amanhecer, cansados e enegrecidos de betume. Embora ardesse de curiosidade, não se atreveu a perguntar-lhes onde tinham ido e o que haviam feito durante essas longas horas de ausência. Os dois homens insistiram com Lot para que apressasse a partida:

– Sai daqui, quanto antes! Foge depressa com a tua mulher e filhas, se não queres morrer também com o resto da tua família, no suplício de Sodoma.

E como ele se demorava, os estrangeiros, cheios de impaciência, agarraram-no pela mão, assim como à mulher e às duas filhas e conduziram-nos para fora dos muros da cidade. Um deles insistiu mais uma vez:

– Foge, se queres conservar a vida. Não olhes para trás, nem te detenhas em parte alguma da planície, pois Sodoma e Gomorra, com os seus arredores, não tardarão a explodir em chamas e delas nada restará no fim deste dia.

– Para onde devemos fugir? – perguntou Lot, assustado, sem saber o que fazer e pensando como eram estranhos e poderosos aqueles hóspedes desconhecidos.

– Foge para os montes, de contrário morrerás!
– Não, meu Senhor, peço-te. Se fugirmos até ao monte seremos apanhados pela destruição da cidade e morreremos. Próximo daqui está Çoar, onde poderemos encontrar refúgio. Não é tão grande como Sodoma ou Gomorra, no entanto gostaria de lá viver com minha família... É um lugar pequeno... mas pode salvar-nos a vida...
– Apressa-te, então, a refugiar-te nela, pois nada posso fazer antes de lá chegares e a nossa vingança não deve esperar.

Lot deixou a cidade sem saudades, levando o pouco que lhe restava dos seus bens e podia ser transportado numas trouxas. Quando já estava próximo de Çoar, viu uma chuva de enxofre e de fogo cair sobre Sodoma e Gomorra e a mulher, que se tinha atrasado, olhou para trás e ficou paralisada, muda de espanto perante o terrível espetáculo.

– Alguém incendiou os poços de betume! – gritou com desespero. – O mundo está a arder!

Sem se voltar, Lot bradava-lhe para se apressar e se juntar a eles, mas a mulher já não o podia ouvir. Os poços de betume incendiados pelos estrangeiros tinham propagado o fogo uns aos outros, em redor de Sodoma e de Gomorra, e explodiam como vulcões vomitando lava, pedras incandescentes e sal que cobriam tudo e tudo perfuravam. O cataclismo destruía as duas cidades com todos os seus habitantes, a planície inteira e até a vegetação da terra. Elevava-se do solo um fumo sufocante semelhante ao de uma fornalha do inferno que envenenava as gentes e os animais em fuga.

A mulher de Lot, ainda imóvel, recebeu em pleno corpo uma rajada de cinzas e sal que a cobriram por completo de cristais brilhantes, incrustados a fogo na sua pele até a transformarem numa estátua petrificada. O sol erguia-se sobre a terra quando Lot, limpando as lágrimas, entrou na cidade de Çoar, conduzindo as filhas que soluçavam e gritavam aos céus fumarentos o nome da mãe.

A destruição de Sodoma e Gomorra aterrorizara todas as terras e cidades próximas, dando origem ao aparecimento de uma vaga de profetas que falavam da ira de Deus contra os pecadores e do fim do mundo, se os homens não se arrependessem dos seus vícios.

– O clamor dos pecados de Sodoma e Gomorra era imenso e chegou aos ouvidos do Altíssimo – bradava um velho asceta. – O Todo-Poderoso enviou os Seus anjos a Sodoma, todavia os sodomitas não os reconheceram e pecaram contra eles. Então, Deus enviou-lhes o castigo, aniquilando as cidades e todos os seus habitantes, menos um homem e duas mulheres que lograram escapar à justiça divina.

Desde muito cedo, haviam corrido os rumores mais bizarros quer sobre as causas daquela calamidade, quer sobre a fuga, identidade e paradeiro dos três fugitivos de Sodoma miraculosamente salvos. Os estrangeiros que chegavam a Çoar ou a qualquer outra cidade das vizinhanças eram vistos com muita desconfiança pelos seus habitantes, por isso Lot e as duas filhas sentiram imediatamente esse estigma e animosidade nas pessoas que se viravam para os ver passar e ficavam falando e gesticulando nas suas costas, com grande agitação e receio.

– Meu pai, somos impuras – dizia Oholibama, a filha mais velha, procurando conter as lágrimas –, fomos profanadas pelos sodomitas e as nossas carnes estão manchadas, por isso nos apontam a dedo como se fossemos leprosas.

– Ninguém se acerca de nós – queixou-se Timna rompendo em soluços. – Viram-nos as costas, se lhes falamos e as crianças atiram-nos pedras e insultos.

Lot teve receio de continuar a viver na cidade e, um dia, resolveu partir de Çoar com as duas filhas, afastando-se para bem longe das terras habitadas e indo viver com elas para uma caverna escavada na encosta de um monte.

Levavam uma vida solitária, feita de trabalho e privações para poderem sobreviver, mas pelo menos tinham reencontrado ali a paz que lhes fora roubada pela gente perversa de uma cidade sem lei. As duas irmãs evitavam falar dos acontecimentos de Sodoma e das sevícias sofridas que ainda lhes povoavam o sono de terríveis pesadelos, pois as feridas da alma tardavam mais tempo a sarar do que as do corpo.

Um dia, Lot partiu bem cedo para a caça e Oholibama disse à irmã mais nova:

– O nosso pai está velho e não há homens nesta região com quem nos possamos casar, como é de uso em toda a parte.

– Eu não me quero casar com ninguém – gritou Timna, com voz trémula, deixando cair a escudela com os legumes para a sopa. – Achas que, depois *daquilo* eu podia consentir...

– Eu sei disso – respondeu a outra, com impaciência –, mas também sei que temos o dever de não deixar acabar a raça de nosso pai.

– E como o poderemos evitar? Mesmo que quiséssemos casar, como tu mesma acabaste de dizer, não temos vizinhos e a única criatura que por aqui passa, uma vez cada seis meses, é o velho almocreve.

– Escuta-me, minha irmã: se estamos desonradas, não abrigamos qualquer ilusão de encontrar maridos e os homens apenas nos causam asco e medo, podemos ao menos evitar que a raça do nosso pai se acabe com os nossos ventres estéreis.

Já impaciente, a irmã mais nova insistiu:

– Que podemos fazer para o evitar? Arranjar-lhe uma nova esposa? Onde?

– Aqui! Nós! – respondeu secamente Oholibama.

– Nós?! Dormir com o nosso pai? Endoideceste? Não temes o castigo de Deus?

– Já não temos nada a perder, Timna. E se Deus permitiu que os sodomitas nos profanassem, como pode castigar-nos por querermos dar uma descendência ao nosso pai? E para nós Lot não é um homem qualquer, é o pai muito amado, por isso, com ele sofreremos menos do que se dormíssemos com um estranho. Esta noite é de lua nova, propícia à fecundação, vamos embriagá-lo e eu deitar-me-ei com ele e da sua semente conceberei um filho.

Timna não disse mais nada e ela começou a preparar cuidadosamente a ceia de coelho temperado com salva, a erva da fertilidade, e pó de raiz de mandrágora que provoca delírios e fantasias.

E, nessa noite, enquanto Lot comia, Oholibama serviu--lhe o vinho de Çoar de que o pai tanto gostava e guardava avaramente nos odres de pele, mantendo-lhe o copo sempre cheio, até a língua do velho começar a entaramelar-se por entre assomos de riso desatinado.

No fim da ceia, o vinho e as ervas tinham cumprido sua missão, pois Lot divagava, perdido num mundo de visões e devaneios e Oholibama ajudou-o a erguer-se e conduziu-o até à enxerga, no canto da gruta, que preparara com palha fresca. Timna fugiu para o outro canto onde se enroscou na manta, tapando a cabeça, como se quisesse esconder-se do mundo.

Lot agradecia a devoção das filhas, sobretudo da primo-gênita e, choramingando, lamentava o destino cruel que Deus lhes havia dado e Oholibama acalmava-o com palavras de ternura enquanto o despia e cobria com a manta.

Quando o viu sossegado, despiu-se por sua vez, deitando--se junto dele e, no escuro, suas mãos tocaram-no e a moça, chorando, acariciou o pai com todos os gestos que os sodomitas lhe tinham ensinado para lhes dar prazer, arrancando-lhos à força de pancada e humilhações, mas que ela adoçava agora com ternura e compaixão. Apesar do vinho e da droga, o corpo de Lot ainda vigoroso, castigado por uma longa abstinência, começou a despertar e a reagir à massagem dos dedos, ao contato húmido e quente dos lábios e da língua e, mal se apercebendo do que se estava a passar, saudoso de um corpo macio de mulher, aconchegou-se nos braços da filha como nos de uma estranha e, beijando-a e mordendo-a com sofreguidão, penetrou no ventre gasto por muitos homens, como no de uma meretriz, para lá deixar a sua semente.

Oholibama ficou imóvel até ele adormecer sobre o seu corpo, depois deslizou suavemente por debaixo das mantas e, recolhendo as roupas, foi deitar-se não muito longe da irmã, sufocando os soluços para ela não a ouvir.

Na manhã seguinte, Lot despertou um pouco tonto, confuso com os sonhos que tivera:

— Não devias ter-me deixado beber tanto — ralhou com a filha mais velha, fingindo-se zangado, mas sorrindo malicioso. — Dormi mal, sonhei estranhos sonhos.

As duas filhas soltaram um suspiro de alívio. De tudo quanto se tinha passado na véspera, Lot de nada se apercebera, nem quando se deitou nem quando se levantou. Guardava apenas a memória de ter bebido demasiado vinho.

Quando o pai saiu da gruta para trabalhar, Oholibama disse à irmã mais nova:

— Como viste, deitei-me ontem com o pai e recebi a sua semente. Vamos embriagá-lo outra vez esta noite e tu te deitarás com ele, para também ajudares a manter a sua raça.

Nessa noite foi a vez de Timna preparar a comida e, durante a ceia, serviram novamente vinho ao pai, até Lot se quedar num estado de semi-embriaguez, incapaz de reconhecer as próprias filhas quando estas o arrastaram para o leito, o despiram e deitaram.

Timna desnudou-se com dedos trémulos e deitou-se a seu lado, mas Oholibama vendo como a irmã se encolhia aterrorizada sob a manta, sem se poder mover, despiu-se por sua vez e estendeu-se também junto do pai, encostando o corpo nu ao dele, os seios pesados contra o dorso, os quadris contra as nádegas, as pernas enlaçando-se como cordas de seda, até a carne de Lot despertar da inconsciência do sono. Então Oholibama tomou uma das mãos de Timna e guiou-lhe os gestos, num lento deslizar pelo peito e pelo ventre do progenitor, para a irmã o acariciar tal como ela fizera na noite anterior. Lot abriu os olhos como um sonâmbulo, durante o sonho, para a ilusão de uma orgia de amor. Julgando sonhar, buscou avidamente na concha quente e húmida do corpo da mulher que o acariciava o esquecimento para a solidão e, arquejando de ansiedade, deixou-se perder de novo, desta vez nos braços da filha mais nova, fecundando o seu ventre profanado.

E, assim, as duas filhas de Lot conceberam do próprio pai que não se apercebeu, nem quando se deitou, nem quando se levantou, de que havia dormido com elas.

A mais velha deu à luz um filho, a quem chamou Moab e cujos descendentes foram os Moabitas e a mais nova teve igualmente um filho, de nome Ben-Ammi, pai dos Amonitas que, tal como os Moabitas, vivem ainda hoje.

As Agruras de Abraão

Depois de terem vivido dez anos na terra de Canaã, já ninguém ignorava que Sara era esposa de Abraão e não sua irmã, como ele fizera constar durante os primeiros tempos da longa migração, com medo de que os senhores dos lugares por onde passavam lhe fizessem mal, devido à beleza da mulher. Como conseqüência desta fraqueza, durante a permanência no Egito, Sara tornara-se na concubina favorita do Faraó e, mais tarde, fora raptada por Abimalec, o senhor de Gerar, de cujas mãos lograra libertar-se sem danos, graças à sua esperteza.

Com o passar dos anos, Sara pudera finalmente descansar, mas, no seu íntimo não mais perdoara ao marido a repetida cobardia e também por ele ter aceitado sem repugnância os presentes que os enamorados soberanos lhe tinham dado em troca da sua honra. Não lhe suportava sequer a presença e talvez por isso continuasse estéril, sobretudo agora que Abraão ultrapassara os oitenta e cinco anos e insistia em visitá-la na sua tenda para, como ele dizia, cumprir com a vontade de El-Chadai, o Todo-Poderoso, e conceberem um filho.

Então Sara, para se livrar da sua insistência, recorreu aos costumes e leis da saudosa Ur e falou a Abraão na linguagem que sempre usava quando o queria convencer:

– Como o Senhor tarda em cumprir a promessa, o mais certo é ter-se esquecido de mim. Assim, como me mantenho estéril, peço-te que tomes por esposa uma escrava da minha escolha, como permite a nossa lei[11].

---

[11] Segundo a lei de Hammurabi, a mulher estéril que oferecesse ao marido uma concubina ou segunda esposa, não podia ser repudiada por ele sob o pretexto de não lhe dar descendência.

– Mas El-Chadai prometeu...

Abraão hesitava, temendo desobedecer ao Altíssimo, cujas vozes eram cada vez mais confusas e as ordens mais inesperadas, por vezes extremamente difíceis de levar a bom termo.
– Deve ter-se esquecido, com tudo o que tem para fazer – insistiu Sara com impertinência, escondendo o sorriso. – Aceitas a minha escrava para tua concubina[12]?

Tal como esperava, após alguns momentos de embaraço e dúvida, Abraão acabou por anuir à sua proposta e ela voltou à tenda em busca de Agar, para lhe dar parte da sua decisão.

– Mas, senhora, ainda tens as regras[13], por isso podes conceber! – protestou timidamente a escrava egípcia, quando Sara a pôs ao corrente dos seus planos.

– Não adianta, Agar. Se durante todos estes anos da minha vida como esposa de Abraão não cheguei a conceber, não é agora com esta idade que isso vai acontecer e o meu marido necessita de assegurar a sua raça.

– Mas, senhora, e se o mal não for teu mas de Abraão? Não é verdade que o teu esposo conheceu outras mulheres antes e depois de ti e nunca teve filhos? E assim idoso...

Abraão impotente? Quantas vezes, em casa de seu pai e atormentada pela insistência de Taré em querer netos, pensara nisso quando o marido a possuía mas só raramente concluía a cópula com sucesso e, das poucas ocasiões em que o fazia, Sara recebia um parco fluxo de sêmen, amarelado e fraco, que lhe escorria pelas pernas como água em vez de lhe levar ao ventre a semente da vida. Mas não podia consentir que a escrava espalhasse esse rumor pelas tendas da sua tribo, diminuindo a autoridade de Abraão como chefe e patriarca de uma nova religião.

– Não voltes a repetir essa mentira ou mando-te açoitar! – gritou-lhe com severidade e acrescentou: – Tão pouco o meu

---

[12] Nos textos da Bíblia, "concubina" tem muitas vezes o mesmo significado de "esposa".

[13] Menstruação, na Bíblia é também denominada fluxo sangüíneo.

ventre frutificou com a semente de Sebekhotep... portanto, não há dúvida de que sou estéril.

A voz quebrou-se-lhe quando pronunciou o nome do Faraó do Egito e Agar soube que nada nem ninguém lograria dissuadir Sara dos seus propósitos. Estava a par do amor da ama por Sebekhotep e da sua aversão ao marido, cujo contato evitava a todo custo desde que voltara de Tebas, recorrendo às mais diversas manhas e misturando-lhe drogas no vinho, para o fazer dormir quando ele a buscava na tenda, dando-lhe no entanto a ilusão de se ter servido dela.

– Abraão precisa de uma esposa jovem que lhe aqueça o sangue e lhe assegure a sua descendência, como lhe prometeu El-Chadai. E tu vais ser essa mulher!

Sara honrava-a com a escolha, oferecendo-lhe uma posição invejável no seio da família, porém Agar amava em segredo Aanen, o escravo tratador de camelos que viera com elas do Egito e, se fosse dada ao velho amo por esposa, perdia toda a esperança de vir a pertencer-lhe ou a qualquer outro homem, pois o adultério era punido com a morte por apedrejamento.

– Não me dês ao teu marido! – suplicou, prostrando-se diante de Sara. – Por que não escolhes outra escrava de entre tantas do teu serviço? Não fui sempre a tua serva mais fiel, senhora, e a confidente de todos estes anos? Por que me queres apartar de ti, entregando-me ao teu esposo?

Sara fê-la erguer e limpou-lhe as lágrimas, sorrindo:

– Por isso mesmo, Agar, por me seres fiel e conheceres todos os meus segredos.

– Mas, Senhora...

– Amas alguém, Agar, sem que eu saiba?

A voz da ama tornara-se fria e soava como uma velada ameaça que fez estremecer a escrava e temer pela segurança de Aanen:

– Não, Senhora, a quem poderia eu amar? – mentiu, sustendo-lhe com esforço o olhar perscrutador.

– Se conceberes do meu marido, o teu filho será como meu filho e tu a minha irmã muito amada – acrescentou Sara mais tranquila. – Em quem melhor posso confiar, senão em ti? Tens de fazer isso por mim, Agar!
Abraçou-a e a escrava beijou-lhe as mãos num silêncio resignado. Sara tomou-a pela mão e levou-a à tenda de Abraão dizendo ao marido:
– Aqui tens a minha serva Agar, aceita-a para tua concubina. Que ela conceba e dê à luz sobre os meus joelhos e, assim, por ela também eu terei filhos.

Abraão e Agar celebraram o casamento na tenda do Conselho dos Anciãos. O escriba leu o contrato, registado em escrita cuneiforme nas tabuinhas de argila, segundo o código de Hammurabi usado na Casa de Justiça do Zigurate de Ur, de que tinham uma cópia:
– Abraão tomou como esposa Agar, irmã[14] de Sara, sua primeira mulher. Se Sara e Agar disserem ao marido: "Tu não és o nosso esposo", deverão ser lançadas do alto de uma torre. Mas se Abraão disser às suas mulheres: "Vós não sois minhas esposas", elas terão de deixar a casa. Agar deverá lavar os pés de Sara, levar a sua cadeira até ao templo, pentear a sua senhora e, em todas as coisas, velar pelo seu bem-estar. Ela não abrirá o que estiver fechado e, cada dia deverá moer a farinha para o pão de Sara. Quando Sara estiver acabrunhada e de mau humor, também Agar deve ficar afligida e de mau humor. Se Sara estiver alegre e divertida, também Agar deve estar alegre e divertida. Todos os filhos que Agar teve e terá são filhos das duas irmãs. Se Sara disser a Agar: "Tu não és minha irmã", ela deverá deixar a casa. Mas se Agar disser a Sara: "Tu não és minha irmã", Agar será vendida e expulsa da tribo de seu marido.

---

[14] Chamavam irmãs às duas esposas do mesmo homem, embora entre elas não houvesse esse parentesco.

Abraão e as duas mulheres prestaram juramento e foram abençoados pelos sacerdotes, depois assinaram o contrato, secundados pelas testemunhas e, terminada a cerimônia, partiram ao som da música para a tenda onde seria servida a ceia. Embora Agar fosse sua escrava, Sara quisera festejar generosamente os segundos esponsais do marido e escolhera na véspera um gordo vitelo dos rebanhos que entregara aos servos para ser preparado e servido aos convidados, com muitos pães cozidos de fresco, manteiga, queijos em abundância e jarros de leite e vinho. A noiva foi levada para a tenda a fim de ser preparada para receber o seu senhor.

Ouviu Abraão despedir-se dos ruidosos companheiros que o tinham escoltado até à entrada da tenda, com muitos chistes brejeiros e invejosos sobre a noite de núpcias de um velho com uma mulher tão jovem e bela.
– Vê lá como te comportas!
– Mostra que ainda és homem de barba rija.
– Mesmo que o não seja! Agar é capaz de dar vida a um morto!
– Cuidado, Abraão, ainda podes morrer da cura!
Quando o patriarca entrou na tenda, Agar sentiu o cheiro do vinho e viu, à luz da candeia, o velho cambalear e tropeçar a caminho da enxerga. Ergueu-se e, amparando-o, o conduziu até ao leito onde ele se deixou cair pesadamente pronunciando palavras incompreensíveis. A mulher começou a despi-lo e Abraão, entre resmungos e frouxos de riso, meteu-lhe a mão pelo decote da túnica e procurou-lhe os seios, tateando e apertando a carne e os mamilos com gestos desajeitados que faziam doer. Pacientemente deixava-se apalpar, enquanto acabava de o despir com gestos lentos como carícias e, a pouco e pouco, os olhos de Abraão cerraram-se, os dedos imobilizaram-se entre os seios, a cabeça descaiu na almofada e ele adormeceu profundamente com um ronco estrondoso e satisfeito. Agar suspirou de alívio e, deitando-se a seu lado, não tardou

a adormecer e a sonhar com a sua noite de núpcias nos braços de Aanen, o condutor de camelos.

Na manhã seguinte Sara viu a egípcia fora da tenda, ocupada com as tarefas rotineiras de sempre e dirigiu-se-lhe com severidade:

– Que fazes aqui? Porque não estás com o teu marido na manhã das tuas núpcias?

– O meu senhor, está a dormir. Além de ser bastante idoso, bebeu ontem em demasia e ficou indisposto. Que posso eu fazer?

– Mais do que fizeste, por certo! – respondeu Sara agastada.

Embora conhecesse o efeito do vinho no marido, não gostara da atitude desafiadora da escrava. Acrescentou com dureza:

– Põe as habilidades e o saber que adquiriste no harém de Sebekhotep ao serviço do nosso esposo e da satisfação dos seus desejos e não tardarás a ser fecundada. Foi para isso que te dei a Abraão. Se não acontecer depressa, serás repudiada e irás guardar rebanhos para os campos.

Voltou-lhe as costas e a concubina ficou a vê-la afastar-se. Fora cruel lembrar-lhe a sua condição de escrava e que estava nas suas mãos humilhá-la e castigá-la segundo o seu capricho. Agar refugiou-se na tenda onde Abraão continuava a ressonar e chorou a sua servidão.

Oito dias depois, Sara recebeu a visita do marido que parecia preocupado ou zangado. Serviu-lhe tâmaras, pão com mel e leite das suas ovelhas.

– O meu senhor está satisfeito com a nova esposa?

Abraão hesitou, a ruga de contrariedade cavou-se mais funda na testa, por fim disse numa voz azeda:

– Agar mostra-se recalcitrante e indiferente sempre que me abeiro dela. Os olhos parecem os de uma feiticeira, gelam-me o sangue nas veias e enfraquecem-me a vontade. Fico como um eunuco de guarda ao leito. Que devo fazer?

Essa cena era familiar a Sara. Como era possível aquele homem não se dar conta da sua frouxidão e incapacidade para satisfazer uma mulher? Ou seria por isso, para se consolar da sua impotência, que Abraão sonhava incessantemente com um Deus que lhe prometia descendência infinita?

– Escrava insolente e mal agradecida – gritou Sara, fingindo-se indignada. – Vou dar-lhe um castigo de que jamais se olvidará e a há-de amansar, tornando-a numa serva dócil e carinhosa.

– Agar pertence-te, faze dela o que quiseres. – Abraão sentia-se lisonjeado pelo interesse da mulher e contente por Agar sofrer o seu castigo.

– Irá tratar dos animais e viver nos estábulos, durante algum tempo. Verás como depressa vai suplicar para a receberes de novo como esposa e fará tudo para nunca mais te desagradar.

Saiu apressada da tenda, não fosse Abraão desejar agradecer-lhe de uma forma mais efusiva. Mas não pôde deixar de pensar com alguma simpatia que se Agar lhe servisse chá de menta, como ela costumava fazer, talvez o hálito do marido lhe fosse mais fácil de suportar e a concubina não se mostrasse tão inconformada com a sua proximidade.

Agar estava irreconhecível, depois de uma semana limpando currais e estábulos e dormindo na tenda das servas encarregues das tarefas mais sujas e impuras. A água era escassa e o cheiro dos animais entranhara-se-lhe nas roupas e no corpo, passando a fazer parte do seu próprio cheiro. Era como se tivesse regressado à infância nas terras da Núbia, antes de ser vendida aos egípcios, quando ajudava a guardar o rebanho na aldeia dos pais.

Um tempo de liberdade, miséria e fome que esquecera sem pena no harém do Faraó do Egito, rodeada pelo luxo das mulheres que servia, aprendendo a arte de receber e dar prazer aos homens. Ali, naquele espaço fechado e perfumado, o seu corpo de ébano fora o espelho onde se tinham mirado muitas outras mulheres de diversas raças, moldando-a no seu reflexo e à sua imagem, até se esquecer de quem era.

Estivera sempre no harém ao serviço das mulheres e concubinas do Faraó ou das que ele oferecia aos príncipes e grandes senhores, mas nunca fora tocada por um homem. Jamais amara ou fora amada, antes de conhecer Aanen, o tratador de camelos que, tal como ela, fizera parte do presente de despedida de Sebekhotep à sua concubina nômade, caída em desgraça.

Também ela caíra em desgraça... Ao pensar em Sara uma onda de ódio quase a sufocou: a ama expulsara-a da tenda à chibatada, como se fosse uma cadela, diante de toda a tribo, expondo-a à troça e vexames das servas que lhe tinham invejado a sorte do casamento e os favores da ama e agora se aproveitavam do seu infortúnio para se vingarem, dando-lhe os serviços mais imundos e causando-lhe as piores humilhações.

Estava ficando muito escuro, porém era àquela hora que podia encontrar um pouco de paz, quando os estábulos se esvaziavam de gente e os animais se aquietavam para a noite. Afundou-se na palha e pensou em Aanen com ternura. Não haviam falado muito, embora estivessem mais próximos, pois ela era vigiada pelas outras servas ansiosas por a denunciarem a Sara, à primeira falta. Agar teria gostado de lhe oferecer a flor da sua virgindade em vez de a perder no leito do velho patriarca, a delirar com as visões. Quando Aanen rolou pela palha até junto dela e os seus braços a enlaçaram com amor, Agar esqueceu o medo e a humilhação e entregou--lhe a sua nudez como a um esposo muito amado e ele colheu o fruto do seu corpo e fecundou-o.

– Agar! Onde estás, mulher?

Os amantes imobilizaram-se, gelados de terror.

– É Abraão, será que alguém nos denunciou? – sussurrou a concubina ao ouvido de Aanen, recuperando um pouco o sangue-frio e empurrando-o. – Se ele te vê comigo, morrere-

mos os dois. Esconde-te, na palha, por trás dessas sacas, enquanto eu vou falar com ele.
– Agar! Vem cá! – bradou o velho, impaciente, entrando no recinto dos animais.

Correu para ele e prostrou-se a seus pés, como se estivesse ante o Faraó do Egito:
– Que me queres, meu senhor? Vens perdoar à escrava que te desagradou e ofendeu? Embora ela não saiba o que fez para te causar tal zanga, de tudo te perde perdão, beijando-te os pés em sinal de arrependimento.

Abraão, agradado pelo recebimento, não deixou que ela lhe beijasse os pés e ergueu-a do solo. Por El-Chadai, o Todo-Poderoso, como estava suja e esfarrapada! Parecia outra mulher, envolta naqueles trapos e sem cheirar àqueles perfumes do Oriente de que ela e Sara tanto gostavam mas que o entonteciam e lhe punham o estômago às voltas.

A concubina tinha o cheiro quente e bom dos rebanhos da sua juventude, esse odor de excitação das fêmeas no cio que atraía os moços pastores num impulso doloroso, tão difícil de resistir que acabavam por se lançar sobre as macias ovelhas, cavalgando-as como sátiros e fazendo nas suas garupas um exercício de iniciação, o rito de passagem para a puberdade. Também ele não fora excepção.

Tinha Agar nos braços e não a soltara, perdido na memória longínqua da infância. As narinas aspiraram de novo o ar e o velho coração pulsou mais forte acordando ecos passados, bombeando vida e calor aos órgãos adormecidos. El-Chadai fazia um milagre e o seu corpo renascia dessa fugaz primavera. Lançou a mulher para o monte de palha, de bruços, descobrindo a sua nudez e montou-a como outrora fizera à dócil ovelha de Taré e, de novo menino, corado de vergonha e de prazer, Abraão libertou o grito e o sêmen no corpo de Agar que tremia e soluçava.

Por fim, ergueu-se, compôs as roupas da mulher e as suas e disse-lhe:

— Volta para a tua tenda, lava-te e purifica-te. O teu castigo terminou.
Agar saiu atrás dele, sem olhar para o lugar onde Aanen permanecia escondido.

Dois meses sem as regras mostraram à concubina que tinha engravidado naquela noite, no estábulo, quando Aanen e Abraão a tinham possuído, um com a paixão da vida, outro com o afã da morte e não havia dúvidas, nem no seu espírito nem no seu coração, sobre quem a fecundara.
Quando soube da gravidez, Abraão exultou e disse:
— Deus fez-me justiça, escutou a minha voz e deu-me um filho.
Agar, contente por poder finalmente vingar-se de Sara e rebaixá-la, respondia a quem a felicitava:
— Estou feliz! El-Chadai olhou para a minha humilhação e abençoou-me. Lutei contra a minha irmã, junto de Deus, e venci-a! Agora o meu senhor prender-se-á a mim porque lhe vou dar um filho.
E deixou de servir Sara como outrora fazia, negligenciando as tarefas e passando muito mais tempo na tenda onde Abraão a visitava com freqüência, orgulhoso da sua paternidade.
— As donzelas da tribo chamar-me-ão bem-aventurada — dizia às outras mulheres, sorrindo de orgulho — por ter sido eu e não Sara a conceber o filho tão esperado de Abraão.
A arrogância da concubina e os ditos desdenhosos chegaram aos ouvidos de Sara que foi confrontá-la na sua tenda:
— Que se passa contigo? Porque andas dizendo más palavras contra mim?
A concubina olhou-a nos olhos e disse com voz dura:
— Eu só falei a verdade: o Deus de Abraão abençoou-me, pois mal o teu senhor se abeirou de mim eu concebi.
Sara soltou um riso escarninho:

— Desde quando crês em El-Chadai, escrava insolente?! Esqueces-te de que fui eu que te ofereci a meu esposo? Posso vender-te e expulsar-te daqui, quando me aprouver.
— E Abraão vai permitir que lhe roubes a descendência?
— Posso sempre dar-lhe uma nova concubina! — lançou-lhe com desdém. — E lembra-te, se és assim tão crente, que El-Chadai prometeu a Abraão um filho do meu ventre.

Foi a vez de Agar rir com zombaria:
— Teu marido é velho, senhora, e mesmo que lhe arranjes novas concubinas haverá nele, aos oitenta e seis anos, semente da vida para outro fruto? Quanto a ti, de quantas mandrágoras vais precisar para tornar o teu ventre fértil? Posso ir colhê-las no campo para ti, talvez assim deixes de te queixar ao meu esposo por já não te servir.

Sara encolheu-se de dor e raiva, como se a tivessem ferido com uma lâmina. A escrava fora longe de mais, ao referir os frutos do amor, os dudaim ou mandrágoras, de cujas raízes carnosas com a forma de um sexo de homem se extraía o suco que favorecia a fecundidade e fazia nascer o amor. Escarnecia dela, segura do valor daquele filho ainda por nascer e Sara não podia consentir nisso.

— Como ousas rivalizar comigo e ofender-me? Veremos o que pensa *o meu marido* — acentuou ostensivamente as palavras — da conduta da *concubina* Agar para com *a sua esposa*.

E Sara saiu de rompante da tenda, indo em busca de Abraão e, sem mesmo o saudar nem se importar com os ouvidos alheios, gritou-lhe:

— Recaia sobre ti a vergonha que sofro por tua causa. Entreguei a minha serva nos teus braços e agora, que sabe ter concebido, despreza-me. Que o Senhor julgue aos dois, a ti e a mim.

O marido respondeu-lhe, como de outras vezes, embora com medo do que Sara pudesse fazer ao filho que Agar trazia no seu ventre:

— A tua escrava está sob o teu domínio, faze dela o que te aprouver!

Então Sara tratou-a de novo muito mal, dando-lhe as tarefas mais imundas e humilhou-a diante das outras servas, até Agar já não poder suportar o castigo e fugir da sua presença, para o deserto, a fim de encontrar a liberdade ou a morte.

Aanen regressava à tribo com os camelos que fora comprar a Churi a mando de Abraão e levou a cáfila até junto de uma fonte no deserto, para se dessedentar. Viu uma mulher caída à boca do poço e correu a ajudá-la Quase gritou de espanto ao reconhecer Agar, enfraquecida e assustada, com sinais evidentes da sua gravidez. Dominando-se para não a abraçar diante de testemunhas, disse-lhe em voz baixa a fim de não trair a sua emoção:
– Agar, escrava de Sara, de onde vens tu? E para onde vais?
Ela respondeu-lhe:
– Fujo da minha senhora. Não tenho para onde ir.
O condutor de camelos olhou-a nos olhos, longamente, para ela ler neles a linguagem do amor que não podia ser expressa nos gestos ou nas palavras e Agar sentiu como ele amava o filho do seu ventre quando falou da criança, como se fizesse uma profecia:
– Estás grávida, vais ter um filho e dar-lhe-ás o nome de Ismael[15], porque os nossos deuses ouviram a voz da tua angústia e eu encontrei-te com vida no deserto. Volta agora para junto de Abraão e sofre com paciência o jugo da tua ama, pois esse filho há-de ser como um onagro[16] entre os homens, de espírito indomável e livre como o vento, porque nele corre o sangue dos povos nômades do deserto da nossa nação.
Agar teve, por momentos, a visão de um jovem altivo e desafiador, montado num fogoso cavalo, correndo à desfilada pelo deserto, no comando de um grupo de guerreiros prestes a cair sobre uma cáfila de incautos e ricos viajantes. Mais

---

[15] Ismael significa "Deus ouve".
[16] Um burro selvagem.

confortada, deixou que Aanen lhe passasse carinhosamente um lenço molhado pelo rosto e pescoço, com os dedos tocando-lhe a pele como lábios sedentos de uma longa privação.

No regresso para o acampamento de Abraão, Aanen fê-la montar no seu camelo e a fugitiva, abandonando-se ao balanço cadenciado do animal, encostava o corpo ao do amante, aconchegando-se no calor da sua pele, sentindo-lhe a dureza da carne e as mãos que seguravam as rédeas enlaçando-a num abraço inacabado. Quando a cobra do desejo de Aanen despertou do letargo e se contorceu ansiosa contra o seu corpo, Agar soltou os panos da túnica para que ela buscasse o abrigo e o prazer vedado das suas ancas. As mãos da mulher cerraram-se sobre as rédeas até os nós dos dedos ficarem brancos e salientes, para que os lábios não soltassem o grito de amor há muito sufocado, quando os corpos se fundiram.

À chegada, Agar foi rojar-se aos pés de Abraão para lhe pedir perdão por ter fugido e receber a sua bênção, se ele quisesse aceitá-la de novo na sua tenda.

– Porque voltaste? – perguntou o velho com fingida severidade, tentando esconder a alegria por ela não ter perdido o filho durante a fuga.

A concubina não lhe podia dizer que fora graças ao seu encontro com Aanen e, por isso, deu outra versão dos acontecimentos, mais ao gosto de Abraão:

– Um dos anjos de El-Chadai apareceu-me, quando eu estava já sem forças e disse-me: *"Volta para casa de Sara e humilha-te diante da tua senhora. O teu filho chamar-se-á Ismael e tornar-se-á um onagro entre os homens. Multiplicarei a tua descendência até ser tão numerosa que ninguém a poderá contar. A sua mão erguer-se-á contra todos, a mão de todos erguer-se-á contra ele e colocará a sua tenda em frente de todos os seus irmãos".* Eu vi um anjo do teu deus, meu senhor, e não morri, eu vi Atta-El-Roi, o mesmo deus que me vê.

A voz de Agar vibrava de emoção e Abraão ergueu as mãos ao céu e rejubilou por El-Chadai ter abençoado a sua concubina e prometeu-lhe que não deixaria Sara maltratá-la, se ela respeitasse a esposa e lhe obedecesse como antes. Agar prometeu com humildade e o patriarca abençoou-a e, de seguida, ordenou às gentes da sua tribo para chamarem àquele poço, situado entre Cades e Bered, o Poço de Lahai-Roi ou *Poço do Vivente que me vê*, para comemorar mais um milagre do Altíssimo.

A tenda isolada no limite do acampamento estava em alvoroço pela correnteza de mulheres que entravam e saíam com panos, jarros e talhas de água quente para o parto de Agar. Sara estava sentada numa enxerga coberta por peles brancas de ovelha e sustentava entre as suas pernas o corpo da escrava, cuja cabeça lhe repousava no regaço, exausta do esforço. Era como se Agar fosse o prolongamento de Sara e a esposa e a concubina se tivessem fundido num só corpo para dar à luz o filho de Abraão. Tabtoum, a fiel ama de Sara que a criara de pequena, contribuía para esse efeito, postada ao lado do leito a cuidar de ambas, limpando-lhes o suor, dando-lhes de beber e murmurando instruções para o parto.

Quando a criança irrompeu do ventre de Agar, ajudada pelas mãos hábeis da parteira, o sangue molhou igualmente as pernas das duas mulheres e o grito de dor da mãe uniu-se ao grito de triunfo de Sara para celebrar em uníssono o choro vibrante de vida do recém-nascido.

– Agar deu à luz sobre os teus joelhos, segundo desejavas – disse Tabtoum à esposa de Abraão. – Assim, através dela, também tu tiveste um filho.

– Como sou feliz! – murmurou Sara afagando o menino que a parteira tinha deitado sobre o peito nu da mãe. – Chamar-lhe-ei...

Apesar do cansaço, Agar rolou sobre o leito com o menino, afastando-se dela:

– O nome do *meu filho* é Ismael, porque Deus ouviu as minhas preces e um anjo me abençoou. – A sua voz, apesar de fraca, tinha de novo aquele tom de desafio que punha a ama fora de si. – Abraão não aceitará outro nome, pois não há-de querer ofender a El-Chadai.

Não era ciúme, era inveja e ódio, o que Sara sentia pela escrava, a exibir-lhe diante dos olhos, como uma maldição, o fruto do seu ventre fecundo. Gritou-lhe:

– Podes ter ludibriado Abraão com essa história de sonho ou visão, cobra cuspideira, mas a mim não me enganas com as tuas artimanhas e feitiços de harém!

Agar respondeu, escarninha:

– Mas, senhora, fui eu que dei um herdeiro ao teu marido! E, mesmo não podendo ter mais filhos, Abraão sempre se há-de abeirar de mim e não de ti, em busca do prazer que nunca lhe deste.

Sara agarrou no pesado jarro de água para o atirar à escrava, mas Tabtoum segurou-a com força e tirou-lho das mãos. Sem a largar, conduziu-a para o seu leito, no lado oposto da tenda, enquanto lhe dizia em voz baixa:

– Não podes bater numa mulher parida, minha filha, ninguém te perdoaria tal coisa. Espera alguns dias e logo trataremos de ensinar esta escrava atrevida a obedecer e a respeitar-te! Agora lava-te e purifica-te do sangue da concubina.

Tabtoum despejou a água do jarro numa bacia e ajudou-a a tirar as roupas manchadas de sangue, das quais fez uma trouxa, para serem lavadas mais tarde. Depois voltou para junto de Agar e Sara, enquanto se lavava, ouviu os ralhos da governanta à sua rival:

– Como te atreves a falar nesses modos à tua ama, escrava ingrata e sem vergonha?! A tua senhora faz de ti a segunda mulher de seu marido e tu pagas-lhe o favor com insultos e insolência, vil criatura? Mas isto não fica assim, é Tabtoum quem to jura, sobre a cabeça da sua menina. Não perdes pela demora!

Agar não respondeu, para a velha se calar e a deixar em paz, todavia apertou o filho nos braços, tremendo de medo.

Desta vez fora longe demais, Sara não deixaria de se vingar da ofensa e, certamente, o castigo não seria leve, agora que a mulher de Abraão podia contar com a ajuda da sua fiel ama, cuja crueldade para com as outras servas era sabida e temida, a ponto de ninguém ousar desafiá-la nem desobedecer a qualquer das suas ordens. E ela estava ali, isolada e indefesa, nas mãos das duas mulheres.

Ouvia o som da água do banho de Sara e tentava imaginar o que lhe iriam fazer. Uma mulher parida, tendo dado à luz um filho varão, ficava impura durante sete dias, como no período das suas regras e teria ainda de permanecer em isolamento mais trinta e três dias no sangue da sua purificação, como mandava a lei da tribo de Abraão. Só então o sacerdote sacrificaria na tenda da reunião[17] o cordeiro e a pomba para a sua expiação e ela ficaria purificada do fluxo de sangue.

Mas impuras quedavam também aquelas que tivessem tocado na mulher parida, nas suas coisas ou na cama e, por isso, teriam de se isolar com ela e de se lavar e às suas vestes, para se livrarem da sujidade do sangue impuro. Assim Sara e Tabtoum iriam ficar durante sete dias encerradas naquela tenda com ela e não havia nada que Agar pudesse fazer para se proteger. Matá-la-iam?

A concubina sentiu a boca do filho sugar-lhe o mamilo dolorido e derramou sobre a macia face do inocente as lágrimas mais amargas de toda a sua vida.

Depois de uma semana vivendo com ela, sem lhe dirigir a palavra, Sara havia deixado finalmente a tenda do parto para se purificar, com a oferta ao sacerdote de duas rolas para o sacrifício. Agar respirou aliviada e, nessa noite, pôde dormir descansada pela primeira vez desde o nascimento de Ismael.

---

[17] Local onde se venerava El-Chadai e se faziam as cerimónias e os sacrifícios.

Acordou ao sentir-se violentamente agarrada e imobilizada contra o leito, enquanto alguém lhe amordaçava a boca com um lenço, impedindo-a de gritar. À luz fraca da candeia viu Sara por trás da sua cabeça e Tabtoum aos pés da cama, as outras quatro mulheres que a manietavam eram servas fiéis da esposa de Abraão. O coração de Agar parecia rebentar-lhe no peito, de tanto bater desordenado e os olhos giravam de terror e pousavam nas seis mulheres numa súplica desesperada.

Tabtoum acendeu mais duas candeias que trouxe para junto do leito e ordenou às cúmplices:

– Levantem-lhe um pouco as nádegas – e, colocando uma almofada por baixo dos quadris de Agar, acrescentou: – Abram-lhe as pernas, bem abertas e vós, aí, sentai-vos sobre os braços, para ela não se mexer e eu fazer o meu trabalho, sem a rasgar ou matar. Sara, vem ajudar-me!

Embora a mulher de Abraão não tivesse dito uma única palavra, Agar viu o brilho de triunfo e de rancor nos seus olhos, onde não havia lugar para compaixão. Quando ela se afastou para se juntar a Tabtoum, a concubina deixou de ver o que se passava na sua frente, impedida pelos corpos inclinados das mulheres que lhe sujeitavam os braços e o tronco. Sentia que lhe tinham exposto a vagina, afastando-lhe as pernas para os lados até ao limite da dor e da resistência e a ansiedade de não saber o que a esperava segregava um suor ácido que lhe escorria em fios gelados pelo corpo e ao secar lhe deixava minúsculos carreiros esbranquiçados de sal na pele. Todo o seu corpo estremeceu como num espasmo, quando sentiu uns dedos cruéis vasculharem-lhe o sexo e, para sua maior humilhação, não pôde conter a urina que se derramou sobre as mãos que a exploravam.

– Mulher imunda! – reconheceu a voz furiosa da governanta. – Felizmente já estás bem do parto, pronta para eu te fazer o serviço. Depois veremos se vais sentir o mesmo prazer nas tuas imundícies.

Alguém a lavou da urina e ouviu de novo a voz de Tabtoum:

– Afasta-lhe a carne, para eu poder ver o que estou fazendo. Sentiu duas mãos abrirem-lhe a vagina como um fruto e outros dedos prenderem-lhe brutalmente o clítoris e os lábios da vulva. Quando a lâmina da faca cortou através da carne do seu sexo e lhe extirpou o frágil órgão do prazer, o uivo amordaçado de Agar fez estremecer as quatro mulheres que a subjugavam.

Num atordoamento de dor e desespero, a concubina sentiu que lhe lançavam água fria na ferida, porém o frio ardia como fogo e desmaiou quando as mãos da velha começaram a coser as extremidades mutiladas.

– Temos de deixar um orifício para a saída da urina e do sangue das regras. – disse Tabtoum. – Mas se o teu marido quiser ter prazer, será preciso descoser o buraco da escrava e, depois de a usar, voltar a cosê-lo.

Sara riu-se e falou pela primeira vez:

– Abraão devia impor esta prática para acalmar as mulheres desavergonhadas e torná-las mais frias, sobretudo quando os homens partem para a guerra, para elas não passarem o tempo a fornicar com restantes homens e moços do acampamento.

As servas sentiam um nó no estômago, assustadas pela crueldade de Sara, todavia riram-se do dito, enquanto ajudavam a governanta a atar as pernas de Agar uma à outra.

– Terá de ficar assim ligada durante duas ou três semanas para as feridas poderem cicatrizar – concluiu Tabtoum. – Dirás a teu esposo que a concubina ainda sangra e, por isso, está impura.

Mandou sair as mulheres, recomendando, ameaçadora:

– Nem uma palavra sobre o que se passou aqui ou sofrereis o mesmo castigo!

Ao ficarem sós, a governanta acrescentou:

– Agar deve ter aprendido a lição. Mas, se não bastar e se quiser queixar-se a Abraão, diz-lhe que contarás a teu marido as suas idas aos estábulos para se encontrar com

Aanen, o tratador de camelos. Agora vai descansar, minha filha, que eu fico aqui até ela despertar, para ver se precisa de alguns cuidados. Não podemos deixar que nos morra de febres.

Sara abraçou-a, com a mesma ternura da sua infância, quando Tabtoum viera substituir a mãe para cuidar dela.

Como Agar, depois da excisão que lhe haviam feito, quase se esvaíra em sangue quando o esposo se tinha de novo abeirado dela para a fecundar, Abraão deixou de a procurar, mas foi queixar-se a Sara:

— O Todo-Poderoso aparece-me muitas vezes em sonhos e ouço constantemente a Sua voz na minha cabeça, com a promessa de sempre: *"Tornar-te-ei extremamente fecundo e multiplicarei a tua descendência até ao infinito. Farei que de ti nasçam povos e terás reis por descendentes"*. Mas, contigo longe de mim e Agar mutilada por mãos criminosas, como poderá El-Chadai cumprir a Sua profecia?

— A tua concubina era demasiado arrogante e gabava-se dos teus favores — respondeu-lhe Sara com aparente indiferença, porém assustada com o rumo da conversa. — Deve ter ofendido muita gente e alguém se vingou.

Abraão franziu o sobrolho e disse, teimoso:

— Agar era fértil e quiseram impedi-la de me dar mais filhos. Se ela me dissesse quem lhe fez tal crime, as culpadas seriam apedrejadas até à morte, mesmo se fossem da minha família. Sorte delas foi Agar não as ter reconhecido!

Sara sentiu a ameaça velada na voz do velho patriarca e estremeceu. Sendo estéril, pois já não tinha as regras, não podia arriscar-se a perder a sua posição de primeira esposa, a quem todas as concubinas de Abraão deviam respeito e obediência. E o marido, se se sentisse vexado ou indesejado, podia repudiá-la apenas com a frase *"Tu não és minha esposa"* e ela teria de deixar a casa e até talvez a tribo, com pouco mais do que a roupa do corpo. Assim, propôs-lhe, com doçura:

– Meu senhor, é tempo de tomares uma nova concubina, fértil e dócil, para te dar os filhos que El-Chadai te prometeu. Eu mesma buscarei uma que te agrade e satisfaça.

E Sara ofereceu uma nova esposa ao marido, a escrava Quetura que Tabtoum lhe descobrira e era tão fértil que, nos dez anos seguintes, emprenhou seis vezes, apesar de Abraão ter ultrapassado os noventa anos de idade, dando à luz os filhos Zimrân, Jokchân, Medân, Midiân, Jichbak e Chuah. Todavia, nenhum deles era amado pelo patriarca como Ismael, o filho de Agar e Sara perguntava a si mesma com espanto se o marido, apesar do seu espírito já um tanto enevoado pelas visões, nunca sentiria desconfianças sobre a sua tão prolongada e ativa fecundidade ou sobre a fidelidade da concubina Quetura.

Abraão chegou, assim, aos noventa e nove anos e cada vez ouvia mais vozes nos seus sonhos. Passava muitas horas na tenda da reunião orando e jejuando, até sua mente ficar vazia e límpida para as visões e profecias. Uma dessas vezes o patriarca recebeu a visita do Senhor que lhe disse:

– *Eu sou o Deus Todo-Poderoso* – El-Chadai identificava-se sempre, para Abraão o não confundir com outras vozes que lhe enchiam a cabeça de ruídos. – *Quero fazer uma aliança contigo e com a tua descendência nas futuras gerações: a partir de hoje todo o homem, entre vós, será circuncidado.*

Abraão prostrou-se com o rosto por terra e Deus acrescentou:

– *Circuncidareis a carne do vosso prepúcio, e este será o sinal do pacto entre Mim e vós. Oito dias depois de nascer, toda a criança do sexo masculino, familiar ou servo, será circuncidada por vós.*

– Será feita a Tua vontade! – afirmou o patriarca, mantendo a testa contra o solo, em sinal de humildade.

– *Abençoarei Sara e dela dar-te-ei um filho a quem chamarás Isaac. A tua mulher será mãe de nações e dela sairão reis* – prometeu o Altíssimo e desapareceu.

Ainda prostrado, Abraão sorriu e disse para consigo: "*Pode uma criança nascer de um homem de cem anos? E Sara, uma mulher velha, vai agora ter filhos?*". Ergueu-se com dificuldade, procurando afastar qualquer dúvida do seu espírito, pois a sua fé em El-Chadai permanecia inquebrantável. Para levar a cabo as exigências do Altíssimo, precisava do acordo de Sara, pois aprendera à sua custa que, se não queria sofrer alguma das suas diabólicas vinganças, não devia contrariar ou desagradar à esposa.

Para sua satisfação a mulher não pôs objeções à cerimônia da circuncisão e nem sequer foi preciso lembrar-lhe aquela que fora feita a Agar em misteriosas circunstâncias e cujas autoras nunca tinham sido descobertas, pois a concubina insistia que traziam os rostos cobertos e não lograra reconhecê-las.

Então, Abraão tomou seu filho Ismael, com a idade de treze anos, assim como todos os varões nascidos na sua casa e todos os servos que comprara a dinheiro e circuncidou-os nesse mesmo dia, tal como Deus lhe havia ordenado, tendo por último realizado a cerimônia no seu próprio corpo.

Passados três dias, os homens ainda se consumiam com dores e Sara, como primeira esposa, quisera cuidar pessoalmente de Abraão a arder em febre, na sua tenda. Ajudada por Tabtoum limpava-lhe o suor, refrescava-lhe o corpo ou mudava o penso da ferida, ouvindo o patriarca falar, no seu delírio, com El-Chadai sobre Ismael e também sobre o filho prometido de Sara ainda por nascer.

– Ama, vês como Abraão insiste em ter um filho meu, apesar da minha idade? Que posso eu fazer contra esta loucura?

– Ele sempre desejou ter um herdeiro nascido do teu ventre...

– Agora, só fala de Ismael para herdeiro de todos os seus bens e até já disse que vai enviar os filhos de Quetura para as terras do Oriente, apenas com alguns presentes de despedida, bem longe do primogênito a fim deste não ser molestado ou morto pelos irmãos. Mas eu não quero que o filho de Agar seja o herdeiro de Abraão!

Havia ainda tanto ódio na sua voz ao mencionar a egípcia que Tabtoum a olhou com surpresa, concordando todavia com os seus cuidados:

– Sim, se o teu marido morrer e Ismael for o seu sucessor, Agar vingar-se-á de nós e destruir-te-á. Se quiseres manter o teu poder e mesmo a vida, terás de receber Abraão de novo no teu leito e dar-lhe um filho.

– Mas, ama, como posso eu conceber um filho, se há muito deixei de ter as regras? Só por milagre e...

– Terás de alimentar essa ilusão do teu esposo e fazer com que a profecia do Deus se cumpra.

Sara sabia que Tabtoum não acreditava no Deus de Abraão, continuando em segredo a adorar as divindades da sua saudosa cidade de Ur. Mas a velha tinha um imenso engenho e estranhos poderes para resolver as situações mais adversas e sempre a servira com uma fidelidade cega e um amor sem limites.

– Que me aconselhas a fazer?

– Não largues a cabeceira do leito e não deixes entrar na tenda outras mulheres. Quando o teu marido estiver de novo com saúde, dorme com ele algumas noites, durante a lua cheia de Ishtar e faz a tua obrigação. Depois eu tratarei do resto, para Abraão ter o seu milagre e tu lhe dares o filho desejado.

E prosseguiu com o esboço do plano, fazendo Sara sorrir de espanto com a esperteza de Tabtoum.

– Se El-Chadai te prometeu um milagre, faça-se em mim a Sua vontade. Esta noite é de lua cheia, propícia à fecundação e eu ficarei contigo, meu senhor, se tu me quiseres. Beberemos suco de mandrágoras, para que te esqueças da nossa idade e recordes os tempos da minha juventude e beleza.

Abraão surpreendido pelas palavras e gestos de Sara, sorriu-lhe com prazer e observou como a esposa lhe servia, com modos graciosos, o licor de mandrágora que poucas mulheres sabiam fazer tão delicioso e forte como ela e Tabtoum, a sua ama, uma mulher quase tão idosa como ele, mas ainda senhora de um vigor e uma autoridade tão temíveis que nem o próprio patriarca ousava contrariá-la.

A velha serva preparara as candeias de modo a deixar o leito numa doce intimidade de sombras, pusera sobre um pequeno tapete de seda um prato de cobre cheio de nozes, passas, alperces e tâmaras que ele ia mordiscando enquanto bebia o licor animoso e a via, no recanto oposto da tenda, preparando Sara para a noite. Tabtoum tinha enchido uma celha com água e despia a sua senhora com o mesmo carinho e cuidados de quando ela era ainda a sua menina, a virgem por ela preparada para a primeira noite de casamento.

De longe, Abraão via a nudez da esposa, a brancura da sua pele, o corpo ainda firme, o ventre liso; achou-a tão bela como antes e, naquele momento, acreditou sem a menor dúvida na promessa de El-Chadai, pois o Altíssimo fizera o tempo passar sobre Sara sem ousar destruir a sua maravilhosa beleza. E quando a mulher se acocorou na selha para se lavar e purificar a carne, para melhor receber a sua semente, o chapinhar da água e a posição obscena do corpo – gestos impúdicos que o patriarca condenava em todas as mulheres e deviam ser feitos no recato solitário das tendas – trouxeram-lhe uma chama ao ventre em tudo semelhante ao licor de mandrágora que lhe corria quente pelas veias e lhe despertava no corpo um vigor e um desejo quase esquecidos.

Então, Tabtoum abandonou silenciosamente a tenda e Sara acercou-se do leito, envolta numa antiga veste egípcia, transparente e seminua. E quando as suas mãos sabedoras lhe soltaram as vestes para lhe percorrerem no corpo os caminhos antigos do prazer, a longa cabeleira lhe chicoteou o ventre e os lábios provaram de novo os frutos do amor, Abraão viu Sara como uma representação divina em forma de mulher – misto de Ishtar, Ísis e Eva, de esposa, escrava e concubina – e a sua velha carne inchou e enrijeceu como a de um moço entrado na força da idade e, no momento do êxtase, o patriarca deu graças ao Altíssimo pela circuncisão do seu prepúcio que lhe permitia aquela última explosão de vida no corpo, como selo da aliança divina.

Três homens apareceram a Abraão junto dos carvalhos de Mambré, quando estava sentado à porta da sua tenda, durante as horas quentes do dia. Nunca os vira antes, mas Tabtoum conduzira-os à sua presença, dizendo que eles haviam surgido subitamente no acampamento, como se se tivessem materializado das areias do deserto, com um ar estranho, quase misterioso. Então o patriarca, compreendendo que se encontrava na presença do Senhor e de dois dos Seus anjos, correu ao encontro dos hóspedes, prostrou-se por terra na Sua frente e disse ao que lhe parecia ser o principal:
— Senhor, se achei graça aos teus olhos, não passes adiante, peço-Te, sem parar em casa do Teu servo. Descansai debaixo desta árvore, enquanto eu vou buscar água para vos lavar os pés. Servir-vos-ei de comer e, quando tiverdes restaurado as vossas forças, podereis seguir caminho. Não será em vão que passastes junto deste vosso servo.
— Faze como disseste — respondeu o chefe do grupo, numa voz profunda, de estranha ressonância.
Abraão foi sem perda de tempo à tenda onde se encontravam Sara e Tabtoum a rir e a segredar, como duas meninas que pregaram uma partida aos adultos e, de sobrolho franzido, ordenou-lhes que preparassem comida para os hóspedes e lhes levassem água para os pés. Tabtoum ordenou às escravas que fossem buscar água e fizessem o que o seu senhor ordenava, porém Abraão quis ser ele mesmo a prestar aquele serviço a El-Chadai que lhe aparecera em forma humana para comer à sua mesa e, ajoelhando-se aos pés do estrangeiro, lavou-lhos e enxugou-lhos, cheio de veneração. Sara e a velha ama observavam de longe a cena com um sorriso divertido nos lábios.

Quando serviram a carne e o leite aos visitantes, Abraão ficou de pé, debaixo da árvore, vendo-os comer. Então, um deles perguntou:
— Onde está Sara, a tua mulher?
— Está na tenda.

O chefe do grupo disse-lhe com solenidade:
— Passarei novamente pela tua casa dentro de um ano, nesta mesma época e Sara, a tua mulher, já terá um filho.

A tenda de Sara ficava mesmo atrás deles e como ela estava à entrada com Tabtoum a observá-los, ouviu o que diziam e riu-se, porém o estrangeiro falou de novo, com severidade:
— Porque está Sara a rir e a dizer: *"Será verdade que, velha como sou, possa ainda ter esta alegria, sendo também velho o meu senhor?"*. Há alguma coisa que seja impossível para o Todo-Poderoso?

Sara ficou séria e respondeu-lhe de longe:
— Não me ri!

Mas o estranho repetiu:
— Sim, tu riste-te.

Abraão pediu desculpa pela atitude da mulher:
— Sara tem esperado tanto pelo cumprimento das promessas do Altíssimo que, por vezes fraqueja na sua fé. Perdoai-lhe, Senhor, e abençoai-a.

Os estrangeiros levantaram-se e partiram em direção a Sodoma e o patriarca acompanhou-os durante algum tempo, para se despedir deles. Na tenda, Tabtoum brigava com Sara que deixara de rir e parecia querer apaziguar a velha ama:
— Queres deitar tudo a perder? E se ele suspeitar de alguma coisa?
— Juro, ama, que isso não volta a acontecer! Vou fazer sempre como dizes.

Três meses mais tarde, Sara dava a notícia a Abraão de que estava prenhe do seu filho:

– Deus concedeu-me uma alegria e todos quantos o souberem felicitar-me-ão.

Fizera questão de falar diante de Agar e Quetura, a fim de lhes lembrar o seu lugar e o dos seus bastardos naquela casa. Vendo a expectativa nos rostos que a fitavam, acrescentou com doçura:

– Quem diria que Sara, com tanta idade, poderia conceber um filho do esposo? No entanto, dentro de seis meses, dar-lhe-ei o herdeiro há muito esperado.

No corpo de Sara ainda não se notava o inchaço da gravidez e Agar lançou-lhe um olhar de troça e desprezo que a fez estremecer. A partir de agora teria de agir com muito cuidado ou o segredo seria descoberto e ela e Tabtoum acabariam apedrejadas até à morte.

– El-Chadai cumpriu a promessa! – bradou Abraão, erguendo as mãos ao céu numa prece jubilosa, enquanto o felicitavam. – Chamar-se-á Isaac, como o Senhor ordenou, receberá a Sua bênção e com Ele fará a sua aliança.

Atendendo à idade de Sara e para a gravidez poder chegar a bom termo, Tabtoum tinha sugerido a Abraão que a esposa fosse deixada só e em repouso, na tenda, até ao nascimento da criança. Ela bastaria para dar assistência à senhora e assegurar os seus contatos com o mundo cá fora. Abraão concordou, desde que lhe fosse permitido visitar a mulher de vez em quando, para ver o avanço da sua gestação.

A partir de então, só muito raramente Sara era avistada à entrada da tenda, mas quem a via e parava junto dela para saudá-la podia observar o adiantado da gravidez pelo arredondar do ventre que aumentava a olhos vistos, sob os panos da larga túnica.

Tabtoum não saía de junto dela e Agar desconfiava das duas mulheres como cúmplices de uma trama qualquer, pois a concubina não acreditava nos milagres de El-Chadai. Tentou atrair Quetura para a sua causa:

– Trata-se por certo de uma falsa prenhez, Quetura! Sara jamais poderia conceber com aquela idade! É uma embusteira e a velha ama ajuda-a a enganar o nosso esposo. Devíamos denunciá-la.

A terceira mulher de Abraão rogou-lhe que a deixasse em paz com os filhos, pois não queria trazer a desavença à casa de Abraão. Porém, Agar não desanimava:

– Receberam por duas vezes a visita de uma mulher estrangeira que se encerrou com elas dentro da tenda durante muito tempo, partindo de novo em grande segredo. Ismael, a meu mando, andou por lá a rondar e a cheirar, mas não conseguiu ouvir nada do que diziam, pois falavam muito baixo.

– Não basta ter a certeza da sua falsidade – disse gravemente Quetura. – Tens de obter provas muito fortes se queres denunciar Sara a Abraão. Acho melhor que o não faças, pois o nosso esposo está crente na promessa de El-Chadai e ninguém vai conseguir tirar-lhe essa idéia da cabeça!

A concubina falara com sensatez e Agar sabia que ela tinha razão: não podia acusar Sara por falta de provas, tanto mais que o velho vivia agora só para aquele milagre do seu Deus e já nem sequer chamava Ismael para passar algumas horas na sua companhia, como costumava fazer antes de saber da gravidez da esposa. Se ela lhe falasse sobre o engano e a falsidade de Sara, o patriarca ficaria por certo escandalizado e responder-lhe-ia que estava com ciúmes, medo ou raiva por o filho Ismael já não herdar os seus bens, como ela desejava. Nesse caso, o menor castigo que lhe poderia suceder era ser banida da tribo com o filho.

Assim, Agar continuava a vigiar noite e dia a tenda da rival, na esperança de surpreender algum descuido ou deslize das duas mulheres e obter por fim as desejadas provas, mas elas eram demasiado espertas ou tinham cúmplices em outros lugares e nada conseguiu apurar durante a longa vigília.

Os dias escoavam-se rápidos como areia por entre os dedos e os meses sucediam-se ao ritmo das fases da lua, aumentando a curva do ventre da mulher de Abraão que, no nono mês, já mal se podia sentar no banquinho à entrada da tenda para receber as saudações comovidas do esposo que acabava de completar os cem anos de idade.

E, uma noite, um pequeno incêndio irrompeu na tenda de Agar e de Ismael e todo o acampamento ficou em alvoroço, com gente correndo e carregando bacias e cântaros de água para dominar o fogo, impedindo-o de se propagar às outras tendas. Durante a confusão dos gritos, do fumo e das chamas, uma mulher embuçada, transportando um embrulho nos braços, cruzou o arraial sem ninguém reparar nela e entrou, às escondidas, na tenda de Sara que se mantinha cerrada e silenciosa, apesar de nenhuma das duas mulheres ter saído para espreitar o incêndio, como os demais habitantes do lugar.

Quando, na manhã seguinte, Agar e o filho punham à entrada da sua tenda os objetos destruídos ou danificados pelo fogo, os vagidos fortes de um recém-nascido rasgaram a manhã como um toque de alvorada, vindos da tenda de Sara. Com um aperto no coração a concubina soube que o filho tão esperado de Abraão acabara de nascer.

O velho patriarca, rejuvenescido pela paternidade, deu o nome de Isaac ao recém-nascido e circuncidou-o no oitavo dia de vida, como o seu Deus lhe ordenara em sinal de eterna aliança.

Isaac cresceu e foi desmamado. Nesse dia Abraão, cheio de orgulho, ofereceu um grande banquete em sua honra. A mãe rejubilava também, recebendo as felicitações dos vizinhos e amigos:

– Quem poderia dizer a Abraão que Sara amamentaria filhos? – dizia ela com os olhos cheios de lágrimas. – No entanto, dei um filho à sua velhice.

Agar veio ter com ela para a felicitar, acompanhada de Ismael, mas as palavras que proferiu não eram de congratulação, mas de acusação e ironia:

– Espanta-me como uma mulher da tua idade teve um parto assim tão fácil e rápido, só com ajuda da velha ama e de uma mulher estrangeira que ninguém conhece! Para quê tanto segredo? Que escondes do nosso esposo?

Sara viu rir o filho de Agar e virou-lhes as costas, cheia de irritação, indo procurar o marido. Sentia-se finalmente segura na posição de primeira esposa e mãe do herdeiro da casa de Abraão, por isso, quando o encontrou, atirou-lhe com dureza:

– Expulsa a concubina egípcia e o filho da nossa tribo, porque essa escrava é insolente e desonesta e Ismael não herdará com o meu filho Isaac.

Esta frase desgostou profundamente Abraão, pois amava muito Ismael, o seu primogênito, mas não havia maior inferno numa casa do que as guerras e os ciúmes das esposas e concubinas pela sucessão e herança dos filhos. Portanto, se queria paz, teria de satisfazer o pedido da primeira esposa, tanto mais que decidira, havia muito tempo, fazer de Isaac o único herdeiro do seu nome e de todos os bens, enviando para terras distantes os restantes filhos.

Assim, na manhã do dia seguinte, Abraão tomou um odre de água e deu-o à concubina, colocando-o sobre os ombros. Depois, meteu-lhe um pão na bolsa e mandou-a embora com o filho.

– Não temas por ti nem por Ismael – disse-lhe para reconfortá-la. – O Todo-Poderoso abençoou o teu filho e prometeu multiplicar a sua descendência, tornando-o pai de doze príncipes e de um grande povo.

Agar partiu silenciosa e sem lágrimas, para o deserto de Betsabé, levando Ismael a seu lado. O manto de areia dourada estendia-se a perder de vista, até se ligar ao céu, lá bem ao longe, como uma promessa de liberdade mas que ela sabia esconder uma certeza de morte. Nem uma só vez olhou para trás, para se despedir de tudo o que deixava, porque a soma da sua vida passada se resumia a um corpo mutilado e uma mão cheia de nada.

AS PROVAÇÕES DE JUDÁ

Judá era o quarto filho de Jacob e de Lia e, portanto, bisneto de Abraão e de Sara. Ao atingir a idade adulta, afastou-se de casa de seus pais em busca de outra vida e de alguma paz que não era possível encontrar no seio da família. A mãe e a tia Raquel andavam sempre em despique por causa de Jacob, disputando os seus favores e o privilégio de dormirem com ele, tentando cada uma delas ter mais filhos do que a outra. Lia afirmava que era a esposa principal de Jacob, por ser a mais velha e a primeira a entrar no seu leito, porém a irmã acusava-a de lhe ter roubado o noivo, pois Jacob servira Labão, o pai delas, durante sete anos para poder desposá-la.

– Só casaste com ele, porque tu e o pai o enganaram! – gritava Raquel. – Meteste-te na cama de Jacob, de noite e toda coberta de véus para que ele não te visse o rosto e os olhos remelosos e fingiste ser eu! Mas *o meu marido* pensou sempre em mim, enquanto te tinha nos braços, por isso o teu matrimônio não conta.

Vermelha de raiva, Lia lançava-lhe sarcasmos que feriam a irmã como setas venenosas:

– Mentes! Deus abençoou o meu casamento, pois eu dei quatro filhos a Jacob, enquanto o teu ventre permanecia estéril. Tiveste de lhe entregar a tua escrava Bilha para concubina, para ela conceber dois filhos em teu lugar e tu não seres repudiada!

Raquel ria-se, desdenhosa:

– Também tu lhe deste a tua serva Zilpa como concubina, com inveja de Bilha e da minha felicidade. Sempre cobiçaste e procuraste roubar aquilo que era meu, mas Jacob nunca te teve amor e só não te repudiou na manhã seguinte ao embuste do casamento, para não me perder, pois temia que o nosso pai o enganasse de novo, recusando dar-me a ele. Por isso serviu de novo Labão, mais sete anos, para poder ficar comigo. Como vês, eu fui sempre a primeira no seu coração!

– Tu roubaste-me o marido, por isso Deus castigou-te fazendo o teu ventre estéril! – a voz de Lia era cruel e amarga. – Só tiveste um filho e, se o concebeste, foi graças a mim que te dei mandrágoras para fazeres o licor da fecundidade.

– Se me deste as mandrágoras foi para eu deixar Jacob dormir contigo uma noite, de outro modo ele nunca voltaria para o teu leito!

– Isso é mentira! Jacob está comigo porque eu lhe dou filhos e, mesmo na minha velhice, depois da minha escrava lhe ter dado Gad e Aser, eu concebi mais dois rapazes e uma menina, sem necessitar dos *frutos do amor* para me tornar fecunda, pois Deus abençoou a nossa união. Só depois dos meus filhos nascerem todos é que Deus teve piedade de ti e, graças às minhas mandrágoras, tu pariste José!

Estas cenas repetiam-se sem cessar, por vezes com a intervenção das concubinas Bilha e Zilpa que, tomando o partido das suas amas, em vez de acalmar os ânimos exaltados, ainda lançavam mais achas na guerra do harém.

Por isso, farto daquele inferno, Judá apartou-se de seus irmãos para ir viver em Adullam, junto do seu amigo Hira e, pouco tempo depois, era já senhor de algumas tendas e de um bom rebanho.

Um dia, no mercado da terra, Judá viu Hogla, a filha do cananeu Chua e enamorou-se dela. Hira fez de intermediário e logrou convencer o pai a entregar a filha em casamento ao amigo, em troca de um bom dote pago em gordos borregos, uma vaca e um vitelo. Judá uniu-se a Hogla e ela concebeu por três vezes, dando à luz Er, Onan e Chela.

Quando Er chegou à idade adulta, Judá procurou uma esposa para o primogênito e sua escolha recaiu sobre uma moça muito formosa, do lugar de Timna, chamada Thamar. Er estava muito enamorado da jovem esposa e corria constantemente para a tenda, desejando a todo o momento acercar-se de Thamar para contemplar a sua nudez. Os companheiros de juventude riam-se dele e lançavam-lhe chistes por causa deste frenesim, porém, Judá andava preocupado com o comportamento do filho:

– Esta tua excitação, meu filho, é nociva e despropositada! Tens uma vida à tua frente para amar a tua mulher e a fazer conceber. Para quê tais excessos? Ainda podes ficar enfermo...

As palavras do pai transformaram-se numa profecia fatal quando, não muito tempo depois, o coração de Er parou de bater no momento em que alcançava nos braços da esposa a plenitude do prazer e o seu corpo se abria para lançar por entre gemidos e suspiros a sua semente no ventre da mulher.

Thamar rasgou os seus vestidos do pescoço até à cintura em sinal de dor e pôs um cilício sobre os rins para expiar a sua culpa.

– Fui eu que o matei! Fui eu que o matei! – murmurava baixinho, como se rezasse. E afastava-se de todos os que procuravam consolá-la, pois a grandeza da sua dor não admitia consolações nem apaziguamento.

Thamar usava luto há já muito tempo, quando Judá chamou Onan à parte e lhe disse:

– O teu irmão mais velho morreu sem deixar descendência. Compete-te a ti casar com a tua cunhada, como manda a lei do levirato[18], para dares uma posteridade a teu irmão.

Onan obedeceu ao pai e desposou Thamar que, apesar das saudades do defunto e da sua memória sempre presente, aceitou resignada a decisão do sogro. Embora já em vida de Er

---

[18] Do latim "levir" que significa "cunhado".

amasse e desejasse secretamente a esposa do irmão, achando-a a mulher mais bela e desejável do mundo, sabia que se a cunhada concebesse um filho, esta posteridade não seria sua, pois, segundo mandava a lei do levirato, tendo o primogênito morrido sem filhos, o seu irmão devia casar com a viúva e o primeiro filho desse matrimônio seria considerado como o primogênito e herdeiro do defunto e não do verdadeiro pai. E Onan desejava ardentemente ter a sua própria descendência.

Na primeira noite do casamento, depois de se mudar para a tenda de Er e de Thamar, onde passaria a viver, ao aproximar-se da mulher viu que ela chorava e o seu coração entristeceu:

— Porque choras, minha irmã? — perguntou-lhe, numa voz cheia de ternura, dando-lhe o nome que sempre usara enquanto o irmão vivera. — Não me desejas para teu esposo?

Mas ela não respondeu, deixando as lágrimas correr livremente pelo rosto. Onan abraçou-a ternamente, todavia, sentindo o corpo da cunhada estremecer e ficar tenso e rígido de repulsa, soltou-a, enleado:

— Continuas a amar e a sofrer por meu irmão e não desejas outro homem no teu leito? É isso, Thamar? Longe de mim forçar-te a um dever que te causa repugnância e é imposto por uma lei injusta que tão pouco me agrada, pois também me rouba o direito à minha própria descendência.

A mulher olhou-o com surpresa, de rosto molhado mas já sem lágrimas nos olhos:

— Vais, então, repudiar-me? — havia uma nota de ansiedade na sua voz.

— De modo algum! Se eu te amo tanto, Thamar, como poderia causar a tua desgraça? Viveremos juntos como irmãos e ninguém saberá do nosso acordo.

Confessara-lhe o seu amor quase sem dar por isso e a renúncia ao prazer de a possuir, levando pela primeira vez ao coração magoado da mulher algum consolo. Thamar tomou as mãos do marido e beijou-as com ternura e gratidão.

– És um homem bom e generoso, meu irmão, e eu farei tudo para te tornar feliz.

Onan abraçou-a de novo e, desta vez, a mulher abandonou-se confiante nos seus braços.

Horas mais tarde, estendido ao lado de Thamar, ouvia-lhe a respiração calma, sentia o calor do seu corpo e o cheiro da sua pele que lhe espantavam o sono, pondo-lhe um formigueiro nas veias e uma tensão angustiosa no ventre. Era como um viajante no deserto, morrendo de sede junto de um poço, sem todavia poder dessedentar-se. O peito e o ventre doíam-lhe tanto que Onan desesperado pousou a mão sobre o sexo para acalmar o desejo, mas o membro, inchado e ereto como o falo de um deus pagão, reagiu ao contato dos dedos que o aprisionavam, arqueando o pequeno dorso e vibrando contra a palma da mão do homem que o acariciava, cerrando os olhos e os lábios para não gemer, arquejando do esforço e, por fim, colhendo nos dedos e derramando nos lençóis o sêmen da sua posteridade.

Thamar, desperta pelos movimentos convulsivos de Onan, permaneceu quieta, fingindo dormir, porém sentiu vergonha e pena por condenar o marido ao sofrimento e sacrifício da sua virilidade.

A partir dessa noite, mal Thamar adormecia no leito partilhado por ambos, Onan[19] retomava a prática de acariciar o próprio corpo enquanto olhava para a nudez sedutora da mulher, até atingir o paroxismo do prazer e derramar a sua semente no chão, em vez de o fazer no ventre da cunhada e dar uma descendência ao irmão morto. Era um prazer solitário e egoísta que, a pouco e pouco, se foi transformando num vício e, por fim, Onan já não precisava sequer da presença da mulher para encontrar no seu corpo um gozo rápido e a satisfação dos desejos perversos. Porém, passados os breves momentos de êxtase, sentia-se invadir por um terrível sentimento de frustração e impotência.

---

[19] De Onan deriva o onanismo, que significa as práticas de masturbação.

Thamar via o marido masturbar-se quase todas as noites e começou a recear pela sua saúde, pois Onan tinha emagrecido, andava triste e preguiçoso, com muitas falhas de memória, cheio de trejeitos nervosos e estremecendo visivelmente, como se o corpo fosse percorrido por constantes calafrios. Então, uma noite, a mulher decidiu que tinha de fazer alguma coisa para o arrancar à solidão e ao marasmo em que vivia, não fosse Deus enviar-lhe algum castigo, por ele se furtar aos deveres do levirato e desperdiçar assim a sua semente, para não dar uma progenitura ao irmão.

Se não visse com seus próprios olhos como ele andava tão fora de si e do mundo, Thamar teria pensado que eram a ganância e o interesse de Onan em ficar com os bens do irmão primogênito que o impediam de se abeirar dela para a tomar como esposa e fecundá-la. E ela, depois de tantas noites vendo-o dormir a seu lado, já não encarava com repulsa a união com o cunhado, estava até disposta a provocá-la, tomando a iniciativa de despertar de novo o seu desejo, se fosse necessário.

E nessa noite deixou que Onan se deitasse primeiro e espevitou a luz da candeia, antes de se despir, de modo a permitir ao marido ver a sua nudez, o jogo trêmulo da luz e das sombras no seu belo corpo de formas redondas e macias, ansioso por saciar a fome de outro corpo, pondo fim a um penoso jejum que a si mesma se impusera.

Estendeu-se a seu lado, sobre o flanco, de frente para o marido, oferecendo-lhe a polpa carnuda dos seios como um fruto maduro para a secura dos lábios, a sedosa penugem do ventre como um ninho ou um abrigo, pronto a receber a semente amarga do homem, para o redimir e salvar da perdição. Então Thamar segurou nas mãos o membro do companheiro, afagando-o com ternura e perícia, sentindo-lhe os movimentos de pássaro ferido entre os dedos e, lentamente, introduziu-o no tabernáculo do seu corpo, unindo-se a Onan com a mesma paixão com que outrora se unira a Er, o ventre respondendo ao latejar da força viril, segregando o mosto quente e húmido de um desejo há muito reprimido. Porém o homem afundado no seu seio, prestes a explodir na cadência das suas ancas, soltou um grito e arrancou-se violentamente do corpo da mulher, para a semente da vida não cair naquele húmus de carne, fecundando terreno alheio e roubando-lhe a descendência. O sêmen derramou-se sobre as pernas de Thamar e nos lençóis da enxerga.

Onan, ainda deitado sobre a mulher que o olhava paralisada de surpresa, tinha o rosto vermelho e suado, uma veia saliente na fonte pulsando no ritmo do coração e a boca aberta como se lhe custasse respirar. Os olhos abertos e vagos perdiam rapidamente o brilho e, soltando um suspiro em tudo semelhante a um gemido ou um lamento, tombou morto sobre o seio da esposa.

Judá contemplava a nora com um misto de pena e de receio. Assim, novamente envolta nos trajes de viúva e com o rosto marcado pelo sofrimento, Thamar assemelhava-se às imagens da morte, esculpidas em relevo nos templos gentios. Todavia prometeu-lhe com solenidade:
— Podes voltar para casa de teu pai, minha filha, agora que Onan morreu. Mas conserva-te viúva até Chela, o meu último filho, crescer e ter idade para ser teu esposo. Então volverás a viver connosco.

Porém Judá fazia esta promessa, sem nenhuma intenção de cumpri-la, apenas queria livrar-se o mais depressa possível da presença da nora, pois não tinha a menor dúvida de que aquela mulher era nefasta à sua família. Embora fosse um sacerdote e tivesse de obedecer à lei do levirato, temia que, se lhe entregasse o filho Chela, também ele acabasse por morrer como os irmãos, depois de dormir com ela algumas vezes. Por que razão os punia Deus daquela maneira? Sobre quem recaía o castigo do Senhor? Sobre Er e Onan ou sobre Thamar? Qual deles teria desagradado ao Altíssimo ou cometido algum crime hediondo de que ele não tivera notícia? Em caso de dúvida, era melhor para todos que a nora se afastasse para bem longe do filho mais novo, antes de ser demasiado tarde.

E, por isso, despedindo-se dos sogros, com muitas lágrimas e suspiros de pena, Thamar foi viver para casa do pai.

Alguns anos depois, morreu Hogla, a filha de Chua e esposa de Judá que a chorou sentidamente e guardou o luto durante o tempo regimentado. Pouco depois de ter tirado o luto, o viúvo partiu para Timna com o seu amigo Hira, o adulamita, a fim de vigiar a tosquia das ovelhas.

Thamar foi informada pelos vizinhos de que o sogro vinha a caminho:

– Judá sobe neste momento a Timna, para a tosquia das ovelhas.

– Mas foi-nos dito que não virá visitar-te.

Seu pai, ouvindo a novidade e a descortesia do parente para com a sua filha, acrescentou agastado:

– Chela é já um homem e chegou o tempo de tomar-te por esposa. Que espera Judá para te levar para casa? Será que não deseja honrar a promessa e cumprir o seu dever? Todavia, aos olhos do mundo e pela lei do levirato, tu és a mulher do seu filho mais novo.

Thamar não respondeu e retirou-se humilhada, forçada a dar razão ao pai, pois o cunhado chegara à idade do casamento e Judá não viera buscá-la para dá-la como esposa ao último filho, conforme o acordado. Agora, o sogro vinha a Timna e recusava-se mesmo a visitá-la, mostrando assim claramente ter voltado atrás com a sua decisão, deixando-a no entanto presa à lei e ao compromisso com Chela.

Em segredo, despiu os seus trajes de viúva, cobriu-se com um véu e, saindo de casa sem que o pai a visse, foi sentar-se à entrada das Duas-Fontes, no caminho de Timna, por onde o sogro teria forçosamente de passar. Ao vê-la, Judá tomou-a por uma prostituta, porque tinha a cara coberta por um véu e se encontrava sozinha num lugar público, no caminho do mercado. Aproximou-se dela, agradado pelo ar misterioso e pelo corpo esbelto que as vestes não logravam esconder. Sem a reconhecer como sua nora, saudou-a com picardia:

> – *Os lábios da mulher estranha destilam mel,*
> *e a sua boca é mais suave do que o azeite,*
> *mas o seu fim é mais amargo que o absinto,*
> *agudo como a espada de dois gumes.*

Ouviu-a rir e rogou-lhe, numa voz suplicante:
– Deixa-me ir contigo. Há muito que não tenho um carinho de mulher.

O véu, tornando a voz velada, dava-lhe segurança e ousadia para fazer o jogo:
– O que me darás, se te deixar vir comigo? – espicaçava-o, provocadora.

Judá animava-se, os olhos brilhavam de excitação e prometeu sem hesitar:
– Mandar-te-ei um cabrito dos mais gordos do meu rebanho.

A mulher replicou, com aparente desfaçatez:
– Está bem. Mas terás de me dar um penhor da tua palavra, enquanto espero pela entrega do cabrito.

– Que penhor desejas? – perguntou-lhe Judá, surpreendido, mas divertido com a audácia da prostituta.

Thamar respondeu, como se brincasse:
– O teu selo, o cordão e o bastão que trazes contigo.
– Como ousas...

Judá ia protestar, irritado pelo atrevimento da meretriz ao exigir-lhe, como penhor da paga dos seus favores, as insígnias do cargo e do sacerdócio – o selo para autenticar os documentos, o cordão para lhe prender o selo ao pescoço e o bastão, o símbolo da autoridade –, mas acabou rindo e entrando no jogo da mulher.

– Aqui tens o que me pedes, assim quedarás segura do pagamento. Cuida bem deles ou terás de te haver comigo! E, agora, para onde vamos?

Thamar levou o sogro para um estábulo que o pai tinha ali perto para guardar a forragem dos animais. Deitou-se na palha, no lugar mais sombrio do casebre e não permitiu que Judá lhe descobrisse o rosto.

– Não quero que me reconheças, se mais tarde me vires na rua! – desculpou-se, velando melhor o rosto e mantendo-se na sombra.

Judá aproximou-se dela e conheceu a sua nudez, admirado pela juventude e frescura do corpo, tão diferente do de outras prostitutas a cujos serviços recorrera. Desde a morte de Hogla que não se acercava de uma mulher e ansiava por umas horas, mesmo pagas, na sua companhia, sentir-lhe o cheiro e o calor, tocar-lhe e tomá-la com força e sem pressa, como fazia com aquela prostituta misteriosa e dócil, penetrando-a e abusando do seu corpo até o ventre se libertar da seiva acumulada, derramando-a dentro da mulher com um jorro tão impetuoso, como se quisesse fecundá-la.

Judá rolou para longe dela, exausto e satisfeito e Thamar levantou-se, compôs as vestes e o véu e partiu, sem olhar para o sogro que permanecia deitado na palha. Ao chegar a casa do pai, entrou escondidamente, para ninguém a ver e lhe perguntar de onde vinha àquelas horas e o que andara fazendo, tirou o véu e voltou a vestir os vestidos de viúva.

Quando Judá, refeito do encontro, chegou ao lugar onde faziam a tosquia dos rebanhos pediu a Hira que fosse levar o cabrito à prostituta.

– Trata de resgatar o penhor das mãos daquela mulher. Não quero que faça alarde da tentação em que me fez cair ou mostre às gentes do lugar que Judá teve conversação com ela e lhe confiou os símbolos da sua dignidade.

Hira partiu com o cabrito para as Duas-Fontes mas não viu a mulher lá sentada, como no primeiro encontro. O adula-

mita interpelou os habitantes da terra que se cruzavam com ele e chegou mesmo a bater em algumas portas para saber do seu paradeiro:
– Onde está a prostituta que costuma aparecer em Duas--Fontes, à beira do caminho?
A resposta foi sempre a mesma:
– Nunca houve aqui nenhuma prostituta.
– Como não há? Ainda há pouco, no princípio da tarde, estava sentada à beira da fonte e esteve com o meu amigo que lhe quer pagar o serviço com este cabrito.
– Já te dissemos que aqui não há meretrizes, mas apenas mulheres sérias e tementes a Deus! – a lavradora parecia ofendida e zangada.
– Se quereis prostitutas ide para a vossa terra que lá há muitas! Deixai-nos em paz!
Hira, assustado pela zanga das interlocutoras, desistiu da busca e voltou com o cabrito para junto de Judá, dizendo-lhe:
– Não a encontrei nem na fonte nem nos arredores, além disso, os habitantes da terra afirmaram-me que ali nunca houve prostituta alguma.
Judá ficou muito perturbado com o desaparecimento do selo, do cordão e do bastão, mas disfarçou o embaraço, para Hira não ver a sua preocupação e pejo:
– Deixemo-la ficar com o que tem, para não nos envergonhar – eu enviei o cabrito, mas tu não lograste encontrá--la, portanto, não temos nada a censurar-nos. Encerremos o assunto!
Voltou a Kezib e, como não houve escândalo com o desaparecimento das insígnias, nunca mais pensou na estranha prostituta.

Cerca de três meses depois, um comerciante de Timna veio dizer-lhe:
– Thamar, a tua nora, prevaricou e até ficou grávida de seu meretrício.

Judá ficou rubro de cólera e de desgosto. Thamar, enquanto vivesse na casa do pai e trajasse as vestes de viúva, era considerada esposa de Chela, segundo a lei e tradição de levirato. Assim, aos olhos do mundo, ela tinha cometido adultério e desonrado o seu filho e tal crime tinha de ser punido com a morte. Porém, no íntimo, ele sentia-se responsável pelo comportamento leviano de Thamar. Para poupar o filho da morte que a nora parecia trazer aos maridos, Judá não cumprira a promessa feita, abandonando e deixando estiolar na casa de seu pai aquela mulher tão jovem e formosa, sem marido nem descendência.

Não era, pois, de admirar que ela tivesse procurado fora da família o que não tinha encontrado no seu seio, a satisfação dos desejos e ânsias naturais de uma mulher na força da juventude e da vida.

De coração amargurado, Judá ordenou aos seus homens:
– Ide buscá-la a casa do pai, em Timna. Mas antes procurai saber quem é o amante, pois não é justo que ela morra e ele escape sem castigo. Depois, levai-os para a prisão, onde ficarão até que se cumpra a sentença. Ele será apedrejado até à morte, mas ela, como minha nora, terá de ser queimada.

A morte pelo fogo destinava-se às filhas dos sacerdotes que cometessem adultério ou se prostituíssem e Thamar era nora do sacerdote Judá, portanto considerada como sua filha. Por isso, seria queimada viva em vez de lapidada.

Quando jazia na prisão, à espera da sentença e da morte, Thamar pediu ao sogro para a receber, pois só a ele poderia confessar o nome do sedutor que a engravidara. E Judá anuiu ao pedido, recebendo-a, sentado à porta da cidade, diante de um Conselho de dez Anciãos e de muito povo, pois aquele caso tinha de ser julgado em público. O silêncio envolveu a assistência quando o sacerdote-juiz se ergueu para admoestar as mulheres contra o adultério:

– Ouvi-me, mulheres de Kezib:

> *O valor da mulher virtuosa*
> *é superior ao das pérolas:*
> *o seu marido confia nela*
> *e jamais precisa de coisa alguma;*
> *ela proporciona-lhe o bem*
> *em todos os dias da sua vida.*
> *É semelhante ao navio do mercador*
> *que traz os seus víveres de longe.*
> *Vigia o andamento da sua casa*
> *e não come o pão da ociosidade;*
> *abre a sua boca com sabedoria*
> *e seu marido é louvado nas portas da cidade.*

Fez uma pausa e dirigiu a palavra a Thamar:
– Mulher, como pudeste afastar-te do caminho da virtude para te perderes, assim, nas veredas do pecado, levando a desonra ao seio da tua família?

Perante o silêncio da acusada, fez uma pausa e pronunciou as restantes frases de advertência contra o adultério:
– Ouvi-me, homens de Kezib, o prevaricador não se acusou do crime e o seu nome ainda não foi revelado, mas a sua culpa é grande, pois, como sabeis

> *Quem comete adultério é um insensato,*
> *causa a sua ruína quem assim procede.*
> *Só encontrará infâmia e ignomínia,*
> *e o seu opróbrio jamais se apagará.*
> *Quem se chega à mulher do seu próximo,*
> *se lhe tocar, não ficará impune,*
> *porque o marido, furioso e ultrajado,*
> *não lhe perdoará no dia da vingança,*
> *nem aceitará reparação alguma.*

E Judá acrescentou, erguendo a voz:
– Vais dizer-nos, mulher, o nome do prevaricador, para que partilhe contigo o ônus da culpa?

Ficou admirado por ver como Thamar o fitava sem medo nem vergonha, antes com um olhar de desafio e acusação que

lhe fez baixar o seu, deixando-o inquieto e pouco à vontade. A nora falou, por fim, com voz vibrante, irritando o Conselho pela sua arrogância desavergonhada:
— Quereis saber o nome do culpado da minha perdição ou daquilo a que chamais o meu adultério? Sabê-lo-eis em breve, mas deixai primeiro que vos diga: eu não me prostituí com esse homem!

Olhou em volta ao ouvir os sussurros e os risos escarninhos da assistência, retomando com ironia a diatribe contra a mulher adúltera:

— Porque, embora

> *eu tenha saído ao seu encontro,*
> *à sua procura, até que o achei,*
> *não adornei a minha cama com cobertas*
> *ou colchas bordadas com linho do Egito,*
> *nem perfumei o meu leito com mirra,*
> *aloés e cinamomo.*
> *Tão pouco nos embriagámos de amor*
> *até ao amanhecer,*
> *ou gozámos as delícias do prazer,*
> *porque o meu marido não estava em casa.*

Respirou fundo e quase gritou:
— Não, eu não cometi adultério, eu apenas usei do meu direito!

Ficou em silêncio, sustentando o olhar irado dos Anciãos. Algumas vozes bradaram insultos e muitas mãos apanharam pedras do solo:
— Descarada! Adúltera!
— À morte! Apedrejai-a!
— Mulher sem vergonha!
— Meretriz! Matai-a!

Thamar prosseguiu, como se as não tivesse ouvido:
— Na verdade estou grávida do homem a quem estas coisas pertencem e que me deve uma reparação.

Fez sinal a um servo da casa do pai que se apressou a entregar-lhe as insígnias dadas por Judá, numa tarde de tentação, em penhor do pagamento à prostituta das Duas-Fontes. Perante o pasmo e a indignação dos anciãos do Conselho e do povo, a nora estendeu-lhe os objetos da sua culpa, dizendo-lhe com uma acerada ironia, apenas por ele entendida:

– Verifica, peço-te, a quem pertence este selo, este cordão e este bordão. Não reconheces neles o culpado?

O sacerdote-juiz empalideceu à vista dos objetos, para em seguida corar violentamente de vergonha e ira. Só então compreendeu a armadilha preparada pela nora, a fim de se vingar da falta de palavra e na qual ele caíra como um imbecil ou um adolescente, enchendo-se de ridículo e de opróbrio, se não reparasse o mal feito àquela mulher. Pediu licença para falar, fazendo calar o burburinho que se levantara à vista das insígnias do sacerdote acusado de adultério.

– As insígnias são minhas e esta mulher não merece castigo, pois agiu dentro da lei, para me obrigar a cumprir a minha palavra e a promessa que lhe tinha feito há alguns anos e não soube honrar.

Fez uma pausa, para deixar acalmar as murmurações dos assistentes e prosseguiu:

– Thamar é mais justa do que eu, pois não lhe dei o meu filho Chela por goel[20], como lhe era devido, e ela resolveu tomar o assunto em mãos, escolhendo por libertador a outro parente mais próximo do defunto marido, ou seja, o seu pai que, no fundo, foi o prevaricador e o causador do seu desespero.

E Judá contou ao Conselho dos Anciãos os acontecimentos das Duas-Fontes, como Thamar o recebera no leito e conseguira apoderar-se do selo, do cordão e do bastão e concluiu, sorrindo:

– Embora se tenha acercado de mim sob um falso pretexto, eu dou-lhe razão e tomo-a como esposa, pois não duvido

---

[20] Goel ou libertador, era o nome dado ao parente que casava com a viúva.

que a minha nora concebeu da minha semente, nessa tarde, em Timna.

E, deste modo, Thamar voltou para casa de Judá, contudo o sogro não tornou a entrar no leito conjugal para contemplar a sua nudez, embora ansiasse pelo corpo e pelas carícias da nora, como nunca desejara os de Hogla, a sua primeira esposa.

Porém, o fantasma da morte a pairar em torno daquela mulher era uma presença demasiado assustadora para que Judá ousasse desafiar o destino, a fim de satisfazer os prazeres da carne no leito de Thamar. Arrepiava-o pensar que fornicara uma tarde com a morte, num palheiro em Timna e talvez só tivesse escapado ao destino funesto dos filhos, por Thamar naquele momento não ser verdadeiramente a sua nora, tendo encarnado em corpo e espírito a atrevida prostituta das Duas--Fontes que recebia um cliente e lhe vendia os favores em troca de um cabrito.

De qualquer modo, Judá decidira dar graças ao Senhor e não voltar a abusar da sorte...

AS DOÇURAS DE BOOZ

Elimelec fugira de Belém de Judá, quando a fome assolara a região de Efrata, no tempo em que os juízes governavam Israel[21]. Chegando aos campos de Moab, aí se fixou com a mulher Noémi e os dois filhos, Quelion e Maalon, não chegando todavia a fazer fortuna nem a criar grandes searas, pois morreu ainda novo, deixando a esposa só, sem a proteção da família nem da lei do levirato e com os filhos que acabou de criar, com alguma dificuldade.

Quelion e Maalon, embora muito jovens, casaram respectivamente com Orfa e Rute, duas moças moabitas, muito novinhas e de grande formosura. Durante dez anos, a sua vida decorreu pacífica, mas difícil, numa contínua luta pela sobrevivência.

Porém, sem que nada o fizesse prever, Maalon e Quelion morreram de um surto de peste e Noémi ficou só, sem filhos e sem marido, na companhia das noras viúvas, devastadas pelo desgosto e ameaçadas pela miséria e o abandono. Quando já nada havia para comer e sendo forçada a deixar a casa onde vivera durante uma década, Noémi chamou Orfa e Rute, para lhes participar que se ia embora:

— Minhas filhas, aqui não temos meios para nos sustentarmos. *A fortuna dos ricos é o seu baluarte, a miséria dos pobres é a sua ruína,* como vós bem sabeis. Assim, vou deixar esta terra de Moab e voltar para o meu país, para Efrata, pois ouvi dizer a um santo peregrino que Deus visitou o meu povo e deu-lhe pão em abundância.

---

[21] Israel foi o nome dado a Jacob, por isso os filhos de Israel são os descendentes de Jacob.

As duas moças abraçaram-na, com os olhos cheios de lágrimas:
— Que te fizemos, mãe, para que nos abandones? — perguntava Orfa, procurando abafar os soluços.
— Diz-nos como te ofendemos, senhora, para podermos reparar esse mal — o doce rosto de Rute estava molhado de silencioso pranto. — Como nos havemos de emendar se não sabemos a razão das tuas queixas?
Noémi beijou-as com ternura, procurando enxugar-lhes as lágrimas:
— A minha partida para Belém de Judá não tem nada a ver convosco, nem há nada na vossa conduta a merecer censura. Se fosseis minhas filhas, não me teríeis amado mais nem melhor do que o fizestes e o meu coração chora de tristeza e saudade por vós, ainda antes de vos deixar. Mas, sem maridos e sem a proteção de uma família, três mulheres sozinhas nunca poderão sobreviver neste mundo.
— Temo-nos umas às outras, minha mãe — protestou Rute — podemos trabalhar e...
A sogra abanou a cabeça com tristeza, mas falou com voz firme:
— Não pode ser, Rute! Tendes de voltar para casa de vossos pais, pois só aí encontrareis outros maridos para vos protegerem e vos darem filhos. O meu Deus usará, por certo, de bondade e de misericórdia convosco, como vós usastes para comigo e para com o meu marido e filhos. Que Ele vos conceda a paz nos vossos novos lares, pois mereceis ser felizes.
Beijou-as e elas recomeçaram a soluçar.
— Nós iremos contigo para o teu povo, apesar de não adorarmos os mesmos deuses — disse Rute com determinação. — Nunca te abandonaremos!
— Por que razão havíeis de ficar comigo? Oxalá tivesse criado mais filhos no meu seio, pois vo-los daria também para maridos, com as minhas bênçãos. Mas não os tenho e já sou muito velha para me casar e conceder de novo. — E Noémi,

rindo com amargura, prosseguiu: – E ainda se eu concebesse e gerasse filhos, hoje mesmo, iríeis esperar até eles crescerem, sem pensar em casar de novo? Não, minhas filhas, a minha dor é muito maior do que a vossa, pois a mão de Deus pesa sobre mim. Ide para casa de vossos pais.

Ante a firme recusa da sogra, Orfa beijou-a e partiu, porém, Rute insistia em seguir com ela para a sua terra. Noémi recusava, mas cada vez com menos convicção:

– A tua cunhada caiu em si e voltou para o seu povo e os seus deuses. Faz também como ela, Rute, e terás uma vida abastada no seio da tua família, enquanto que na minha companhia só acharás miséria e privações.

– Não me peças para te abandonar, nem me queiras afastar de ti – respondeu-lhe a nora –, pois eu irei para onde tu fores e onde habitares, também eu habitarei. O teu povo é o meu povo e o teu Deus, o meu Deus. Na terra em que morreres e fores sepultada, quero eu morrer e ser sepultada. Que o Todo-Poderoso me trate com rigor, fazendo cair as piores desgraças sobre a minha cabeça, se eu permitir que outra coisa a não ser a morte me separe de ti!

Fizera o seu juramento com tal firmeza e gravidade que as lágrimas correram pelo rosto de Noémi e ela já não insistiu mais, abraçando a moça com ternura e gratidão.

Prepararam duas trouxas com os seus parcos haveres e, aproveitando uma caravana que partia nesse mês, seguiram nela para Belém de Judá. Noémi cantava salmos do seu povo no exílio e Rute acompanhava-a, com a sua voz doce e entoada, pois prometera a si mesma aprender a religião da sogra:

– *Junto dos rios da Babilónia*
estávamos sentados e chorando,
lembrando-nos de Sião.
Ali, sobre os salgueiros,
suspendemos as nossas harpas.
Era lá que eles nos pediam
– os nossos carcereiros –, cânticos,

> *os nossos verdugos, alegria:*
> *"Cantai para nós*
> *cânticos de Sião."*
> *Como cantar os cânticos do Senhor*
> *Numa terra alheia?*

Noémi e Rute, a moabita, chegaram por fim à terra da sua peregrinação. Mal entraram na cidade, a notícia do regresso da viúva de Elimelec correu célere e muitas mulheres vieram ao seu encontro, exclamando:
– Noémi voltou! Bendito seja o Senhor!
– Veio viver de novo entre nós.
– Eis Noémi, a mulher de Elimelec!
– Não me chameis Noémi, dai-me antes o nome de Mara – rogou-lhes, chorando, a viúva –, porque Noémi significa doçura e o Todo-Poderoso tornou amarga a minha alma. Parti com as mãos cheias e voltei com elas vazias. Porque me chamais Noémi, se foi Deus quem me amesquinhou e destruiu?
E retirou-se com a nora para a casa abandonada do marido. Nos arredores de Belém começara o tempo das ceifas e os servos das lavouras segavam os campos de cevada e de trigo.
Na manhã seguinte à sua chegada, Rute falou com a sogra:
– Minha mãe, deixa-me me ir respigar nos campos de quem me quiser acolher. Se conseguir apanhar muitas espigas, talvez isso baste para nos sustentar.
– Vai, minha filha, e que tenhas sorte!
Rute deixou a cidade, partindo para o campo e depois de andar um pouco por lá, à procura de trabalho, chegou a uma grande propriedade com muitos servos e servas que ceifavam enormes leiras de cevada. A moabita foi postar-se humildemente atrás dos segadores e começou a apanhar as espigas caídas por terra que, por lei, os ceifeiros não recolhiam, deixando-as como uma esmola para as viúvas pobres, os órfãos e outros necessitados.

Booz, o proprietário daquelas terras, era um homem muito rico e poderoso. Acabava de chegar de Belém para ver o andamento da ceifa e entrou no campo, saudando alegremente os segadores:

– Deus seja convosco!
– E te abençoe também, meu senhor! – responderam os servos.

Rute, um pouco assustada, parara de respigar e olhava-o com admiração. Apesar de já não ser muito novo, tinha uma figura imponente, uma bela cabeça aureolada por farta cabeleira de cor cinza e a voz suave mas segura, de quem não precisa gritar para ser obedecido. Booz viu a moça estrangeira parada entre as espigas, olhando-o como se estivesse pasmada e perguntou ao servo encarregue da vigilância dos ceifeiros:

– Quem é essa moça? A quem pertence?
– Veio com Noémi, da terra de Moab. Pediu para a deixarmos andar atrás dos segadores a respigar.

Como ele não brigou nem a escorraçou, Rute recomeçou seu trabalho, deitando-lhe de vez em quando um olhar de soslaio. Olhou-a de novo, com mais interesse e ficou encantado com sua beleza e juventude. Como um rebate da consciência, por estar desejando tão intensamente uma mulher que não lhe pertencia, vieram-lhe ao pensamento as sentenças antigas, cheias de sabedoria e murmurou-as entre dentes, para não ser compreendido pelo servo:

> *– Bebe a água da tua cisterna*
> *e a que corre de teu poço.*
> *Deverão espalhar-se por fora*
> *as tuas fontes*
> *e perder-se pelas praças*
> *as águas dos teus arroios?*
> *Sejam só para ti*
> *e não tenham parte nelas*
> *os estranhos.*

O pior é que ele vivia sozinho e não tinha nenhum desses "poços" e "cisternas" referidos no poema a que pudesse chamar seu, para onde lançar as suas "águas", se as "fontes" e os "arroios" dos seus desejos ameaçassem transbordar... como agora, quando olhava para a gentil respigadora! Abanou a cabeça, para expulsar os maus pensamentos e sorriu.

– É, então, parente de Noémi? – perguntou ao capataz, pois o homem parecia estar bem informado e ansioso por lhe dizer o que sabia. – Mulher de algum dos seus filhos?

– É a viúva de Maalon, o filho mais novo de Elimelec e Noémi, e todos dizem que ela tem um coração de ouro. Recusou-se a volver a casa da família, para não deixar a sogra sozinha, pois a velha não tinha mais ninguém para a socorrer e lhe dar um pedaço de pão. E deve ser verdade, porque tem estado no campo a respigar, desde a manhã até agora, quase sem um momento de descanso.

Tão nova e já viúva? Triste destino para uma mulher assim formosa! O lavrador sentiu o coração encher-se de piedade e ternura. Era parente próximo de Elimelec e, portanto, competia-lhe fazer alguma coisa pelo futuro das duas mulheres, sobretudo da jovem viúva. Foi ter com ela e a moça parou de trabalhar, enleada. Os olhos do homem eram inteligentes e bondosos, mas miravam através dela e perturbavam-na.

– Escuta, minha filha – disse-lhe com doçura –, vai com as minhas servas para os campos onde elas andarem a ceifar, pois dei ordens para te deixarem em paz. Não precisas te afastar daqui, para ir respigar noutro campo. Comerás da comida das segadoras e, se tiveres sede, podes beber água da bilha que elas trouxerem.

Preso do seu formoso rosto, procurava desvendar o segredo dos olhos grandes e rasgados, cheios de mágoa e de um fogo interior que o enleio não lograva encobrir. Inundada de gratidão pela esmola, Rute lançou-se-lhe aos pés, prostrando-se por terra:

— Senhor, eu sou uma moabita, uma estrangeira. Como é possível ser por ti acolhida com tanta bondade e graça? Grande é a minha dita, por te ter encontrado no meio da adversidade.

Booz ergueu-a do solo, suavemente, sacudindo-lhe a terra das vestes pobres de viúva. Tinha os olhos húmidos de lágrimas e a longa cabeleira, desmanchada pelo esforço, cobria-lhe o dorso como um manto sedoso e brilhante sob o sol quente da tarde. O velho lavrador, tímido e solitário, sentiu desejos de a acariciar e apertar nos seus braços, confortando-a e obrigando-a, com o seu carinho, a esquecer a dor e amargura da vida passada.

Despertou do devaneio, vendo com surpresa como estava próximo dela e a segurava ainda por um braço. Afastou-se com brusquidão, pigarreando para esconder o embaraço:

— Contaram-me tudo o que fizeste pela tua sogra, depois da morte de teu marido. Foi preciso muita coragem para vir viver, sem família e sem amigos, numa terra estranha e com um povo desconhecido. Ajudar-te-ei, no que puder, podes contar comigo.

Rute tomou-lhe uma das mãos entre as suas e levou-a aos lábios, beijando-lha com muita gratidão. Booz não logrou impedir o gesto e, quando os lábios da moça tocaram na sua pele, um arrepio de prazer percorreu-lhe o corpo como um formigueiro.

— Meu senhor, embora não seja digna de pertencer sequer ao número das tuas escravas, peço-te que me olhes sempre com favor e agrado, como hoje me olhaste, pois tu sabes falar ao coração de uma mulher infeliz e consolar a sua dor.

Booz, com medo de denunciar os seus sentimentos, falou de coisas práticas:

— São horas de comer. Vai sentar-te ao lado dos segadores para partilhares da sua refeição, come a tua parte de pão e molha o teu bocado no vinagre.

Enquanto comiam, Booz veio de novo ter com ela e ofereceu-lhe grão torrado que comeu até ficar saciada, guardando o resto para levar a Noémi. Levantou-se em seguida e recomeçou a respigar.

– Se ela quiser respigar, mesmo entre as gavelas, não lhe digais nada! – ordenou Booz aos criados. – Quando fizerdes os feixes das espigas, deixai cair algumas como por descuido, para ela as apanhar.

Rute ficou no campo até tarde a respigar e, depois, foi bater e joeirar as espigas recolhidas. As servas de Booz cantavam, marcando o ritmo ao trabalho:

> *– Batei, vamos, batei,*
> *ó minhas irmãs,*
> *batei ainda.*
> *Batei a palha,*
> *tirai a cevada*
> *p'ra fazer o pão*
> *do nosso amo.*

Rute encheu quase um efá de cevada e regressou à cidade. Correu a mostrar os ganhos do dia à sogra e deu-lhe a comer a parte do almoço que guardara para ela.

– Por onde andaste hoje a respigar? – perguntou-lhe Noémi, enquanto comia. – Abençoado seja esse homem por te ter acolhido com tanta generosidade!

Rute contou-lhe onde e como havia trabalhado:

– O dono do campo chama-se Booz e parece ser um homem muito nobre e generoso. Ofereceu ajuda para tudo o que precisarmos.

– Bendito seja ele! – bradou Noémi. – É ainda nosso parente, Rute, um dos que têm direito de resgate sobre nós.

– De verdade? – a moça sorria, feliz. – É bom pertencer à família de um homem tão misericordioso! Ele disse-me para ficar com os seus servos até se acabar toda a ceifa.

Lágrimas de gratidão assomaram aos olhos da velha viúva, quando disse um dos seus amados provérbios:

– *"Aquele que é amigo, é-o em todo o tempo, mas torna-se um irmão no tempo da desgraça!"*. Isso é muito bom, minha filha, pois nos campos de outros lavradores poderias ser mal recebida, quer pelos patrões, quer pelos servos.

Tendo ganho a aprovação da sogra, Rute continuou a acompanhar as servas de Booz e a respigar nas suas terras, até findarem as ceifas.

As colheitas tinham terminado e os servos preparavam-se para joeirar a cevada e o trigo nas eiras de Booz e Rute fora convidada para ir trabalhar com eles, no dia seguinte.

Durante as últimas noites um pensamento muito tentador impedira Noémi de conciliar o sono e, por isso, quando a nora despertou junto dela nessa madrugada, falou-lhe do seu plano:

– Minha filha, precisas de arranjar um marido, para poderes viver ainda uma vida tranquila e feliz, com muitos filhos.

– Mas, minha mãe...

A velha atalhou-lhe o protesto:

– Diz o provérbio: *"O coração alegre cura o corpo, o espírito triste seca os ossos."* e a sentença é bem verdadeira! Tens de te casar, enquanto ainda estás moça e bonita, minha Rute. Por isso, vou direto ao assunto: esse Booz é nosso parente chegado, nunca se casou, é rico e dono de muitas terras, portanto, um belo marido para qualquer mulher.

A nora riu-se, com o entusiasmo e interesse de Noémi:

– *"Uma mulher intrometida é uma goteira constante."* – imitou-a, brincando com a citação dos provérbios tão a seu gosto. – Booz deve ter muitas mulheres interessadas em desposá-lo, pois é ainda um belo homem, apesar de já não ser muito novo, e tem um coração bom e generoso.

– Mesmo havendo outras pretendentes ao seu leito, minha filha, nenhuma delas está sujeita ao resgate de Booz, como tu. Ele está mesmo a calhar para ti, pois, sem dúvida, concordas comigo em que *"vale mais um homem paciente do que um herói"*. Ora, ainda bem que ele é do teu agrado!

– Eu não disse isso, senhora! – exclamou Rute, fingindo-se escandalizada.

A velha prosseguiu com o seu raciocínio:
— *"Cabelos brancos são uma coroa de glória que se encontra no caminho da justiça"* e eu espero que ele te faça justiça...
— A que justiça te referes, minha mãe? Não te entendo. Hoje só falas por anexins e misteriosas sentenças...
Interrompeu-a de novo:
— Esquece isso e ouve-me: Booz deve joeirar esta tarde a cevada da sua eira. Fica em casa até mais tarde e lava-te com água perfumada, unge o corpo com este óleo que te comprei, põe o melhor vestido que tiveres e cuida do rosto, como se hoje fosse o dia dos teus esponsais.
Rute escutava-a, cheia de espanto:
— Por que razão devo fazer isso, senhora? Eu sou uma pobre viúva, não tenho dote e não me vou casar.
Noémi retorquiu-lhe, já impaciente:
— Não discutas e faz como te estou a dizer, pois *"a mulher formosa alcançará glória, e o homem diligente alcançará fortuna"*, duas coisas que se dão muito bem juntas. Vai ter à eira de Booz, quando ele estiver a cear, mas não te deixes ver até ele ter acabado de comer e de beber. Espera que ele se vá deitar e segue-o, às escondidas, para saberes onde foi dormir. Faz com que ninguém te veja quando fores para junto dele e, sem o despertares, levanta a parte da manta que lhe cobre os pés e deita-te.
— A seus pés?! — espantou-se a moabita que desconhecia muitos dos costumes do povo do seu marido. — Para quê?
— Ele mesmo te dirá o que deves fazer — respondeu a velha, misteriosa. — Mas tens de conseguir que ele lance o seu manto sobre a tua cabeça.
— Farei tudo como me ensinaste — prometeu a nora. — Mas, diz-me uma coisa, por favor, porque devo meter-me debaixo do manto de Booz?
— Entre o nosso povo, se o homem estender o seu manto sobre uma mulher, está a assumir o compromisso de a receber como esposa.

Rute calou-se e foi preparar o banho, trauteando uma canção. Ficou surpreendida pela súbita alegria, pois desde há muito tempo que vivia mergulhada na tristeza e solidão da viuvez, rodeada de luto por todos os lados. Banhou-se, sorrindo, por o estar fazendo em intenção a Booz e a imagem do lavrador, da sua presença poderosa e gentil, ocupou-lhe os pensamentos, enquanto se lavava na água perfumada. Há muito que não sentia uma sensação tão doce a percorrer-lhe o corpo e deixou-se embalar por ela, em vez de a expulsar como coisa danosa do espírito, enquanto se enxugava e cuidava com todo o esmero da sua apresentação. Quando terminou, Noémi mirou-a demoradamente e sorriu de aprovação:

– Estás muito formosa, minha filha. Vai com a minha bênção e não te esqueças de que *"as sortes lançam-se no regaço, mas é o Senhor quem decide"*.

Rute chegou à eira do parente de Noémi e seguiu à risca as instruções da sogra. Não se mostrou a Booz e ficou escondida vendo-o caminhar por entre os seus homens, dando ordens e distribuindo tarefas. Ficou contente ao observar que ele a procurava por entre os grupos de mulheres, perguntando muitas vezes por ela às ceifeiras e, quando finalmente desistira de a encontrar e se sentara para cear, parecia triste e desanimado.

Quando ia já a meio da refeição, Rute foi juntar-se a um grupo de segadoras que, não muito longe da mesa onde o amo comia, procuravam animá-lo com cantigas alegres e pôs-se a cantar com elas. Ao vê-la, o rosto de Booz iluminou-se de felicidade, pois nunca lhe parecera tão bonita no tempo em que respigava atrás dos segadores, como uma pobre e modesta viúva. Nessa noite, com aqueles trajes, assemelhava-se a uma noiva na festa do casamento e os homens pararam por momentos o trabalho de joeirar a cevada, suspensos da sua voz e graça.

O vinho, as canções e a presença de Rute alegraram o coração do amo que cantou e bebeu também com eles, porém a admiração que lia nos rostos dos moços solteiros pela formosa viúva, a disputa ingênua por um olhar ou uma palavra sua, trouxeram-lhe de novo sombras de melancolia e solidão à alma.

Ergueu-se bruscamente, dizendo que estava ficando com sono e retirou-se para dormir. Foi deitar-se junto de um monte de feixes de palha, longe da festa e do ruído, porém, o pensamento cheio de imagens perturbadoras de Rute, da doçura dos seus lábios quando lhe beijara a mão, fazia-lhe o coração bater desordenado até o sufocar e teve dificuldade em adormecer.

Rute esperou algum tempo e esgueirou-se em seguida para fora da roda dos segadores, saindo da luz para a escuridão de uma noite sem lua. Aproximou-se de mansinho do lugar onde ele dormia, ouvindo-lhe a respiração tranqüila e, afastando a manta que lhe cobria os pés, deitou-se ali mesmo, enrolada sobre o flanco, o dorso curvo como um crescente, as pernas dobradas pelos joelhos. Soltou os panos da túnica e, suavemente, para não o despertar, meteu os pés de Booz entre as suas coxas, aninhou-se contra ele como uma gata sonolenta e logo adormeceu.

A meio da noite o homem acordou espavorido de um pesadelo de correntes e cativeiro, porém o susto mudou-se em perturbação quando se apercebeu de um vulto de mulher enrodilhado nas suas pernas e sentiu os pés entre as coxas quentes e macias que o aprisionavam num casulo de desejo.

– Quem és tu? – perguntou à desconhecida, ainda ensonado mas sentindo o corpo já inquieto, adivinhando a sua presença.

O vulto moveu-se de forma a ficar quase prostrado, dobrado sobre si mesmo, os braços desnudos envolvendo-lhe as pernas, como se o abraçasse, os pés dele contra o seu ventre.

– Sou Rute, a tua serva. Estende o teu manto sobre mim, meu senhor, porque tens o direito de resgate e eu pertenço-te.

Sentiu, mais do que viu, que ela se despia e ergueu-se para a cobrir de novo, com medo de que alguém a visse, mas naquela escuridão não achou a sua roupa. Então, levantou um pano das suas vestes e cobriu-a, apertando-a contra o corpo nu. Encostando a cabeça no seu peito, Rute murmurou baixinho:
— Vem conhecer a minha nudez, meu senhor.

Era esguia e esbelta como uma espiga de cevada e Booz sentindo-a mover-se por baixo da sua túnica, a pele sedosa e os seios redondos e firmes contra o seu estômago, as longas pernas entre as suas, procurava resistir à tentação de arrastá-la para os feixes de palha, enrodilhar-se com ela dentro da sua afortunada veste como numa minúscula tenda e matar o desejo da carne no seu corpo.

Já não tinha idade para perder a cabeça com aquelas coisas, mas as mãos dela a acariciarem-lhe as costas e os rins, os lábios a roçarem-lhe o peito com a doçura do mel, o ventre macio e quente como uma seara madura, enfraqueciam-lhe a vontade e ele disse numa voz embargada de emoção, como se falasse só para si, desculpando-se por não conseguir resistir àquela tentação:

— *Porventura pode um homem esconder fogo no seu seio, sem que as suas vestes se inflamem?*

Sem a afastar, arrancou a veste e ficaram nus, ele de pé, tenso e forte, com Rute enroscada no seu corpo como a trepadeira no tronco da árvore que a suporta. Puxou-a contra si, sustendo-a com as suas mãos enormes e ternas, feitas para amar a terra e os seus frutos e penetrou-a longamente, como se estivesse ainda perdido num sonho assustador.

Quando a soltou, afagou-a com gestos meigos e envergonhados, de novo arrependido da sua frouxidão. Vestiram-se em silêncio e, por fim, Booz falou-lhe com uma ternura eivada de tristeza:

— Deus te abençoe, minha filha, pelo tesouro que me deste. Esta tua última bondade vale mais do que toda a riqueza

do mundo e será vista com bons olhos no céu, porque não buscaste jovens pobres ou ricos, mas vieste dar consolo a um velho solitário. Aos olhos do Senhor e no meu coração tomei-te por esposa, esta noite, porque toda a gente da minha cidade sabe que és uma mulher virtuosa. – Fez uma pausa e acrescentou com custo: – Porém, as leis dos homens nem sempre estão de acordo com as de Deus e com as do coração.
– Que queres dizer, meu senhor? – perguntou Rute, assustada. Num impulso, abraçou-o, escondendo a cabeça no seu peito. – Não posso ficar contigo? Por eu ser estrangeira, nesta terra, não poderás receber-me por esposa entre o teu povo?

Booz ergueu-lhe o rosto e beijou-a nos lábios, jurando todavia que aquela seria a última vez, enquanto não fosse livre de o fazer aos olhos do mundo.

– Não temas, minha filha. Tudo o que quiseres, eu te farei. Nunca negarei que sou teu parente e desejo exercer o meu direito de resgate sobre ti, mas há outro homem na nossa família que é parente mais próximo de Elimelec do que eu.

As lágrimas irromperam dos olhos de Rute e a sua voz era angustiada, embora tentasse dominar o pranto:

– Outro parente? Mas eu não quero ser mulher de outro homem, porque o meu coração escolheu Booz para esposo e ele abeirou-se de mim e conheceu a minha nudez!

Como eram doces as suas palavras! A alma do velho lavrador fundia-se de paixão e mágoa, mas nada podia fazer, antes do julgamento público do seu caso por um Conselho de Anciãos:

– Descansa aqui esta noite. Amanhã, na porta da cidade, convocarei o nosso parente e, se ele quiser usar do seu direito de resgate sobre ti, terá de o reclamar diante de testemunhas, de contrário eu o farei, juro pelo Senhor! Trata agora de dormir um par de horas, pois a manhã já não tarda.

Rute ficou deitada aos seus pés até de madrugada, por Booz não querer ter de novo junto de si a tentação do seu corpo, mas, apesar dessa renúncia, não conseguiu dormir o resto da noite. Por isso, mal o dia clareou, despertou-a:

– Tens de partir já, para ninguém se aperceber de que estiveste comigo. Estende o teu manto e segura-o.

Booz encheu-lhe o manto com seis medidas de cevada, fazendo uma trouxa que lhe pôs às costas e despediu-se dela sem um beijo ou qualquer outra carícia. Assim carregada, Rute entrou na cidade e seguiu para casa da sogra.

– Como vais, minha filha? – perguntou Noémi, olhando-a perscrutadora e ansiosa. – Não volveste ontem da casa de Booz. Passaste, então, a noite com ele?

Rute contou-lhe uma parte dos acontecimentos do dia anterior, deixando de lado os momentos mais íntimos, referindo também o outro candidato ao patrimônio de Elimelec.

– Outro libertador, na nossa família? – admirou-se a velha, para logo acrescentar: – Ele tem razão, Maarai, o primo mais moço, é o primeiro goel para o teu resgate.

– Goel? Libertador? – insistia Rute sem compreender.

– Sim, libertador da tua viuvez e da miséria de uma vida sem marido.

– Mas Booz mostrou interesse em me tornar sua esposa e vai submeter o seu direito a julgamento, esta manhã, à porta da cidade. É o que deve estar a fazer neste momento, quem me dera poder assistir!

Noémi pressentiu a angústia na voz da nora e tentou consolá-la:

– Não desesperes, minha filha, até sabermos como vai terminar tudo isto. *"Vale mais o vizinho que está perto, do que o irmão que está longe"* e Booz não há-de descansar enquanto não tiver cumprido o que te prometeu.

Rute entregou-lhe a oferta do lavrador:

– Ele deu-me estas seis medidas de cevada, dizendo-me: "Não voltarás com as mãos vazias para a tua sogra".

– Que o Senhor o cubra de bênçãos e satisfaça os desejos mais caros ao seu coração.

A moabita orou em silêncio para que os rogos da sogra fossem aceites no céu.

Booz deixou o campo, pouco tempo depois de Rute, para se dirigir à porta da cidade; aí, sentou-se num lugar bem visível e esperou até ver passar o parente que mencionara nessa madrugada à jovem viúva.

— Vem cá um momento, Maarai — chamou-o, alteando a voz — e senta-te aqui comigo, pois precisamos de falar.

O homem foi ter com ele, saudou-o respeitosamente e sentou-se a seu lado. Booz mirou-o com atenção e os olhos escureceram-lhe de angústia e medo, pois o parente era ainda bastante novo e de boa presença, gozando já, entre os lavradores, da reputação de ambicioso e empreendedor. Sentiu-se envergonhado por experimentar a mordedura insidiosa da inveja no seu coração e murmurou mentalmente uma breve oração ao Altíssimo, pedindo-lhe perdão e socorro naquele trato.

Havia já muita gente na praça da porta da cidade, quando Booz se ergueu do lugar, dizendo a Maarai para esperar um pouco e, dando uma volta rápida por entre os vários grupos de homens que tratavam ali dos assuntos mais variados, escolheu dez anciãos dos mais nobres e respeitados da cidade.

— Sentai-vos aqui connosco, rogo-vos — pediu, conduzindo os velhos para junto do parente. — Temos um caso delicado a decidir segundo a lei do levirato e, para isso, necessitamos de um Conselho de Anciãos e de testemunhas.

Mal se sentaram e o burburinho de curiosidade acalmou, Booz falou a Maarai nestes termos:

— Noémi, viúva de Elimelec, tendo regressado da terra de Moab, fez saber que deseja vender a parte do campo que pertencia ao marido e nosso parente, pois os dois filhos morreram também sem deixarem herdeiros. Quis informar-te disto por seres o parente mais próximo.

— Não sabia do seu regresso, nem que vivia em dificuldades, pois tenho estado fora da cidade, ocupado com os meus assuntos e só hoje regressei a Belém — disse Maarai, como a desculpar-se, para perguntar de seguida, franzindo o sobrolho com perplexidade: — Que desejas de mim?

— Quero propor-te, diante dos anciãos do nosso povo aqui presentes, que compres o campo à viúva Noémi, caso queiras usar do teu direito de parentesco. Todavia, se não estiveres interessado, terás de o dizer agora e aqui, perante estas testemunhas, para eu saber o que devo fazer, visto que tu vens em primeiro lugar, mas depois de ti, cabe-me a mim tal direito.

Um sussurro de aprovação percorreu a fila dos anciãos, agradados pela fala clara e concisa de Booz, que se calou, aguardando ansioso a decisão do primo. Jogava-se naquele instante a felicidade dos últimos anos da sua vida que desejava longos, se lhe fosse dado passá-los ao lado de Rute, a formosa viúva que, na noite anterior lhe fizera provar as doçuras do paraíso, no mel dos seus lábios e no trigal macio do seu ventre.

— Eu usarei do meu direito — respondeu Maarai, contente com o negócio, pois a terra era fértil e pegava-se a outros campos da família.

Booz sentiu-se desfalecer e cerrou os olhos, mareado. Via os sonhos caírem por terra, destruídos num instante por aquela frase medonha que só a ele feria. Ou talvez também a Rute, pois não lhe jurara ela, com o rosto banhado de pranto, que só a ele desejava por esposo, apesar da idade e de haver outro pretendente mais jovem ao resgate? Apercebeu-se de que a assistência esperava por uma resposta à decisão de Maarai, por isso, fez um esforço tremendo para dominar a angústia e a sua voz saiu clara e firme quando replicou ao primo:

— Comprando esta terra a Noémi, terás de receber por esposa a sua nora Rute, a moabita viúva de Maalon, a fim de que o nome do defunto seja conservado em sua herança.

Maarai fez uma careta de despeito, refletiu um pouco e abanou três vezes a cabeça:

— Nesse caso, lamento, mas não a posso resgatar, por minha própria conta, porque isso viria prejudicar o meu patrimônio e o dos meus filhos.

Era o milagre! O Senhor, condoído do sofrimento de Booz, perdoava-lhe a tentação e o pecado da véspera e concedia-lhe o fruto proibido, as doçuras de um maná para a velhice! O coração explodia-lhe de júbilo e cantava em silêncio aleluias ao Altíssimo!

– Assim, Booz – prosseguia o primo, inclinando-se e começando a desatar os atilhos da sandália –, és livre de usar do teu privilégio, pois eu não posso, nem o quero fazer e estou disposto a sofrer o castigo da minha falta.

Nos casos de resgates ou subrogação, a tradição ordenava que, ao concluir um trato de patrimônio ou de levirato, o homem tirasse a sandália e a desse ao parente para validar a transação.

– Compra para ti o campo de Noémi e de Maalon, pois eu prescindo do meu direito – concluiu Maarai, descalçando a sandália e entregando-a ao primo.

Booz, tomou-a nas mãos e mostrou-a aos anciãos e a todo o povo presente, dizendo bem alto e solenemente, para que o ouvissem:

– Sois hoje testemunhas de que comprei a Noémi, todos os bens e terras de Elimelec, seu esposo, e de Maalon e Quelion, seus filhos. Juntamente com as terras de Noémi, adquiro, por mulher, a moabita Rute, viúva de Maalon, para conservar o nome do defunto em sua herança, para ele não ser riscado da porta da cidade. Vós, repito, sois hoje minhas testemunhas.

Todo o povo ali presente respondeu em coro:

– Somos testemunhas de Booz, o lavrador!

O lavrador sabia que, se Rute lhe desse uma progenitura, seria não sob o seu nome mas sob o nome de Maalon, porém isso era um preço que estava disposto a pagar pela moabita e, afinal, que valeria mais para um filho, um nome ou o sangue das suas veias? E esse filho, se o houvesse, seria carne da sua carne e sangue do seu sangue, fruto da união dos dois esposos.

Sorriu de contentamento, quando ouviu o mais velho dos anciãos tomar a palavra para o abençoar:

– Que o Senhor torne essa mulher que recebes por esposa, na tua casa, semelhante a Raquel e a Lia que fundaram a casa de Israel.

Outro ancião acrescentou:

– Que Rute possa ser feliz em Efrata e alcance um nome célebre em Belém! Seja a sua casa como a casa de Farés, filho de Thamar e de Judá, pela posteridade que o Senhor te der por meio desta jovem.

E, assim, Booz pôde tomar Rute por mulher.

Na noite do casamento, as servas preparam o quarto dos esposos, fazendo a cama com lençóis perfumados de aloés e uma colcha bordada. Serviram licor de mandrágora, os frutos do amor, e mel ainda no seu favo e, baixando as luzes das candeias retiraram-se, com frouxos de riso e ditos maliciosos.

Quando Booz se aproximou da esposa e a tomou nos braços para a depositar no leito e contemplar de novo a sua nudez, sentiu a macieza dos lençóis e o odor do aloés, destinados a inebriar os sentidos. Porém, ao inclinar-se sobre o corpo da mulher para a beijar, assaltou-o uma saudade pungente da noite em que, dormindo entre os feixes de palha, no campo, a tinha conhecido pela primeira vez, os dois corpos unidos no casulo das vestes, rolando sobre um lençol de forragem, onde o cheiro que os envolvera fora outro, um odor de Outono quente e fecundo, de seara madura recém-cortada que revigorava e preparava os corpos para um novo ciclo de vida.

A moabita pareceu ler nos olhos que a contemplavam o sonho e a fantasia onde ele ameaçava perder-se e, num gesto atrevido, arrancou a túnica e enfiou-se por baixo da veste do marido, enroscando-se-lhe no corpo, tal como fizera naquela noite, com risos sufocados e beijos suaves e lentos que arrepiavam a pele e os músculos do homem. E Booz, perdido de amor, rolou com ela sobre a cama, tal como fizera sobre a palha, naquela noite, murmurando *"Rute, minha doçura! Doçura de Booz!"* e, por fim, erguendo-se com a mulher suspensa nele como um fruto da sua árvore, despojou-se da veste e, nus e inocentes como Adão e Eva no Paraíso, fundiram os seus corpos e mitigaram demoradamente a fome de amor que o longo jejum tornara insaciável. E, nessa noite, Booz adormeceu feliz com os pés agasalhados no trigal macio das coxas de Rute.

As Desditas de David

O rei David era muito idoso, de idade tão avançada que sua velha carne já não aquecia; mandava acender lareiras em todos os aposentos do palácio, tanto no Verão como no Inverno, cobria-se com várias camadas de roupa de lã, porém, continuava tremendo como varas verdes, cheio de pontadas no peito e dores nos ossos, todo tolhido de reumático. Tiritava de manhã à noite e nem o vinho quente ou a aguardente com mel logravam trazer algum calor às suas veias.

Beria e Age, os servidores mais chegados ao rei, já não sabiam o que fazer ao seu senhor, para lhe aliviar o sofrimento e o desconforto e, um dia, falando um com o outro, decidiram procurar-lhe um remédio mais extremo:

– Outrora – começou Beria, um pouco hesitante –, quando o rei, nosso senhor, conhecia uma nova mulher ou concubina, parecia remoçar, o seu ardor e força redobravam...

– Até se cansar dela e trocá-la por outra – interrompeu Age rindo-se com malícia, para acrescentar, de seguida, com expressão muito séria: – Mas, és capaz de ter razão! Uma mulher formosa sempre teve o dom de transformar o rei David no jovem herói capaz de matar Golias, o gigante filisteu! Porque não lhe buscamos uma donzela virgem, para dormir com ele e lhe aquecer o sangue?

O velho não riu, antes acenou lentamente com a cabeça em concordância, ignorando a observação mordente do companheiro:

– Talvez valha a pena tentar esse expediente. Uma esposa jovem para cuidar dele e o servir pode ser a poção miraculosa para a cura de David, caso logremos convencê-lo a tomar uma nova concubina. No entanto, se ele concordar, teremos de escolher a moça com toda a cautela e isso vai fazer-nos perder muito tempo...

Age prometeu, cheio de animação:

— Tratarei de ter a postos uma hoste de emissários para fazerem montaria por todas as terras de Israel e levantarem a caça – as mais belas corças das nossas tribos. Só tens de convencer o rei! Porque não pedes ajuda a Natan?

O ancião franziu o sobrolho, mas achou melhor não se zangar, pois, se queria tentar aquela empreitada e levá-la a cabo com êxito, precisava da vontade e rasgo do seu colaborador.

Quando David ouviu a proposta de Beria, não necessitou da intervenção do profeta Natan para se convencer, pois o velho herói nunca fora capaz de resistir ao apelo de uma mulher bonita e ainda menos ao odor impúbere de uma virgem, fraquezas que tinham feito cair sobre a sua cabeça, não só a ira de Deus como muitos castigos e fatalidades da sua longa vida. Todavia, não disse que sim, nem que não, preferindo deixar o assunto nas mãos dos fiéis criados.

Sem mais detença, a uma ordem de Age, os emissários lançaram as mulas a galope por terras de Israel, rebuscando casas, cabanas e tendas, das humildes às abastadas, no afã de descobrir entre as suas filhas mais belas e prendadas uma noiva digna de David. Encontrada a fina-flor da virgindade de Israel, a difícil escolha recaiu sobre Abisag, uma formosíssima donzela sunamita que foi prontamente arrancada à família, levada ao rei e aceite por ele sem reservas.

Agora, sentado no cadeirão e envolto em cobertas tecidas na lã mais fina e quente das suas ovelhas, David tiritava e suspirava, cada vez que Abisag se acercava dele, para lhe ajeitar as mantas ou dar-lhe de beber. Era tão bela, a sunamita, que lhe fazia doer na alma a mágoa de já não ter forças para a possuir, mas, depois de cinco ou seis miseráveis e ridículas tentativas de a conhecer na intimidade do leito, fora forçado a admitir a impotência e a derrota da sua virilidade.

Era um castigo pior do que o de Job, ter a seu lado aquele corpo adolescente ainda a cheirar ao leite e ao mel da infância, o rosto inocente e puro, crispado de angústia, os olhos assustados como os de uma corça perseguida e não conseguir saltar sobre ela como o leão faminto sobre a presa, para a tomar com o ímpeto de outrora e rasgar-lhe a carne com o prazer doloroso de a fecundar, enquanto colhia com beijos ávidos os gemidos dos lábios intocados e as lágrimas dos seus olhos de menina.

Cerrou as pálpebras e fingiu dormir para que a concubina o deixasse em paz com os seus pensamentos. Abisag era a mais bela de todas as virgens que conhecera, todavia não lograra despertar-lhe a sua virilidade, apesar de lhe ter percorrido com os dedos trêmulos de desejo e de frio o corpo delicado e tenro de fruto temporão, cobrindo-o de beijos e, para sua vergonha, deixando-lhe um rasto de baba sobre a pele macia que a arrepiara de asco. Num gesto desesperado e fútil, estendera o corpo engelhado sobre o da adolescente, apertando-se contra ela, como se quisesse beber-lhe a juventude a grandes haustos e afastar de si o espectro da decadência e da morte.

Mas nem mesmo assim pudera penetrá-la e Abisag mantivera intacta a flor da sua virgindade, até a entregar (não tinha qualquer dúvida de que isso acontecera) a Adonias, o filho mais novo da sua concubina Hagit, um moço de formosíssima presença, quase tão belo como o irmão Absalão, mas muito mais arrogante e ambicioso, habituado a fazer tudo o que lhe apetecia, por seu pai nunca ter tido a coragem de o contrariar ou de lhe perguntar sequer por que se comportava daquele modo.

Desde o casamento com Abisag, o filho passara a visitá-lo com mais freqüência e David notava como ele olhava cobiçoso para a nova concubina, tecendo-lhe descarados elogios que a faziam corar ou contando histórias para lhe despertar o riso. Tinha comprado carros e cavalos para seu próprio uso e comportava-se como um príncipe oriental, deslocando-se sempre escoltado por uma companhia de cinqüenta homens montados em briosas mulas. Cada vez que saía, passava com grande estrépito por baixo das janelas de David e o rei via a jovem esposa, julgando-o a dormir, correr para as janelas a fim de ver passar Adonias e receber-lhe a saudação ou o elogio à sua beleza. E, embora concordasse que o filho, no esplendor da sua mocidade e força varonil, seria um marido muito mais adequado para a sunamita do que um velho destroço de homem como ele, David não poderia consentir em tal desacato.

Mais de uma vez, nos últimos tempos, quando o julgavam adormecido e só, os ouvira falar na antecâmara com palavras segredadas e risos contidos, entrecortados de silêncios e suspiros, que lhe ressoavam nos ouvidos como gritos e gemidos de uma paixão bravia. E David, de olhos cerrados, imaginava-se na pele de Adonias, soltando com dedos apressados os panos das vestes de Abisag, tocando-lhe os seios, explorando-lhe o corpo até ao êxtase, colhendo os doces queixumes nos seus beijos, com o desassossego apressado de quem toma o fruto proibido, excitado pelo risco e pela transgressão de descobrir a nudez da mulher de seu pai. E a visão dos corpos belos e jovens que lhe recordavam o seu, na mocidade, trazia-lhe um fugaz calor às veias que o velho rei, por momentos esquecido da decrepitude, alimentava num prazer solitário, quase sem chama.

Quando Abisag, um pouco desalinhada e ofegante, introduzia Adonias no quarto, David sentia desejos de os punir com a morte por apedrejamento, porém, travava-o o pensamento de que pouco ou nada podia fazer contra o destino, visto esse desafortunado caso ser fruto da maldição de Deus pelo seu próprio crime de, um dia, haver desejado a mulher do próximo e não ter olhado a meios para a conseguir. Escutara essa sentença da boca do profeta Natan:

– O Senhor manda-me dizer-te: *"Vou fazer sair da tua própria casa males contra ti. Tomarei tuas mulheres diante dos teus olhos e dá-las-ei a outro que dormirá com elas à luz do sol!"*.

Tão pouco Betsabé lhe perdoara, nunca permitindo ao seu coração amá-lo, talvez por isso mesmo, ela fora sempre a preferida e a mais amada, apesar de ter tido nos seus braços, depois dela, outras mulheres muito mais belas e jovens. Como invocada pelos seus pensamentos, a esposa entrou no quarto, inclinou-se e prostrou-se diante dele, dizendo:

– Posso falar-te a sós, meu senhor?

David com um gesto mandou sair Abisag que lhe servia fatias de torta de passas e tâmaras e se retirou sem ruído.

– Que me queres? – perguntou-lhe, com uma nota de suave ternura na voz.

A mulher ergueu o rosto ainda formoso e fitou-o perscrutadora. Aqueles olhos albergavam a mesma mágoa antiga e profunda que o tempo não sarara e causavam-lhe sempre o mesmo efeito, levando-o a baixar os seus, de remorso e compaixão por si e por ela.

– Meu senhor – respondeu Betsabé com voz firme –, prometeste-me sob juramento que entregarias o reino a meu filho Salomão, para ele se sentar no teu trono e reinar depois de ti.

Fez uma pausa e David confirmou:

– Sim, jurei-o e pretendo manter a minha promessa. Porque me lembras isso, agora?

A esposa falou como o profeta Natan lhe aconselhara em segredo:

– Soubeste que Adonias se proclamou rei? – viu-lhe a expressão de estranheza e incredulidade e acrescentou: – Junto à pedra de Zolet, pela mão do sacerdote Abiatar que te traiu, o filho de Hagit imolou bois, bezerros e grande quantidade de ovelhas. Convidou todos os príncipes e o general Joab, todavia não convocou Salomão.

Adonias e Salomão eram os filhos mais notáveis de David, porém aguerridos e ambiciosos como dois galos no mesmo poleiro, sempre disputando entre si as atenções do pai, alimentando dia a dia essa rivalidade e animosidade até sentirem, um pelo outro, um ódio surdo que não augurava nada de bom para as casas de Israel e de Judá, sobretudo quando ele estava prestes a reunir-se com os antepassados, no sono eterno da morte.

– Tens a certeza do que afirmas? – precisava de uma esperança, mesmo ténue, mas conhecia já a resposta.

– Tenho, meu senhor. E se for Adonias o teu sucessor, ó meu rei, logo que cerres os olhos para sempre, eu e o meu filho Salomão seremos tratados como inimigos e seguramente mortos.

– Betsabé – disse David, com solenidade –, fiz-te o juramento de que o nosso filho Salomão reinaria depois de mim e hoje mesmo o cumprirei!

– Viva para sempre o rei David, meu senhor – exclamou a mulher, prostrando-se de novo diante dele, com o rosto por terra.

David rogou a Betsabé que lhe servisse uma bebida de menta, para não ter de chamar a sunamita e os movimentos calmos e suaves da concubina fizeram-no recuar muitos anos, na longa senda da memória, até ao momento em que a vira pela primeira vez do terraço do palácio, ali mesmo, em Jerusalém e se perdera por ela.

Acontecera durante o equinócio da Primavera, quando os reis costumam partir para a guerra e seu filho Joab, chefe dos exércitos de Israel, devastara com as suas tropas as terras dos amonitas e pusera cerco a Raba. Contrariado, o rei ficara no palácio, a antiga fortaleza de Sião a que dera o nome de Cidade de David, pois não podia abandonar Jerusalém em cujo templo se guardava a Arca da Aliança.

Uma manhã, ao levantar-se da cama, saíra para apanhar a fresca brisa do seu terraço e vira, através de uma janela da casa da frente, uma mulher de espantosa beleza banhando-se no tanque de pedra de um hamman[22]. A luz forte de Sião, atravessando a janela, refletia-se nas gotas de água que lhe escorriam ao longo da pele, dando-lhe ao corpo o brilho de ouro dos ídolos pagãos e um relevo inusitado às formas perfeitas. David desejou ter ali, à mão, a sua harpa para cantar um cântico de louvor aos seios que oscilavam brandamente do seu tronco como pêras suculentas, se ela se inclinava; ao contorno da cintura e dos quadris, entre os braços alçados, numa graciosidade de ânfora, onde ele desejaria mitigar a sede e apagar o fogo que de repente parecia queimar-lhe a alma. Quem seria aquela mulher nunca antes avistada? Uma criatura real ou um demônio enviado pelo Senhor para o tentar e lhe fazer esquecer a guerra e o trono ainda em perigo?

Os joelhos de David dobraram-se em adoração e ele ficou ali, esquecido de tudo, ajoelhado nas lajes e com as mãos fincadas no muro do terraço, como um crente a quem tivessem mostrado Eva, a mulher primordial, nua e tentadora, no Jardim do Paraíso, enquanto a desconhecida terminava o banho, se enxugava e, por fim, desaparecia dos seus olhos extasiados.

Durante toda a manhã, David teve imensa dificuldade em se dedicar aos assuntos da guerra e do reino, pois trazia o pensamento cheio de imagens secretas daquela mulher belíssima por cujas carícias ele estaria disposto a sacrificar tudo, incluindo a coroa e a vida. Buscou, entre os servos de maior confiança, se alguém conhecia a mulher que habitava naquela casa e Kebath informou-o:

– É Betsabé, meu senhor, que casou com Urias, o hiteu, um mercenário estrangeiro a combater nos exércitos de teu filho Joab.

Ao anoitecer, o rei enviou emissários a casa de Betsabé, com ordem de a trazerem à sua presença.

– El-rei, nosso senhor, deseja ver-te – disse o chefe do bando, quando os criados o levaram junto da sua senhora.

---

[22] Compartimento de muitas casas árabes e de outros povos do Oriente, com tanque e piscinas reservados aos banhos.

— A mim?! A esta hora? — estranhou Betsabé, mas, de súbito, a sua voz tremeu de angústia quando perguntou: — É sobre Urias, o meu marido? Foi ferido em Raba?... Morreu?

A palavra quebrou-se-lhe nos lábios, como um soluço, enternecendo o coração do emissário que lhe falou com gentileza:

— Não sei por que te chamam. Apenas me disseram para te levar ao palácio onde el-rei te espera. Mas não creio que tenha havido batalha ou mortes dos nossos homens, pois não vi lá nenhum guerreiro de Joab, nem notei esse alvoroço causado pelas novas mais funestas.

Sem demora, a esposa de Urias cobriu-se com um manto e, escoltada pelo grupo de soldados, seguiu para o palácio, onde foi recebida por Kebath que a levou discretamente para um aposento confortável e ricamente decorado. Quando David entrou, Betsabé inclinou-se e prostrou-se diante dele, com o rosto por terra, mas o rei ergueu-a do chão e levou-a para um leito baixo, coberto de almofadas, onde se sentou com ela. Era ainda mais bela de perto do que de longe e David não se cansava de olhar para o rosto sério, de linhas puras, admiráveis.

— Que pretendes da tua serva, meu senhor? — começava a sentir-se assustada com a sua presença, encolhendo-se no lugar, como se quisesse passar despercebida. — Urias, o meu esposo, está bem? Não foi ferido em combate?

Um ciúme insensato encheu-o de furor contra esse marido desconhecido, lançado por ela repentinamente entre os dois, para o perturbar como uma presença supérflua e incômoda.

— Não, que eu saiba não aconteceu nada a teu marido — respondeu, impaciente, para logo adoçar a voz quando explicou: — Pedi-te que viesses aqui, somente para te conhecer.

Viu-a empalidecer, ao ouvir a palavra duvidosa, e recuar num instinto de defesa. Mas, agora, David já não se podia calar e contou-lhe como contemplara no banho e a sua alma deixara de ter repouso, ficando endemoninhado pela sua beleza, perdido de paixão e por isso a chamara, para se entregar humildemente nas suas mãos, como suplicante, pois só ela podia pôr cobro àquele tormento e apenas das suas mãos poderia receber remédio para uma tão dura pena e condenação.

David era ainda um belo homem na força dos seus quarenta anos, a cabeleira loura e farta, com alguns cabelos prateados, o corpo musculoso de guerreiro, moldado por muitos anos de contínuas batalhas, contrastando com o rosto delicado e os belos olhos azuis de poeta e tocador de harpa. Nunca encontrara nas mulheres resistência aos seus desejos, pelo contrário, eram elas que se lhe ofereciam ansiosas, atraídas pela sua fama como borboletas pela luz.

Porém, para sua surpresa, quando ia tomá-la nos braços, esperando tê-la movido à piedade com a confissão, Betsabé lançou-se de joelhos a seus pés e suplicou-lhe:

– Que mal te causámos, o meu marido e eu, meu senhor, para que queiras fazer de mim uma mulher adúltera, desprezada por Deus e pelos homens? Eu amo Urias, o meu esposo que me ama. Por que queres separar aqueles que Deus uniu?

A recusa acirrou-lhe o desejo e David dominou a vontade de arrastá-la para o leito, à força e sem mais conversa, preferindo convencê-la com doces palavras:

– Eu também te amo e ninguém, nem mesmo o teu marido, saberá que estiveste comigo esta noite.

Tentou erguê-la, mas ela resistiu, enrolando-se mais no seu desespero, com as lágrimas deslizando pelo rosto, cavando sulcos de dor sem todavia lograrem desfeá-la.

– Mas Deus sabê-lo-á e tu não podes desprezar assim os seus mandamentos! Se suspeitarem da minha infidelidade, serei levada diante do sacerdote do templo que me lançará as águas da maldição sobre a cabeça, fazendo inchar o meu ventre e murchar o meu sexo! – rastejou pelo chão e procurou beijar-lhe os pés, mas ele impediu-a, segurando-lhe o rosto entre as mãos. Olhou-o suplicante e rogou: – Ó meu rei e senhor, não me condenes a tão negra sorte! Deixa-me voltar para casa, sem mácula.

O rosto belíssimo, molhado de pranto, não lhe despertava pena, mas uma volúpia dos sentidos que lhe acicatava o corpo como um aguilhão e, incapaz de resistir por mais tempo, inclinou-se sobre o rosto da mulher e beijou-lhe avidamente os lábios, puxando-a contra o corpo, dominando sua resistência e luta.

Cansado do jogo, parou de a beijar e, agarrando-a pela trança do cabelo, fê-la erguer o rosto e olhá-lo nos olhos, enquanto lhe dizia friamente:

– O regresso do teu marido a casa, são e salvo, depende apenas de ti. A escolha é tua!

E largou-a. Tal como esperava, Betsabé olhou-o com espanto e horror, mas não se afastou e David acercou-se novamente dela e tomou-a nos braços, beijando-a e arrancando-lhe a roupa com gestos febris, acirrado pela imobilidade de estátua. Arrastou-a, por fim, seminua para o leito e aí a violou como a um despojo de batalha, numa crueldade desnecessária, para arrancar um grito aos lábios cerrados e trazer lágrimas àqueles olhos secos que olhavam através dele, como se o não vissem.

Tomou-a de novo, durante a noite, dessa vez com doçura, afagando-a ternamente, como a pedir-lhe perdão, mas Betsabé continuou de corpo inerte e olhos vazios e David sentiu a solidão do seu poder pesar-lhe como nunca, mais do que quando vivera a monte, na caverna de Engadi, para fugir da ira de Saul. Por fim, adormeceu a seu lado até de madrugada.

De manhã, ambos se banharam em água límpida para se purificarem da imundície da noite e Betsabé regressou a sua casa, deixando David insatisfeito e despeitado, incapaz de a afastar do pensamento, como costumava fazer sempre que uma mulher lhe agradava, colhendo-a de passagem como a uma flor, tomando-lhe o aroma e o néctar, desfolhando-a e largando-a em seguida, sem pena ou remorso, sem memória.

A indiferença de Betsabé fora um veneno que lhe entrara nas veias e se insinuara no corpo a reclamá-la a cada instante, numa ânsia de lhe converter o gelo em chama. E David sonhava em despertar esse fogo... fazendo Betsabé amá-lo.

Três meses depois, uma velha serva da mulher de Urias trouxe-lhe um recado da ama:
— A minha senhora concebeu da tua semente. Está prenhe!

As leis contra o adultério eram das mais severas de Israel. Estando Urias ausente na guerra, Betsabé não teria salvação, mal se notasse a sua prenhez, pois seria apedrejada até à morte pelos familiares e vizinhos, se David não a socorresse a tempo. Por certo era o que ela pretendia, ao enviar-lhe o seco recado, embora não lho dissesse, visto ser David o causador daquela desgraça. Desesperada com a situação, só a ele podia recorrer e apenas ele lhe poderia valer.

Embora amando-o muito, o povo de Israel e de Judá jamais perdoaria ao rei o crime de adultério com a mulher de um guerreiro que arriscava a vida na guerra, por ele e pelo reino. Assim, só lhe restava um caminho, se não se quisesse comprometer e David era muito hábil em arquitetar ardis e intrigas.

Mandou, de imediato, um mensageiro a Joab, ordenando que lhe enviasse Urias e o filho obedeceu, chamando o hiteu e dando-lhe ordem de partida para Jerusalém. Quando o guerreiro chegou, David pediu-lhe notícias de Joab, do exército e da guerra. E depois disse-lhe:
— Desce à tua casa e lava os teus pés.

Era uma licença de guerra, para passar alguns dias com a mulher, o repouso merecido do guerreiro pela dureza da campanha e qualquer dos homens de Joab daria um mês de soldada por tal benesse. Urias agradeceu, saindo do palácio do rei que lhe mandou entregar comida da real mesa. Todavia, o marido de Betsabé não seguiu para casa, preferindo dormir à porta do palácio com os outros servos de David.
— Urias não foi a casa visitar a mulher — contou Kebath ao rei.

David mandou-o vir de novo à sua presença e perguntou-lhe, agastado:

– Não te dei uma licença, para passares alguns dias com a tua família? Não acabas de chegar de uma viagem? Por que não vais a tua casa, antes de volver ao campo de batalha?
– Joab, o meu chefe, e os seus homens dormem ao relento no cerco de Raba – respondeu Urias, com gravidade. – Como teria eu a coragem de entrar na minha casa para comer, beber e dormir com minha mulher? Pela tua vida, não farei tal coisa!

A lealdade do hiteu, em qualquer outra ocasião, teria merecido os louvores e um presente do rei, mas, naquela situação, era um obstáculo aos seus planos e punha David fora de si. Dominou a ira e ordenou-lhe:
– Ficarás ainda hoje aqui e amanhã despedir-te-ei.

E Urias ficou em Jerusalém naquele dia, todavia manteve-se fiel à sua promessa e não saiu do pátio do palácio, nem foi visitar Betsabé, dormindo ali mesmo. Quando, no dia seguinte, Kebath lhe contou o que o hiteu fizera, o rei amaldiçoou o homem pela sua teimosia e lealdade. Para lhe poder imputar a gravidez de Betsabé, era forçoso obrigar o mercenário a meter-se na cama com ela, durante essa licença! Até parecia que o tolo não desejava a mulher! Mandou-o ficar mais um dia, com o pretexto de enviar por ele uma carta a Joab, enquanto procurava febrilmente encontrar um meio de o fazer ceder.

Assim, à ceia, David convidou Urias para comer e beber na sua casa e embriagou-o, procurando enfraquecer-lhe a vontade e toldar-lhe o entendimento, até o hiteu esquecer a sua fidelidade aos companheiros e ir para casa dormir com a mulher. Todavia, quando o mercenário saiu do palácio, já noite cerrada, foi deitar-se novamente no pátio com os outros servos do seu senhor.

No dia seguinte, pela manhã, após ter sabido pelo fiel Kebath que tão pouco nessa noite o marido de Betsabé fora dormir a casa, David, em desespero, calou a voz da consciência e os seus escrúpulos e escreveu uma missiva para ser levada por Urias ao seu comandante.

152

O cerco à cidade de Raba estava num momento crítico, quando Joab recebeu o guerreiro hiteu na sua tenda e leu, em silêncio, a nota do pai:

> "A Joab, filho de Sárvia, chefe dos exércitos de Israel, saúde! Meu filho, lembra-te de que estas palavras são só para os teus olhos e a mais ninguém darás conta do que te peço.
> Urias ofendeu-me! Coloca-o na frente de batalha, onde o combate for mais renhido e não o socorras, para que ele seja ferido e morra.
> Que Deus te proteja, meu filho, dos golpes inimigos.
> David, Rei de Israel e de Judá."

O general dominou a custo a surpresa e a contrariedade. Por que razão desejaria seu pai matar Urias, o hiteu, um dos guerreiros mais fiéis e valentes do exército e cuja falta se faria sem dúvida sentir nas fileiras? Contudo, não lhe competia discutir as ordens e os desígnios do rei, seu pai e senhor, por isso Joab obedeceu e enviou Urias para a frente de batalha, onde combatiam os mais valorosos guerreiros.

Os amonitas reuniram as suas forças e saíram da cidade, fazendo uma sortida pelo campo, contra Joab, tendo sido perseguidos por Urias e os outros valentes até às muralhas de Raba, cujos arqueiros os receberam às flechadas, matando alguns dos sitiantes, entre os quais o hiteu.

Joab mandou imediatamente um emissário a Jerusalém para informar David de todas as peripécias do combate. O rei recebeu-o, sem tardar, perguntando:

– Que novas me trazes de Raba?

O mensageiro, prostrado diante dele, contou:

– Os inimigos, fazendo alarde da sua força, saíram contra nós em pleno campo, sendo rechaçados e perseguidos até à porta da cidade; porém, do alto da muralha, os arqueiros mataram dezoito dos nossos mais valentes guerreiros. Entre eles estava o teu servo Urias, o hiteu.

David soltou um imperceptível suspiro de alívio. O conforto e sossego obtidos pela morte de Urias valiam bem o desastre das tropas nas muralhas da cidade sitiada.

Ao saber da morte do marido, Betsabé rasgou as vestes, feriu o rosto e chorou-o amargamente. Os servos ouviam o seu lamento e as lágrimas vinham-lhes aos olhos diante de tanta dor e de um amor tão profundo como o da ama. Terminados os dias de luto, David mandou buscar a viúva de Urias a casa, para espanto dos vizinhos e criados e, cheio de júbilo, alojou-a com todas as honras no palácio e tomou-a por esposa.

Natan lera estranhos augúrios nas entranhas dos animais sacrificados, quando viera rogar o favor de Deus para aquele matrimônio e esses sinais haviam encontrado eco nos rumores, de pronto abafados, sobre a morte de Urias e a estranha gravidez de Betsabé. E o profeta não gostara do que vira e ouvira, porém de nada valeu falar a David, pois o rei recusou-se a escutá-lo.

Comportava-se como um adolescente, de volta com as emoções do primeiro amor. Podia agora saciar-se da presença da mulher, dormir com ela nos braços, contemplar a sua nudez e o ventre que se arredondava. Era o gosto do fruto proibido, a procura do caminho para o afcto, o desejo de lhe despertar a menor das emoções. Todavia, o esperado milagre de fundir a indiferença e frieza da esposa na chama da sua paixão desvanecia-se na passividade e letargia com que Betsabé se deixava amar, nunca lhe recusando nada, mas também nada lhe dando, como um corpo sem alma. Os olhos já não tinham a expressão vazia da primeira noite, eram agora dois abismos negros de acusação, desprezo e remorso que ele evitava a todo o custo, desviando o olhar. Suspeitaria ela de que David enviara Urias para a morte?

Betsabé deu à luz o filho concebido em pecado e, como um castigo de Deus, o menino adoeceu gravemente e morreu ao sétimo dia. O rei, cheio de dor, jejuou e passou a noite em casa prostrado por terra e vestido de saco, a orar, vendo apenas o profeta Natan que, na véspera, tivera um sonho onde recebera a visita de Jahweh e vinha trazer-lhe a Sua mensagem.

– Eis as palavras do Senhor, apesar do teu sofrimento: *"Ungi-te rei de Israel, salvei-te das mãos de Saul, dei-te a casa do teu senhor e pus as suas mulheres nos teus braços. Porque Me desprezaste, fazendo o mal, causando a morte de Urias para lhe tomar a esposa?".*

David disse a Natan, com os olhos rasos de lágrimas, o rosto marcado pelo sofrimento e pelo jejum:
– Pequei contra o Senhor! Não mereço o Seu perdão!
– Deus perdoou o teu pecado – respondeu-lhe o profeta.
– Todavia, como O ofendeste com a tua ação, Ele deixou morrer o filho do vosso adultério.

David procurou a mulher, para consolar a dor dela com a sua própria dor e Betsabé, ao vê-lo chorar a morte do filho, abandonou-se-lhe nos braços e os seus corpos uniram-se pela primeira vez sem ódio, por não haver lugar nos seus corações para outro sentimento além do mais terrível desespero. Por isso, também David tão pouco se deu conta de que as defesas de Betsabé se tinham desmoronado e ela buscava por fim, na união dos corpos, esse amor tão ferozmente pedido e recusado. E nessa hora concebeu de novo um filho a quem foi dado o nome de Salomão.

Em Gion, naquele mesmo instante, o sacerdote Sadoc e o profeta Natan tomavam o corno com os óleos de unção e ungiam Salomão rei de Israel, fazendo em seguida tocar a trombeta enquanto clamavam: *"Viva o rei Salomão!"*. David estremeceu e gritou por Betsabé para que ela o ajudasse a deitar, pois o frio da sua carne era tão insuportável que parecia querer anunciar-lhe a morte próxima. A concubina apressou-se a despi-lo com a ternura de uma mãe que cuida de um filho pequeno, deitando-o no leito e aconchegando-lhe a roupa ao corpo gelado. Pôs mais achas na lareira e espevitou o fogo, mas nem mesmo assim David parava de tremer e de bater o queixo.

Então Betsabé tirou as roupas e deitou-se a seu lado, estirando o corpo voluptuoso contra o do velho, aconchegando-o e aquecendo-o com a ternura dos gestos e David, no conforto dos seus braços, sentiu como a angústia e o peso dos remorsos o abandonavam a pouco e pouco, permitindo-lhe recordar o passado, quase sem dor ou arrependimento, talvez mesmo com doçura e prazer.

Por momentos deixou de pensar em Salomão ou Adonias e nas lutas pelo poder, para recordar os tempos de poeta e tocador de harpa, depois guerreiro e companheiro de Jónatas, o ser que mais o amara neste mundo quando tinha todas as razões para o temer e odiar. Para o recordar, David teria de recuar mais de cinqüenta anos no tempo, todavia as memórias mais antigas permaneciam indeléveis, ao contrário das recentes que se desvaneciam como o fumo da lareira. Fora no tempo de Saul, após o recontro com Golias de Get, o filisteu, quando era ainda uma criança feliz...

No vale de Terebinto, a figura do gigante destacava-se contra o céu azul e David jamais havia visto homem que se lhe comparasse. Era um guerreiro alto e forte como uma torre e, ao pequeno pastor de quinze anos não lhe custava a crer que tivesse uma estatura de seis côvados[23] e um palmo, como afirmavam os três irmãos mais velhos – Eliab, Abidanab e Sama – que, combatendo por Saul na guerra, o tinham visto de perto e escapado vivos para contar.

Para maior efeito e terror dos inimigos, o colosso vestia uma couraça de escamas de bronze, cujo peso era, segundo se dizia no acampamento de Israel, de cinco mil siclos[24], com capacete, perneiras e escudo também de bronze e muito fortes que o tornavam invulnerável. A lança tinha uma ponta de ferro de seiscentos siclos de peso e um cabo grosso como um cilindro de tear que ele brandia em desafio com uma só mão, com a mesma facilidade com que um pastor maneja o seu cajado. Precedia-o um escudeiro para lhe transportar a

---

[23] Côvado – antiga medida de comprimento equivalente a 66 centímetros.
[24] Siclo – peso e moeda de prata entre os hebreus, com o valor de 12,5 g.

espada de dois gumes, tão pesada que o homem a segurava com as duas mãos e caminhava vergado pelo peso.

David, que viera trazer aos irmãos algumas vitualhas da casa de seu pai, ouviu a voz atroadora de Golias insultando os filhos de Israel e desafiando-os para um combate singular que ninguém ousava aceitar:

– Escravos de Saul: escolhei, de entre vós, um guerreiro para vir combater comigo, corpo a corpo. Se ele me vencer, os filisteus serão vossos escravos, mas se eu o matar, sereis vós os cativos. – Fez uma pausa, como se esperasse resposta e, soltando uma medonha gargalhada, lançou o insulto: – Sois guerreiros valentes ou donzelas assustadiças?

Por trás das trincheiras onde se refugiavam as tropas de Saul, Eliab zangou-se com o irmão mais novo, quando o viu aparecer junto deles:

– Que fazes aqui? Por que abandonaste as ovelhas, no deserto? Não sabes que estamos em guerra contra os filisteus?

Sem prestar atenção à sua ira e preocupação, perguntou:

– Quem é aquele gigante?

– É Golias de Get, o Filisteu – disse-lhe Abidanab.

Sama suspirou, resignado:

– Todos os dias nos insulta e desafia, mas é invencível e já ninguém ousa defrontá-lo.

– Há alguma recompensa para quem matar esse filisteu e salvar da vergonha o nosso exército? – quis saber David.

Sama confirmou, abanando a cabeça, em jeito sonhador:

– O rei Saul prometeu grandes riquezas àquele que o matar, além de lhe dar uma das filhas em casamento e de livrar de impostos a casa de seu pai.

Porém, Eliab bradou, agastadíssimo, contra o irmão mais novo:

– Foi para ver a batalha que vieste? Com quem deixaste as ovelhas de nosso pai? Conheço a tua presunção e má índole! Põe-te a andar daqui para fora!

– Que fiz eu de mal? – perguntou David, com uma expressão inocente no belo rosto adolescente. – Só perguntei...

– Vai-te! – gritou o primogênito de Isaí, erguendo o punho para lhe bater, mas o moço esgueirou-se ágil por entre as trincheiras.

Prosseguiu com as perguntas a outros guerreiros de Israel e Saul não tardou a ser informado da sua presença no arraial, estranhando vê-lo ali. Conhecia David por este ter passado algum tempo na corte, como tocador de harpa, quando estivera atormentado por um espírito mau que não lhe dava descanso. Apesar da sua juventude, ele fora chamado para acalmar e dominar esse demônio com a música maravilhosa do seu instrumento, tendo feito um bom trabalho.

– Que buscas aqui? – perguntou-lhe, mal o viu prostrado à sua frente.

– O teu servo irá combater o filisteu, meu senhor, se lho consentires!

Saul soltou uma gargalhada, apesar do desespero onde o tinham mergulhado os desastres da guerra:

– Combater Golias? Tu?!

– Sim, meu rei e senhor, as tropas de Israel não podem perder o ânimo!

– Vais lutar contra ele com a harpa do músico ou o cajado do pastor? – Admirava a coragem do moço e brincava com ele. – Não pode ser! Tu és apenas um menino guardador de ovelhas e esse gigante é o maior guerreiro do exército dos filisteus. Não posso consentir no teu sacrifício!

David soergueu um pouco o corpo, levantando o rosto belíssimo, para cravar em Saul os olhos de um azul luminoso, quase transparente, mas onde brilhava uma força indômita. Os cabelos dourados caindo em caracóis, como os de uma donzela, conferiam-lhe um ar de fragilidade que emocionou o rei, mas as palavras que lhe saíram dos lábios eram as de um varão destemido:

– Eu já matei leões e ursos que ousaram atacar o rebanho de meu pai e lhes tirei das bocas terríveis as presas roubadas. Farei o mesmo a esse filisteu que ousa insultar o teu exército.

Os oficiais riram-se da bravata do adolescente, porém Saul, impressionado, acabou por ceder:

– O Senhor está certamente contigo! No entanto, vais levar a minha armadura, ela te dará uma boa proteção.

Vestiu-lhe a couraça e o capacete de bronze e cingiu-o com a espada, mas as armas eram demasiado grandes para o corpo delgado, o capacete chegava-lhe ao nariz, a couraça impedia-lhe os movimentos e tropeçava nas joelheiras, incapaz de dar um passo.

– Meu senhor, não consigo andar com a tua armadura, que me tolhe os movimentos. Deixa-me antes usar a minha equipagem.

Despiu-se, ficando apenas com a túnica curta e as botas de pele de ovelha, trocou a espada de Saul pelo seu cajado e apanhou do chão cinco pedras lisas e redondas que guardou no surrão. Inclinou-se diante do rei para receber a sua bênção:

– Vai, então, meu filho. Que o Senhor te proteja e guarde. E tem cuidado!

– Se Deus me livrou dos colmilhos dos leões e dos ursos, também me há-de proteger das garras deste filisteu.

Partiu ao encontro de Golias, com passo seguro, chicoteando o ar com a sua funda de pastor e Saul, ao vê-lo afastar-se, sentiu um aperto no coração, arrependido de, no desespero ante a derrota eminente, ter enviado aquela criança corajosa para uma morte certa.

Quando o filisteu, ainda a bravatear no campo, viu avançar na sua direcção um adolescente de corpo esbelto, rosto formoso e delicado, emoldurado por uma sedosa cabeleira cor de ouro, mediu-o com um olhar de espanto e desprezo e disse para o fiel escudeiro:

– Saul já não tem guerreiros nem homens para lutar! Agora envia-me donzelas, talvez para me seduzir e derrotar com a força dos seus beijos!

O chiste foi seguido de estrondosas gargalhadas, a que o escudeiro juntou as suas. David ouviu-o, corou e mordeu os lábios de raiva, mas não mostrou perturbação. Golias parou de rir, limpou as lágrimas que lhe tinham saltado dos olhos e bradou-lhe:

— Como te atreves a avançar para mim de cajado na mão, como se eu fosse um cão de pastor? Que Baal te confunda! Acerca-te, para eu te desfazer a golpes de espada e dar a tua carne a comer às aves do céu e às feras dos montes!

— Grande coragem é a tua — gritou-lhe David, desafiador —, para vires, assim armado de espada, lança e escudo contra o cajado de um pastor! Mas, serás tu a morrer e a tua carne e a dos teus companheiros alimentarão as aves e as feras destes montes.

Golias, enraivecido, avançou para David que, sem se mover de onde estava, meteu uma pedra na funda e lançou-a com um tiro tão certeiro que o gigante caiu pesadamente por terra com ela cravada na testa, como se um raio o tivesse fulminado. Sem outras armas além do cajado, o pastor-poeta correu para o filisteu e, trepando por cima dele, tirou-lhe a espada e cortou-lhe a cabeça. Sem o chefe, os filisteus puseram-se em fuga, perseguidos pelos homens de Saul que lhes saquearam o acampamento.

David foi entregar ao rei a cabeça sangrenta do gigante, como um troféu de guerra, dizendo:

— Bastou uma pedra da minha funda para matar o teu inimigo, meu senhor, porque Deus guiou a minha mão. O cadáver de Golias é pasto das feras no vale de Terebinto e a honra de Israel foi resgatada.

Saul recebeu a homenagem e nomeou-o seu escudeiro, dizendo-lhe:

— Não volverás mais a casa de Isaí de Belém, teu pai. Achaste graça diante dos meus olhos, por isso comerás da minha mesa e viverás na minha casa.

Jónatas, filho primogênito de Saul, encontrava-se sentado ao lado do pai, quando David se apresentara diante deles com a cabeça do filisteu na mão. Nunca o havia visto na corte, nem o ouvira tocar a harpa para libertar o rei dos seus demônios, pois estava muitas vezes ausente em campanhas militares contra os inimigos de Israel e de Judá. Assim, a impressão causada no seu espírito pelo jovem herói foi avassaladora e a alma do príncipe ficou irremediavelmente presa daquela natureza dúbia de poeta-guerreiro, misto de doçura e fereza, de anjo e demônio.

Como era belo, o jovem efebo! Uma beleza quase dolorosa para quem a contemplava, subjugado pela graciosidade feminil do rosto, o desenho suave dos lábios, a linha perfeita do nariz, os olhos rasgados de um azul profundo, a testa alta e lisa, emoldurada por madeixas revoltas, da cor do ouro mais puro. O corpo ainda adolescente, tinha a elasticidade de um corço, de músculos ágeis e reflexos rapidíssimos.

Todavia, Jónatas viu no sorriso de triunfo, nos olhos desafiadores e no modo como os dedos enclavinhados seguravam pela cabeleira a cabeça sanguinolenta de Golias e a exibiam como um despojo ou um troféu de caça, a volúpia feroz e cruel de um predador que se compraz no sangue e morte das vítimas.

O príncipe estremeceu de horror e de fascínio, sentindo a sua alma unir-se estreitamente a David, como se fossem uma só pessoa, pois, nesse momento começara a amá-lo mais do que a si mesmo, desejando a sua companhia como nunca desejara a de nenhuma outra pessoa, homem ou mulher.

Sem quase ter consciência do que fazia, o príncipe levantou-se do lugar, acercou-se do moço pastor e tirou-lhe das mãos a cabeça do filisteu, entregando-a a um servo do pai. Depois, despiu o manto e a armadura e vestiu com eles o formoso corpo do adolescente, com a lentidão e a solenidade de uma unção ou de uma investidura. Cingiu-lhe a cintura com o cinto e a espada e, por último, deu-lhe o arco, a sua arma preferida. Pela dádiva das vestes e objetos pessoais, o príncipe queria mostrar, aos olhos de todos, que fazia a David a oferta da sua própria pessoa, estabelecendo com ele uma aliança que só a morte poderia romper. Beijou-o nos olhos e nos

lábios para selar o pacto, guardando para sempre no mais secreto do coração a memória desse beijo e o gosto da sua boca.
	Depois da derrota de Golias e das tropas israelitas terem desbaratado os filisteus, quando Saul, Jónatas e David voltavam para Jerusalém, à frente do exército, as mulheres saíam das casas ao encontro deles para os saudar, dançando ao som dos tamborins e dos címbalos e cantando louvores aos heróis:
	— Viva David que matou Golias com uma pedra da sua funda!
	— Saúde a David, que salvou a honra de Israel!
	— Saul matou mil, mas David matou dez mil!
	Ao ouvir estas aclamações, o rei ficou irado e falou com Jónatas, quando o escudeiro não o podia ouvir:
	— Dez mil mortos para o pastor que matou um filisteu e mil para mim, que desbaratei os exércitos inimigos? Se me rouba a glória, não fará o mesmo à minha coroa? David tem de morrer! Dá ordens aos meus servos para que o matem.
	O príncipe sentiu o coração pesado de desgosto pela ingratidão do rei e de temor pela sorte do amigo a quem amava mais do que à própria vida e não pôde ficar calado:
	— Como podes, meu pai, desejar a morte de David, que nunca te fez mal? Deves-lhe, pelo contrário, muitos serviços e até a vitória de Israel, quando matou Golias, arriscando a sua vida por nós.
	Saul moderou a ira, mascarando de preocupação o ódio por David:
	— Com a fama que goza entre o nosso povo, pode pôr em perigo a tua sucessão, meu filho, não o olvides nunca!
	— O filho de Isaí de Belém não é um homem ambicioso, meu senhor, deseja apenas servir-te e tu foste testemunha disso. Derramarás sangue inocente, se matares David sem motivos!
	— Seja! Não o matarei. Juro! — prometeu o rei, para o sossegar, mas sem intenção de cumprir a promessa.
	Ao retomar a vida em Jerusalém, Saul enviava David para as expedições mais perigosas, na esperança de o ver morrer

às mãos dos inimigos, mas o herói de Israel voltava sempre vencedor e o rei desesperava-se com a sua boa fortuna. Na cidade, não podia fazer-lhe nenhuma emboscada, pois Jónatas estava sempre com ele, sendo os dois inseparáveis, desde o dia em que se tinham conhecido.

Numa vã tentativa de os separar, ofereceu a David a filha mais nova por esposa, porém, pouco tempo depois do casamento, chegou-lhe aos ouvidos a murmuração que David passava mais tempo nos aposentos do cunhado do que no quarto da mulher. Procurou interrogar a filha, mas Micol amava o marido com paixão e não lhe fez qualquer queixa. Por fim, Saul deu-lhe conta das intrigas e maledicência sobre o marido e o irmão, tentando fazer com que ela o odiasse e o traísse:

– O teu esposo seduziu Jónatas e tem por ele uma inclinação impura e torpe.

– Isso são infâmias inventadas contra David por invejosos da sua glória, meu pai e senhor – gritou a filha, com indignação. – David ama-me e dorme todas as noites no meu leito!

– Por que me enganas? O teu esposo é meu inimigo e tem de morrer!

Micol avisou o marido das ameaças do rei e aconselhou-o a fugir, mas ele não acreditou e ficou em Jerusalém. Obcecado pelo ódio ao genro, Saul voltara a cair nos delírios de outrora, como se estivesse possesso e, nessas ocasiões, David vinha para junto dele, tal como antes, tocar harpa e cantar, a fim de exorcizar os demônios do senhor de Israel e de Judá. Um dia, para sua grande surpresa e susto, o rei, preso de um furor assassino, tomou uma lança e gritou:

– Vou pregar David numa parede! – e arremessou-lhe o dardo com toda a força.

O guerreiro-poeta, ainda com a harpa nas mãos, atirou-se do banco para o chão, num mergulho que lhe salvou a vida por um triz. Ergueu-se, mal refeito do espanto e do medo, quando Saul repetiu o traiçoeiro ataque, falhando de novo.

O jogo do caçador e da presa só parou com a chegada de Jónatas, para visitar o pai e levar o moço escudeiro consigo.

O príncipe apercebendo-se, num relance, dos desígnios de Saul contra David, mandou o amigo esperá-lo nos seus aposentos e falou ao rei, cheio de indignação:

— Por que há-de morrer David, meu senhor? Que te fez ele?

A cólera e o ódio cegavam Saul que gritou contra o primogênito, diante dos servos:

— Filho de puta! Pensas que não sei da tua paixão infame por esse pastor miserável? Sodomita, não vês o opróbrio que isso é para ti e para a tua mãe?

Jónatas empalideceu de vergonha e humilhação pelo vexame público a que o pai o expunha:

— Como podes dizer tal coisa?

Saul nem ouviu a interrupção:

— Néscio! Enquanto ele viver, nem tu nem o trono estarão seguros. Vai, insensato, vai buscá-lo, porque ele é um filho de morte!

Era a condenação de David! Jónatas saiu para ir ter com o amigo, procurando sufocar o choro que lhe rompia o peito. As injúrias do pai tinham-no afligido profundamente, ferindo-o no mais secreto da alma, pondo a nu os sentimentos e sensações que não ousava sequer confessar a si mesmo. Amava o amigo com um amor desmedido, luminoso e sombrio, feito de desespero, remorso e humilhação, mas também de dádiva e sacrifício, de renúncia.

David ergueu-se de um salto, quando o viu entrar no aposento, fez-lhe uma reverência e prostrou-se três vezes por terra:

— Por que me odeia teu pai? Que crime cometi e que mal fiz ao rei, para ele me querer matar?

— Micol já me tinha prevenido! Não há dúvida de que o rei deseja a tua morte, meu irmão, tens de fugir para um lugar secreto onde ele te não descubra — o príncipe deixara-se cair no leito, no lugar antes ocupado por David e tentava erguê-lo do chão para o sentar a seu lado. – Deves partir hoje mesmo, de noite, mas mantém-te escondido aqui ou nos aposentos da tua mulher, durante o dia, para que os soldados de meu pai não te prendam.

Segurava-o ainda entre os braços, com os olhos rasos de água pela dor da separação e David, de joelhos a seus pés, tomou-lhe as mãos entre as suas e olhando-o nos olhos rogou:

– Príncipe, se tenho alguma culpa aos teus olhos, mata--me tu mesmo! Por Deus e pela tua vida, há apenas um passo entre mim e a morte.

Beijou-lhe as mãos, encostando nelas o rosto molhado de lágrimas e deitou a cabeça no regaço do príncipe, soluçando.

– Longe de ti tal idéia! – gritou Jónatas, com a voz afogada de emoção, inclinando o corpo para beijar a fronte do amigo. – Hei-de proteger-te e avisar-te sempre do perigo, juro-o, em nome de Deus que nos ouve!

Correspondeu aos seus beijos e choraram longamente nos braços um do outro a separação irremediável. Naquele momento de fraqueza, David não era o guerreiro invencível dos exércitos de Israel, mas apenas um moço acabado de entrar na puberdade que nunca se vira tão confuso e assustado, nem mesmo quando defrontara Golias. Sentia-se como a presa solitária atirada para o meio da montaria, acossada por todos os lados, sem lura ou covil onde se esconder para escapar da morte.

Só o amor daquele gentil príncipe, servindo-lhe de escudo – arrostando com a ira e o desagrado do pai –, o tinha salvo da perseguição do rei Saul. E, por isso, na angústia e abandono da sua solidão, David deixava-se afagar por Jónatas, recebendo mesmo prazer e conforto nas suas carícias, aceitando a confissão daquela paixão profunda e secreta (há muito pressentida) que, face à dor do afastamento, se manifestava finalmente com o ardor e a violência de um dique que se rompe, para o arrastar consigo na tormenta.

David foi arrancado às recordações pelos sons de festa de inúmeros tamborins, sistros, flautas e címbalos, tocados lá fora pela multidão que acompanhava Salomão, regressando de Gion onde fora ungido rei por Sadoc e Natan, pondo toda a cidade de Jerusalém em alvoroço. Tinham parado à entrada do palácio e o povo soltava brados de júbilo, aclamando-o:
– Viva o rei Salomão!
– Viva Salomão, rei de Israel!
– Viva o filho de David!
Betsabé ergueu-se, vestiu-se rapidamente e, ajudada por Abisag que mandara chamar, preparou o rei para ir receber o sucessor na sala de audiências. David já não tremia, ostentando o mesmo ar de serenidade de outrora, quando fazia empalidecer os inimigos. Assim que Salomão entrou na sala com o séquito, ergueu-se do trono real para lhe dar o lugar e prostrou-se diante dele, dizendo:
– Bendito seja o Senhor, por me ter concedido a graça de ver o meu sucessor no trono de Israel.
Salomão ergueu-se da cadeira e levantou David do chão, sentando-o a seu lado e todos os servidores do velho rei vieram felicitá-lo:
– Possa Deus tornar o nome de Salomão ainda mais ilustre do que o teu!
– Que o Senhor faça o reinado de Salomão maior do que o de David!
O que faria Salomão ao irmão Adonias? Iria o velho rei assistir à morte de mais um filho?! No decurso da sua longa vida, perdera alguns dos descendentes, todavia não chorara nenhuma dessas mortes como chorara a de Jónatas. Ao saber do trágico fim do primogênito de Saul nas mãos dos filisteus, imerso numa profunda dor, compusera o *Cântico do Arco*, para ser ensinado aos filhos de Judá e de que recordava ainda algumas passagens.
Salomão e todos os presentes calaram-se para ouvir as palavras de David, quando o velho rei moveu os lábios,

agitado, como se quisesse anunciar-lhes alguma coisa, antes de se retirar, pois era evidente o seu cansaço, causado pelo frenesi e as longas cerimônias daquele maravilhoso dia. Para espanto da assembléia, o ancião, em vez de pronunciar uma bênção ou um conselho, cantou numa voz trémula mas ainda entoada os versos de um cântico:

> – *Tu eras digno de ser amado*
> *Mais que a mais amável donzela*
> *Eu amava-te como uma mãe*
> *Ama o seu único filho*
> *Ou uma esposa ao seu esposo.*

Os servidores da corte suspiraram de pena, ao constatar como a mente do velho soberano divagava e variava, durante uma cerimônia tão importante como a sua abdicação. Isso acontecia, ultimamente, com demasiada freqüência, incapacitando-o para os negócios do estado e, assim, era com profundo alívio que viam Salomão tomar nas mãos as rédeas dos reinos de Israel e de Judá.

OS DEBOCHES DE AMNON

A maldição, lançada por Deus à dinastia de David, como castigo por este haver causado a morte do hiteu Urias para se apoderar de sua esposa Betsabé – *"Por isso jamais se afastará a espada da tua casa!"*, dissera o Senhor pela boca do profeta Natan – teve início com os amores perversos de Amnon por Tamar, sua meia-irmã, e deu causa às sucessivas revoltas e traições, urdidas pelos príncipes, durante os quarenta anos do reinado de David, procurando derrubá-lo do trono, acusando-o de injustiça ou de preferência cega por um qualquer filho menos merecedor, chegando a perder a vida nessas querelas fratricidas. Assim sucedera com o conflito entre Amnon, o primogênito do rei, nascido da esposa Aquinoam de Jezrael, e Absalão, o filho de Maaca, uma princesa de Gessur de quem tanto ele como a irmã Tamar haviam herdado a extraordinária beleza.

Tudo começara quando o príncipe herdeiro se apercebeu de que Tamar crescera e se transformara numa donzela formosíssima e o desejo por ela rompeu tão ardente e obsessivo que Amnon adoeceu de paixão, pois, sendo a moça virgem e sua meia-irmã, temia cometer qualquer desonestidade e cair em desgraça aos olhos do pai.
Jonadab, sobrinho do rei e o seu melhor amigo, que gozava da reputação de ser um homem muito perspicaz e ardiloso, não tardou a aperceber-se do desespero do primo e condoeu-se dele:
– Príncipe Amnon, que se passa contigo? Cada manhã te vemos mais desalentado e infeliz, como se estivesses a

ser consumido por uma grande dor. Por que não te abres comigo?
— Eu amo Tamar, a minha meia-irmã — respondeu Amnon, num desabafo. — Vivo fascinado pela sua beleza e graciosidade e morro de desejos de lhe tocar.
Jonadab riu-se e disse-lhe:
— Se é a presença dela que te faz falta, isso não é difícil de conseguir. Mete-te no leito como se estivesses enfermo e roga a teu pai que deixe Tamar cuidar de ti e preparar-te a comida. Por certo, David não recusará o teu pedido.
Amnon seguiu o conselho do primo, deitou-se na cama e fingiu-se doente. David amava muito o primogênito e, cheio de cuidados, apressou-se a visitá-lo:
— Que te aflige, meu filho? Que posso fazer, para te ajudar?
— Meu pai e senhor, sofro de um grande fastio e fraqueza de estômago e não consigo tomar qualquer alimento. Consente que minha irmã Tamar me venha preparar alguma comida, pois só da sua mão aceitarei comer.
Quando David regressou ao palácio real, mandou chamar Tamar e deu-lhe ordem para ir tratar de Amnon, pois o irmão estava muito doente. A moça obedeceu e encontrou-o na sala, reclinado em almofadas e rodeado de amigos.
— Prepara, na minha presença, dois ou três pastéizinhos — disse-lhe o irmão com voz fraca —, para eu os comer de tua mão, pois tudo o mais me enfada e mareia.
Tamar trouxe para cima da mesa farinha, ovos, mel e passas, amassou e fez os pastéis à vista de Amnon que a olhava enlevado, seguindo o movimento repetido das mãos que se transmitia a todo o corpo, acentuando-lhe o balancear dos seios, o meneio cadenciado das ancas e dos quadris, num vaivém que o excitava e lhe punha um brilho de febre nos olhos e gotas de suor na testa. O rosto rosado do esforço, salpicado de farinha, era mais doce e apetitoso do que as guloseimas feitas pelas suas mãos e o homem sentiu a urgência do desejo, uma vontade brutal de a derrubar sobre a mesa, de a possuir

por entre uma nuvem de pó branco, fazê-la deslizar por sobre fios espessos de mel e gemas, os corpos revolvendo-se em veios gelatinosos de claras, viscosos e escorregadios como cobras de água, morder-lhe a pele pegajosa e doce e saboreá-la como um maná dos deuses.

Enquanto Amnon delirava de desejo, ouvindo o sangue latir nas veias das têmporas como uma cadela no cio e o crepitar da sua pele, seca e abrasada, como papiro no fogo da floresta, Tamar pusera os bolos a cozer ao lume e, depois de prontos, despejou-os num prato e levou-os ao irmão que os recusou, gemendo como se estivesse cheio de dores.

– Manda sair toda esta gente – suplicava –, para eu ter algum sossego!

Estava muito afogueado e ofegante, com um olhar tão febril que a irmã lhe obedeceu prontamente, fazendo sair os amigos e alguns familiares de visita, assim como os servos da casa.

– Traz os bolos para o meu quarto, pois quero que mos dês a comer com a tua própria mão – disse-lhe Amnon, ao ficarem sós, dirigindo-se para o quarto e estendendo-se no leito.

Tamar, condoída e também um pouco divertida com a fraqueza do irmão mais velho, pegou no prato com os pastéis e foi levar-lho à cama. Porém, quando o estava servindo, Amnon segurou-a por um braço com força, puxando-a contra o peito e suplicando-lhe numa voz rouca:

– Vem, Tamar, deita-te comigo, minha irmã!

Soltou um grito abafado de indignação e medo e o prato dos pastéis saltou-lhe das mãos e rolou pelo chão, espalhando os doces à sua volta. Lutou para se soltar, mas os dedos do homem eram como tenazes na sua carne e não conseguiu libertar-se. Suplicou, angustiada:

– Como ousas pedir-me isso, meu irmão? Não podes cometer essa infâmia!

Cada vez mais agitado e violento, Amnon procurava arrastá-la para o leito:

— Tu és a minha doença e só tu me podes curar. Eu morro de amor por ti, Tamar!
— Não me faças mal, Amnon, porque eu não poderei sofrer a minha vergonha e tu serás um infame em Israel!

Com as duas mãos, o irmão puxou-a violentamente para cima do leito e dominou-a, esmagando-a com o seu peso. Vendo-se perdida, Tamar lembrou o antigo costume que permitia o casamento entre filhos de mães diferentes:
— Se falares ao rei, nosso pai, ele não recusará entregar-me a ti. Não precisas de me violar, pois isso é um crime punido em Israel.

Contorcia-se por baixo do seu corpo, cerrando as pernas, empurrando-o com as mãos pequenas e frágeis. Mas Amnon não queria ouvi-la e bateu-lhe brutalmente no rosto, uma e outra vez, ardendo em desejo e sentindo prazer na sua dor e fraqueza. Era mais forte do que ela, bastou-lhe uma das mãos para a subjugar e a outra para procurar o seu prazer, violentando-a.

O sangue jorrou do corpo rasgado, derramando-se sobre Amnon que se sentiu conspurcado pela imundície da irmã e a sua aversão foi tão violenta que destruiu todo o desejo e paixão que antes lhe tivera. Saltou do leito, arrancando as vestes sujas e gritou-lhe, irado:
— Levanta-te, meretriz, e vai-te daqui!

Ela respondeu-lhe, chorando:
— Agora não podes expulsar-me da tua casa! Isso seria um ultraje ainda mais grave do que aquilo que acabas de me fazer. Porque me desfloraste, se não querias ficar comigo?

Ele, porém, não lhe deu ouvidos, chamou o servo On e ordenou-lhe:
— Põe essa puta daqui para fora e fecha a porta atrás dela.

E Tamar foi expulsa pelos criados da casa do irmão Amnon, como uma leprosa miserável e impura e viu a porta fechar-se nas suas costas com estrondo. Tomou um punhado de cinza no rescaldo de uma fogueira de rua e lançou-a pela cabeça, em sinal de luto, depois rasgou a veste de virgem e filha de rei – a longa túnica bordada, de mangas compridas – e, deitando as mãos à cabeça, correu aos gritos para o palácio, arrepelando os cabelos e arranhando o rosto.

Absalão veio encontrá-la na casa da princesa Maaca, sua mãe, onde Tamar se refugiara para esconder a desonra e a humilhação causadas por Amnon. O gentil príncipe ouvira rumores e murmurações sobre o incidente e não quisera crer em maledicências, todavia, o rosto brutalizado de Tamar não deixava lugar a dúvidas e fê-lo empalidecer.

– É verdade o que se diz por aí? Foi Amnon, o nosso irmão, quem te fez isso?

Tamar soluçava, com o rosto escondido no regaço da mãe que acenou afirmativamente ao filho, tentando dominar a dor que os seus olhos denunciavam.

Pálido de vergonha e de ódio, Absalão insistiu:

– Ele atraiu-te a sua casa, fingindo-se doente, violou-te e expulsou-te como a uma cadela tinhosa ou uma meretriz?

Incapaz de encarar o rosto do irmão, a moça enterrou ainda mais fundo a cabeça no colo protetor de Maaca que a afagava, passando-lhe suavemente as mãos pelos cabelos emaranhados e cobertos de cinza.

– Por ora sofre em silêncio a tua desgraça, minha irmã – acrescentou o príncipe com voz rouca, respirando fundo e fazendo-lhe uma festa no ombro, numa vã tentativa de a consolar –, pois pouco ou nada podemos fazer, visto Amnon ser nosso irmão mais velho e o primogênito do rei David.

A moça bradou, por entre soluços:

– E pode Amnon ficar impune de todos os crimes, só por ser o filho primeiro do rei?

– David ama-o muito, por ser o primogênito – disse a mãe, acariciando-a, sem mostrar o ressentimento e a dor sentidos pela desgraça da filha, a fim de lhe evitar maior sofrimento. – Duvido mesmo que lhe dê algum castigo!

— Embora sem ter culpa, como irei viver aqui, no palácio, desonrada e abandonada? Não quero ficar aqui! – os soluços sufocavam-na.

O irmão falou com a gravidade de um juramento, o belo rosto vazio de expressão:

— Não desesperes, minha irmã, pois juro-te que serás vingada e o violador pagará a ofensa que te fez. Entretanto, se for de tua vontade, deixa o palácio e vem viver para minha casa, onde serás bem recebida.

Tamar aceitou a bondosa oferta e foi morar com ele. Tal como Maaca previra, David, ao tomar conhecimento do ato criminoso de Amnon, ficou muito desgostoso, porém não o castigou, nem lhe fez qualquer censura.

Absalão sentiu a injustiça feita à sua família como uma humilhação, além de uma prova de desamor do pai a quem sempre servira com veneração e lealdade, amando-o acima de todos os outros homens e jamais lhe perdoou.

Decidiu, por isso, retirar-se para sua casa, longe da vista de David, murmurando para consigo: *"Pois bem, meu pai e meu senhor, se esta é a paga que me dás, este teu servo já nada te deve e, de agora em diante, deixa de estar a teu serviço."* Tão pouco disse qualquer palavra a Amnon, nem boa, nem má, preferindo esconder o ódio no coração, até chegar o momento propício à vingança.

E essa ocasião apresentou-se-lhe dois anos mais tarde, durante a festa da tosquia das ovelhas em Baal Hasor, perto de Efraim. Absalão foi ao palácio visitar David, para o convidar e a todos os príncipes, seus filhos, a assistirem ao banquete que queria servir depois da tosquia:

— Vem, meu senhor, suplico-te, com os teus filhos, a minha casa.

David recusou, com um inexplicável mau pressentimento a ensombrá-lo:

— Não, meu filho, não iremos todos ao banquete, pois assim, seríamos demasiado pesados para a tua bolsa.

Absalão insistiu, mas não logrou demover o rei que se limitou a dar-lhe a bênção. Desesperado, ao ver como a vingança preparada durante tanto tempo estava prestes a gorar-se, o príncipe pensou que era preferível consumar embora parcialmente a desforra, a perder tudo por querer apanhar no mesmo laço o violador e o seu encobridor. Por isso, rogou a David, com muita humildade:

– Permite, ao menos, que o meu irmão Amnon nos honre com a sua presença.

– Por que haveria ele de ir contigo? – estranhou o rei, vagamente suspeitoso.

Absalão forçou um sorriso de amizade:

– Por ser o teu primogênito, meu senhor, teu substituto e chefe da família na tua ausência.

David consentiu, por fim, e o filho voltou para Baal Hazor, a fim de organizar um banquete real para receber condignamente os numerosos príncipes, seus meio-irmãos.

Quando os convivas chegaram, o anfitrião acolheu-os com mostras de grande amizade, sentando-os à mesa segundo a sua condição e colocando Amnon no lugar de honra. Os criados, obedecendo às ordens prévias do amo, serviram-lhes gordos borregos cozidos, um vitelo assado e muitos doces, deitando-lhes continuamente vinho nos copos, sem nunca os deixarem esvaziar.

Quando Amnon já estava completamente ébrio, gritando e cantando cheio de alegria, Absalão bradou para os seus homens, tal como fora combinado:

– Feri-o, meus valentes! Agora! Matai-o!

Os servos caíram sobre o primogênito de David e apunhalaram-no, matando-o com vários golpes. Haviam recebido ordens para estarem alerta e agirem de imediato ao sinal do amo que os tranquilizara, dizendo-lhes que matassem o príncipe, sem medo, pois nenhum mal lhes aconteceria, já que se limitavam a obedecer às suas ordens. *"Ânimo e sede homens fortes!"*, terminara para os encorajar e tranquilizar.

Quando Amnon tombou morto do banco, Absalão gritou, com uma alegria selvagem:
— Fez-se finalmente justiça! Tamar, minha irmã, estás vingada!

Os restantes príncipes, recobrando do pasmo que os pregara aos assentos, imóveis e aterrorizados, levantaram-se de um salto da mesa e correram para as mulas, cavalgando a toda a pressa para o palácio do rei. Quando lhe contaram da morte de Amnon, David chorou-o sentidamente, rasgando as vestes em sinal de luto e prostrando-se por terra. Todos os servos que o rodeavam rasgaram também as vestes e feriram o rosto, para chorarem condignamente o filho de Aquinoam de Jezrael.

Absalão fugiu e foi refugiar-se, durante três anos, em casa do avô materno Tolomai, rei de Gessur. Mais tarde, perdoado por David, voltou a Jerusalém, todavia, a revolta contra o pai deu azo a uma guerra sem tréguas entre os dois que só terminou com a derrota e morte do rebelde filho de Maaca, às mãos de Joab, o chefe dos exércitos de Israel.

As Luxúrias de Salomão

À vista da cidade cercada de muralhas, com a fortaleza de David erguendo-se sobranceira no alto monte, uma pequena mão surgiu através da abertura da sumptuosa charola num imperceptível sinal ao Portador de Clava que logo o captou e fez soar as trombetas, enterrando uma lança no solo. A imensa cáfila agitou-se com um movimento progressivo e ondulante de serpente e imobilizou-se, por fim, formando um círculo em torno do camelo em cuja corcova vinha montado o palanquim de Maqueda, a indômita e orgulhosa rainha de Sabá[25].

Com gritos, silvos e vergastadas, os condutores fizeram ajoelhar os mil camelos e os duzentos dromedários para os libertar da carga, numa algazarra de berros, sopros de espuma branca e mordidelas traiçoeiras. Os servos núbios, comandados pelos eunucos da Rainha, tomaram as tendas e, num abrir e fechar de olhos, uma imensa povoação de pano, branca e azul, surgiu no vale aos pés de Jerusalém, a Cidade Santa de Salomão.

No centro desta urbe sedosa e ciciante sob a aragem suave da tarde, abria-se uma larga praça onde se erguiam, incomparáveis na beleza, tamanho e sumptuosidade, as cinco tendas de Neguesta Azeb, a *Rainha do Vento Sul*, como também era denominada Maqueda com admiração pelos seus súbditos das terras de Sabea, no Norte da Arábia, e da Abássia[26], sobre o Egito. No lugar onde a lança fora cravada, erguia-se o pavi-

---

[25] O reinado de Salomão teve lugar na segunda metade do século X a.C. Morreu no ano de 922 a.C.

[26] Etiópia-a-Alta que confina com o Egito.

lhão roxo e branco com os aposentos reais e a sala de audiências – isolado e guardado por Porteiros de Clava com quatro leões presos por correntes – de onde irradiavam, à mão esquerda e direita, adiante e detrás, como raios de uma estrela gigantesca, as quatro tendas para as inúmeras mulheres, aias e escravas do seu serviço e eunucos, às quais se sucediam as dos grandes senhores da corte, depois as dos capitães e soldados, segundo a ordem a que pertenciam – vanguarda ou retaguarda, ala direita ou esquerda. Por último, alinhavam-se as tendas e cercados para os animais: os cavalos árabes que faziam parte do presente real a Salomão, camelos, dromedários e bestas de carga, assim como rebanhos de ovelhas e cabras para alimentação da formidável caravana.

Apesar do cansaço da viagem, Maqueda não quis repousar sem antes receber a embaixada que enviara na frente, com o aviso da sua chegada, não fossem os hebreus tomar aquele arraial tão extenso como uma presença hostil ou um ato de guerra. Assim, logo que houve aviso do regresso da pequena comitiva, mandou chamar à sua presença o embaixador Iqhunu Zadanguil e o comerciante Tamerim, que primeiro lhe haviam trazido novas da sabedoria e grandeza de Salomão, bem como da construção de um Templo e um Palácio, em Jerusalém, que podiam rivalizar em magnificência com as edificações dos Faraós do Egito.

Iqhunu e Tamerim, conduzidos por quatro homens com candeias nas mãos, esperaram em silêncio à entrada do pavilhão que os mensageiros repetissem alternadamente:

– O que me demandaste, Itigué[27], aqui o trago.

– Entrai! – gritou a voz do Abdenago, o chefe dos servidores da Rainha.

Por três vezes repetiram o ritual e só então entraram na primeira divisória da tenda, parando diante de nova cortina

---

[27] Itigué ou etié – título de majestade, alteza.

de separação. Após uma pausa, os mensageiros bradaram, repetidamente, um após outro:
— Os embaixadores que me pediste, Etié, aqui os trago.
E o Abdenago respondeu novamente:
— Entrai!

Passaram através das cortinas para uma segunda sala com muita gente armada de azagaias e duas alas de pajens segurando candeias acesas, apoiadas em canas compridas e erguidas na altura do peito para manterem as chamas todas iguais. Pararam diante das cortinas do fundo, procedendo novamente ao ritual até receberem autorização de dentro e entraram finalmente no aposento principal, ao fundo do qual se encontrava o estrado, coberto de tapeçarias, com o leito onde se recostava Neguesta Azeb, de que apenas vislumbravam o gracioso vulto através das cortinas de brocado e seda que a separavam dos seus súbditos. Iqhunu, Tamerim e sua escolta curvaram-se profundamente, em silêncio, mantendo a cabeça baixa e a mão direita tocando o chão em sinal de respeito.

A voz profunda e quente da Rainha do Vento Sul pareceu agitar as leves cortinas de seda:
— Que viste em Jerusalém, Iqhunu Zadanguil?

O embaixador curvou-se mais, até a mão aberta pousar sobre o espesso tapete que cobria o chão da tenda e disse, esforçando-se para dominar a emoção:
— O que me ordenaste, Itigué, eu o fiz!
— Viste o Templo do Nuguea Nagasta[28]?
— Eu o vi, Etié, segundo me mandaste...
— Como é o Templo de Salomão, Zadanguil? — havia uma nota de impaciência na pergunta de Maqueda. — É tão magnífico como Tamerim nos dizia?

O mercador encolheu-se, assustado, ao ouvir a Rainha nomeá-lo e a sua cabeça quase tocou o chão. Porém o embaixador falou, dominando a custo a excitação:

---

[28] Rei dos Reis.

– É o Templo mais grandioso do mundo, Neguesta Azeb, assente em colunas gigantes, com as paredes forradas de madeira de cedro e ouro, cercado por três andares laterais com muitas janelas. Nuguea Nagasta usa na sua construção escravos de todos povos por ele vencidos na guerra e condenados a trabalhos forçados, porém só se ouvem cânticos, pois todas as pedras do Templo são lavradas na pedreira, de modo a não se ouvir barulho algum de martelo, cinzel ou qualquer outra ferramenta naquele santuário. Ourives e artesãos sem conta trabalham o ouro mais fino e a pedraria mais preciosa para os altares e utensílios sagrados.

Fez uma pausa, todavia Maqueda insistiu, ansiosa:

– Que mais viste?

– Nugue[29] Salomão está a construir muitos outros edifícios e um palácio real, tão admirável como o Templo, Etié. Chamam-lhe a Casa da Floresta do Líbano por assentar em quatro filas de colunas de madeira de cedro trazidas do Líbano. Tem quarenta e cinco quartos e uma sala de trono com um grandioso pórtico de colunas. Convida-te a visitá-lo, Itigué, assim que o desejares.

A pausa foi mais longa e, após um sussurro por trás das cortinas, Abdenago perguntou:

– Como é, em sua aparência, o Nuguea Nagasta?

– É um guerreiro belo e viril, na força da idade, Itigué. – Se a poderosa rainha de Sabá e da Abássia queria esconder o seu jogo, não lhe competia a ele contrariá-la, mas tão só satisfazê-la, aformoseando mesmo as novidades. – Pela sua riqueza e sabedoria, Nugue Salomão goza da fama de ser um dos maiores reis da terra e todos procuram ir à sua presença, para o ouvir, fazer com ele uma aliança, levar-lhe presentes ou oferecer-lhe uma nova esposa.

O chefe dos pajens escutou o murmúrio do outro lado da cortina e, em seguida, fez a pergunta:

---

[29] Rei.

— Quantas esposas tem o rei dos Hebreus, Iqhunu Zadanguil?

O rosto do embaixador rasgou-se num sorriso cheio de malícia:

— Nuguea Nagasta tem setecentas esposas de sangue real e trezentas concubinas, Itigué! — Uma exclamação de espanto, vinda do leito por trás dos véus, interrompeu-o, mas como não ouvisse mais nada, terminou: — A principal é, todavia, a filha do Faraó do Egito.

Abdenago, a uma ordem da Rainha, deu a Zadanguil e a Tamerim presentes de bons panos e ordenou-lhes que se retirassem. Os dois homens apressaram-se a obedecer, seguidos pelos mensageiros da escolta e o chefe dos pajens recolheu--se num canto do aposento principal, a fim de não perturbar sua Senhora que, de olhos cerrados, parecia mergulhada em profundos pensamentos.

Maqueda recordava o livro das crônicas reais de Sonterra, guardado no palácio de pedra da cidade de Acaxuma onde estabelecera a sua corte, e como nele tinha inscrito o seu próprio destino, moldado pelo de sua mãe e os de todas as outras rainhas guerreiras que a haviam precedido como Neguesta Azeb, a Senhora Suprema das terras quentes de Sabá e de Abássia.

Rainhas absolutas mas solitárias, a quem era vedado partilhar a vida com um esposo, podendo apenas ter ajuntamento com um homem três meses por ano, em Março, Abril e Maio, a fim de conceber uma filha que pudesse herdar o trono e assegurar a dinastia. Provinham de um povo de mulheres varonis, iniciadas desde a mais tenra infância nas artes da guerra, pelejando com os inimigos montadas em búfalos selvagens e sendo tão temíveis archeiras que deixavam queimar ou secar o seio direito para lhes não estorvar o tiro da flecha.

Maqueda era imensamente rica e poderosa, pois o ouro abundava nas suas terras, sobretudo nas minas de Afura onde tinha uma feitoria, e incontáveis pães de ouro[30] acumulavam-se nos subterrâneos dos obeliscos e pirâmides de Acaxuma, construídas à maneira dos egípcios. Tornara-se arrogante e indomável, tão orgulhosa da sua beleza, espírito e condição que nunca havia encontrado um homem, rei ou príncipe, capaz de merecer a partilha do seu leito. Nunca, até ao dia em que ouviu falar pela primeira vez do celebrado rei dos Hebreus.

Tamerim, o comerciante mouro que visitava freqüentemente a corte, contara-lhe dos feitos de Salomão, das magníficas construções que levava a cabo em Jerusalém, do seu poder e sabedoria e de como resolvera um enigma no julgamento de duas meretrizes que disputavam uma criança recém-nascida, jurando ambas serem a sua mãe. Num golpe de gênio, Nuguea Nagasta dera ordem aos soldados para cortarem a criança ao meio e entregarem a cada queixosa a sua metade; uma das mulheres concordara logo com a sentença, porém, a outra rojara-se aos pés do Juiz Supremo, rogando-lhe que entregasse o menino à sua rival, pois preferia ficar sem o filho a vê-lo morto e, assim, Salomão não tivera dúvidas sobre qual das duas era a mãe verdadeira.

Pela primeira vez na vida, a Rainha do Vento Sul sentiu admiração, curiosidade e desejo de conhecer um homem e o seu corpo vibrou com sensações agradáveis e estranhas, semelhantes apenas às que experimentara na adolescência, quando, montada num búfalo em correria desatada e brandindo o arco ou a azagaia, perseguia os escravos e moços lançados no campo para lhe serviram de alvo durante o treino de guerreira. Esse frenesim de antecipação da caçada, o ímpeto da perseguição, como se ela e o búfalo fossem uma única criatura, a chicotada do vento no corpo quase nu, o roçar macio e quente do pêlo do animal contra a sua pele, o pulsar do corpo vibrante e elástico que ela cerrava fortemente entre as coxas para

---

[30] Lingotes de ouro.

não perder o equilíbrio, a ponto de os suores de ambos se misturarem, aceleravam-lhe o sangue nas veias, até o sentir bater nos ouvidos e nas têmporas, com o coração prestes a rebentar dentro do peito. Então, lançava o dardo com a força de um grito contra o inimigo, deixando-se cair por fim, esvaída e trêmula, sobre o dorso húmido do animal que se imobilizava, baixando a cabeça para mordiscar a erva.

E Maqueda decidiu, no mais secreto do seu coração, que só Nuguea Nagasta a igualava em grandeza e a nenhum outro homem poderia conceder o privilégio de lhe fecundar o corpo. Por isso, depois de enviar um embaixador a Jerusalém, preparara aquela magnífica caravana, carregada de presentes principescos, a fim de ir em pessoa conhecê-lo. A prodigiosa cáfila partira de Acaxuma para uma trabalhosa peregrinação, embarcara no porto de Sabá e atravessara em barcos o estreito do Mar Vermelho, para cruzar o terrível deserto da Arábia até chegar às terras férteis de Canaã e, finalmente, descansar às portas de Jerusalém.

Com um gesto brusco, a Rainha sacudiu o torpor dos pensamentos e chamou Abdenago para lhe ordenar que tomasse todas as providências necessárias de modo a preparar a sua entrada solene, na manhã seguinte, na Cidade Santa de Nugue Salomão.

Nunca, no tempo de muitas gerações, os filhos de Israel haviam contemplado semelhante caravana e, de todas as partes acorria gente para ver desfilar, ao som estridente de estranhos instrumentos musicais, um cortejo interminável de homens, mulheres e animais, num espantoso aparato de estado e riquezas, a caminho da Casa da Floresta do Líbano, o magnífico palácio do rei Salomão.

Na frente, iam cem homens vestidos com saios de peles de animais, armados com uns azorragues de cabo curto e longa correia que, ao ritmo marcado pelo seu chefe, golpeavam violentamente o ar, fazendo afastar as gentes com o estrondo ensurdecedor. Seguia-se o primeiro troço de guerreiros em armas, com o capitão, precedendo duzentos escravos que carregavam à cabeça cem jarras cor de azeviche, tapadas com barro e seladas, contendo vinho de mel, alternando com cem canastras fechadas e cheias de pão.

Cem tocadores de nagaridas e charamelas[31] acompanhavam os movimentos voluptuosos e bravios dos corpos quase nus das cinqüenta formosíssimas bailadeiras da corte de Acaxuma, que faziam os olhos dos homens brilhar de cobiça e os das mulheres escurecer de inveja e ciúme.

– Vê-se logo que são idólatras! – disse um velho sacerdote, cuspindo para o chão.

– Que bem que bailam! Julgava que fossem negras, como as núbias.

– Também eu. Mas, afinal, são de cor parda.

As duas moças, vestidas com as largas vestes e os véus das virgens de Israel, olhavam com inveja e admiração a liberdade impúdica das dançarinas, trajadas com curtas tangas de peles e os seios apenas cobertos por colares de contas de muitas voltas. Ficaram, no entanto, silenciosas quando a mãe e a tia atalharam desabridas, olhando-as com reprovação:

– Vão quase nuas! Que vergonha!

– Que esperavas de uma gente estrangeira, sem Lei nem modéstia?

Entre duas hostes de guerreiros, desfilavam os carregadores com os presentes da Rainha de Sabá e Abássia para o poderoso Nuguea Nagasta. Um magnífico tesouro de ouro e pedras preciosas, de pérolas e aljôfar, de perfumes tão raros como o incenso e a mirra, postos em pequenos cestos forrados de pele, com fechaduras e metidos em sacos de couro presos por correias. Atrás deles caminhavam inúmeros porta-

---

[31] Nagarida, atabale ou tabale (tímbale) é uma espécie de tambor, cuja caixa é uma meia laranja de cobre; Charamela é um antigo instrumento musical, com uma palheta metida em cápsula ou barrilete, onde se soprava com força como nas buzinas.

dores de jaulas e gaiolas com animais exóticos e condutores de bestas carregadas de madeiras preciosas, como o sândalo.

Um grande número de camelos e dromedários, levando nos dorsos as charolas luxuosas onde viajavam os maiores príncipes e senhores da Abissínia, precediam os quatro imponentes leões bem seguros com cadeias muito fortes, atrás e à frente, por gigantescos caçadores núbios que indicavam ao povo o momento da passagem de Maqueda, a Rainha do Vento Sul, antes mesmo de poderem avistar ou contemplar sua tão apregoada beleza.

Num vaivém incessante e sempre a correr, os Portadores de Clava afadigavam-se como um pequeno enxame de zângãos em volta da Rainha, para lhe levarem os recados a todas as partes do cortejo. Mostravam ser os principais oficiais da corte, pelo porte, os trajes – o saio de seda, cobrindo-os da cinta aos joelhos, bem como a pele guedelhuda e dourada de um leão por cima dos ombros –, os colares de ouro e pedras preciosas e os largos cintos de seda, com pendurícalhos compridos até ao chão.

As nagaridas e os atabales não cessavam de tocar, anunciando a passagem de Maqueda. Cercada por trás e dos lados de muitas cortinas roxas, compridas e postas em varas que seis portadores erguiam bem altas, pelo lado de fora, formando uma espécie de enseada à sua volta, seguia Neguesta Azeb, montada numa mula e vestida com os ousados trajes das mulheres guerreiras, de rosto descoberto, com a cabeleira negra caindo-lhe até às espáduas e adornada com pequenos pingentes de ouro. A mula ia ajaezada com um rico cabresto de ouro sobre o freio e ladeada por seis pajens a pé, três de cada lado, o primeiro par segurando as duas pontas do cabresto, o segundo com as mãos sobre o pescoço do animal e o terceiro, na retaguarda, com as mãos nas ancas, quase no arção traseiro da montada.

A seguir caminhavam vinte pajens a pé, escoltando seis cavalos de grande valor, destinados às cavalariças de Salomão, ricamente aparelhados e enfeitados com diademas de penas de avestruz, cada um acompanhado por quatro homens muito bem trajados. A guarda pessoal da Rainha, uma hoste de arrogantes amazonas montadas em mulas e armadas de arcos e azagaias de arremesso, arrancava exclamações de espanto e medo aos curiosos.

— Olhem! Aquelas são as Amazonas! – o grito do homem sentado no muro alto fez agitar a multidão.

— De certeza que são fêmeas? Parecem mesmo homens! – o rapaz acotovelava o companheiro, abrindo os olhos de espanto.

— Pudera! – respondeu-lhe uma mulher, com um sorriso de despeito. – Se cortam as mamas e andam assim vestidas como guerreiros e caçadores...

— Contaram-me que nas terras delas os homens são frouxos e fazem todas as tarefas próprias das mulheres, enquanto elas caçam ou fazem guerra – interveio outra, rindo-se e deitando um olhar zombeteiro a um grupo de homens que não desfitavam as bravias guerreiras.

— Se fosse cá, eram lapidadas! – resmungou um deles, agastado.

— É verdade que matam os filhos machos e só guardam as fêmeas? – perguntou-lhe o moço que primeiro falara.

— Isso são invenções dos maldizentes! – adiantou-se a maliciosa. – Se acontece parirem raparigas, criam-nas elas para guerreiras e caçadoras, mas, se forem machos, entregam-nos aos pais para que os criem eles.

Um último troço de guerreiros muito bem armados fechava o cortejo que, duas horas mais tarde parava diante do pórtico da Casa da Floresta do Líbano, o monumental palácio de Nuguea Nagasta.

A sala do trono onde haviam montado as mesas para o banquete em favor da Rainha de Sabá e Abássia, resplandecia com as luzes de muitas centenas de candeias e tochas acesas que faziam a noite parecer dia. Salomão quisera receber a altiva Maqueda com todas as honras, assim por razão da sua pessoa, como pelos grandes presentes de ouro, perfumes e pedras preciosas que lhe havia trazido e ele iria dividir entre o Templo e o seu palácio.

O banquete fora um festim digno do Faraó do Egito, seu sogro, permitira mesmo a presença de mulheres para fazerem companhia à real convidada, a começar pela esposa principal, a egípcia Sitamun. As carnes dos bois, dos carneiros, das gazelas e das aves e os doces tinham sido copiosamente regados com vinho de uvas das suas terras, depois com o vinho de mel oferecido pela belíssima Rainha do Vento Sul e todos os comensais se encontravam agora com a melhor das disposições para a conversação e jogos de espírito que mostrariam à soberana estrangeira como o rei e a sua corte mereciam a fama de sábios e requintados.

Só Sitamun bebera pouco, atenta aos jogos de olhares entre o esposo e a Sabeia, pressentindo o perigo de uma nova aliança, talvez mais forte do que a que fora estabelecida quatro anos antes, no início do reinado de Salomão, entre ele e o Faraó, selada pelo seu casamento. Até esse momento, fora a esposa principal e não temera concorrência, embora o marido tivesse herdado as numerosas mulheres e concubinas do pai, o rei David, mas o seu estatuto de filha do Divino Deus do Egito, punha-a acima de qualquer consorte desse imenso harém.

Via como Salomão se inclinava para a convidada, insinuando-se, de olhos brilhantes de desejo, fascinado por aquela mulher de aparência bravia e voluptuosa, mas cujo olhar arguto e perscrutador mostrava um espírito e uma vontade fora do comum. E o marido, apesar de toda a sua sabedoria, tinha uma índole delicada e indolente, capaz de ser influenciada ou dominada por um espírito forte que soubesse utilizar as manhas adequadas. Maqueda tinha tudo isso e também a grande vantagem das fabulosas minas de ouro, assim como do trato do incenso e da mirra, tão necessários ao Templo. Prestou atenção quando Salomão falou para os seus convidados:

— A Rainha do Vento Sul é igual a uma boa nova vinda de terra longínqüa: é como água fresca para a boca sedenta. Todos aplaudiram, incluindo Sitamun que sorriu com gentileza para a hóspede. Maqueda agradeceu e retribuiu o cumprimento:

— A fama da tua sabedoria, Ajazé[32], corre mundo, pois é tão vasta como as areias das praias do mar!

Os convivas aplaudiram mais forte, mas a filha do Faraó já não sorriu.

— Senhora — respondeu o rei com modéstia —, há ouro e abundância de pérolas, mas os lábios ricos de ciência são coisa mais preciosa.

Maqueda riu-se com agrado e saudou o dito do seu anfitrião, pois, além de ser um homem muito belo, parecia merecedor da fama de sábio que atraía a Jerusalém gente de todo o mundo para o conhecer. Os olhos da etíope fitaram-no com curiosidade e expectativa e neles perpassou um brilho de predador que fez estremecer Salomão, excitando-o.

— Disseram-me que gostas de enigmas, Ajazé, e os resolves todos, num ápice. Nunca te enganaste?

Gargalhadas e risos percorreram a mesa, vibrantes de gozo e de vinho.

— Até hoje, Neguesta Azeb, o meu Deus ajudou-me, iluminando-me o espírito — respondeu Salomão, com humildade.

— Também o meu povo ama os enigmas e as adivinhas e, se mo permitires, gostaria de propor-te três anexins. Se os resolveres pagar-te-ei cento e vinte talentos de ouro para o teu Templo, em agradecimento a esse Deus que te inspira.

As madeiras de cedro das paredes da sala do trono ressoaram com a ovação e os gritos dos espectadores daquele jogo de poder entre o Rei de Israel e Judá e a Rainha de Sabá e Abássia. Só Sitamun não aplaudiu.

---

[32] Senhor, Senhoria.

– Fala então, Senhora do Vento Sul, e eu tentarei fazer o meu melhor! – lançou Salomão, esvaziando o copo, já ansioso pelo desafio da formosa mulher.

– Diz-me, pois, Nugue Salomão, se és capaz, quem é que

sem voz encanta quem ouve,
tem um leito mas não dorme
e, tal como o tempo escorre,
também ele sempre corre?

Era demasiado fácil! Ouviu os risos maliciosos de alguns dos seus servidores e pensou se a etíope não estaria troçando dele. Ou aquela adivinha de criança esconderia uma armadilha? Talvez quisesse apenas fazê-lo baixar a guarda para o apanhar desprevenido com os enigmas seguintes. Teria de estar alerta. Arriscou, num tom seguro e confiante:

– É o rio descendo pela montanha.

Maqueda acenou de aprovação, por entre aplausos entusiásticos.

– Vejo que a fama é merecida – a lisonja vinha envolta num riso malicioso. – Agora vou contar-te uma pequena história com um fim pouco comum.

Fez-se silêncio e ela retomou a sua fala:

– Uma manhã em que visitei uma das minhas minas de ouro, o guarda da noite que terminava o seu turno pediu para ser ouvido por mim e disse-me: "Itigué, não vás hoje pelo caminho de costume, pois esta noite sonhei que um desabamento de terra caía sobre a tua montada, causando-te a morte". Fui por outro caminho e soube mais tarde que tinha havido uma derrocada no local por onde costumava passar. Todavia, na manhã seguinte mandei matar o guarda. Poderás encontrar uma razão para a minha ação?

Durante uns segundos ninguém falou, depois um sussurro de murmúrios percorreu a sala:

– Mas o guarda salvou-lhe a vida!

– Que ingratidão! Devia ter-lhe dado alvíssaras, nunca matá-lo!

— Que se pode esperar de uma amazona? Piedade?
— Deixai ouvir o rei! Por certo a há-de censurar!

Quando o burburinho cessou, Salomão disse, com gravidade e sem sorrir:

— Fizeste bem em castigá-lo com a morte. Embora te tenha salvo a vida com o seu sonho, sendo guarda da noite de um tesouro da rainha, nunca deveria ter-se deixado adormecer durante o serviço. Logo não era de confiança, nem capaz de cumprir o seu dever. Mereceu a sua sorte.

O silêncio da sala mostrou o espanto dos assistentes e só foi interrompido pela fala de Maqueda que se inclinou diante dele:

— Imensa e avisada é a tua sabedoria, Ajazé, e eu te saúdo, reverente!

Palmas, gritos e saudações de pé pontuaram a fala da estrangeira e a sua homenagem ao Senhor de Israel.

— Venha o último enigma — disse Salomão, depois de erguer a mão a pedir silêncio.

Muitas vozes bradaram em coro:

— O último! O último!

A Rainha do Vento Sul olhou o belo rosto de Nuguea Nagasta, cujas linhas delicadas e nobres nem o vinho lograra alterar, e o seu coração bateu mais forte. Se ele adivinhasse o verdadeiro enigma que tinha para lhe oferecer, Maqueda teria finalmente encontrado um parceiro digno da sua estirpe. Quando os olhos de ambos se encontraram, as palavras já não faziam falta, porque a língua que falaram não pertencia ao mundo comum dos mortais.

— Ouve então o último enigma, Ajazé, e se o adivinhares proclamarei aos quatro ventos que és o homem mais sábio da Terra.

Os convivas imobilizaram-se em profundo silêncio para ouvir o enigma da Rainha:

— Em toda a terra de Sabea e de Abássia, não existe ancião mais venerável e sábio do que Zagdur Segued, a quem chamam *O Vidente*. De todas as partes do reino e das nações em redor vem gente visitá-lo, para lhe pedir um conselho ou o esclarecimento de um qualquer mistério ou enigma. Mas a sua fama causou-lhe também a inimizade de gente invejosa e, um dia, um antigo discípulo a quem ele repudiara devido ao espírito mesquinho e ardiloso de que dera provas, resolveu fazê-lo perder a fama de que gozava de sempre ter resposta certa para qualquer pergunta.

Fez uma pausa e os peitos dos ouvintes soltaram as respirações reprimidas pela atenção às suas palavras.

– Aradó, que se considerava superior ao Mestre, depois de muito pensar, apanhou uma pombinha no ninho e dirigiu-se à tenda do sábio que, como sempre, se encontrava rodeado por uma imensa multidão a escutá-lo com grande admiração e reverência. Saudou-o com aparente respeito e disse-lhe: "*Mestre, como todos sabemos, nunca respondeste errado a uma pergunta, nem deixaste um enigma por resolver. Assim permite-me que te apresente este que pensei para ti*". Zagdur Segued jamais recusava ouvir fosse quem fosse, nem mesmo aqueles que sabia serem seus inimigos declarados, por isso, deu-lhe licença para falar.

Fez nova pausa e tanto Salomão como os convidados agitaram-se, impacientes e ansiosos por conhecerem o enigma. Maqueda sorriu, ao ver como lhes prendera a atenção, e prosseguiu:

– Aradó mantivera, desde o início da conversa, as mãos atrás das costas escondendo a avezinha dos olhos de todos: "*Mestre, gostaria que me dissesses se a pomba que tenho encerrada nas minhas mãos está viva ou morta*". Pensara muito a fim de criar um enigma para o qual o adivinho não encontrasse saída, acabando por perder a face e o seu plano não tinha falhas. Se ele dissesse que a pomba estava viva, Aradó disfarçadamente torcer-lhe-ia o pescoço; se, pelo contrário, afirmasse que estava morta, ele soltaria a ave, mostrando como estava bem viva. Qualquer que fosse a resposta, erraria sempre. O Mestre compreendeu a armadilha que o moço perverso lhe preparara, mas a sua resposta derrotou--o. Nugue Salomão, como resolveu Zagdur Segued o enigma do seu adversário?

Não se ouvia uma mosca e ninguém se mexeu nos lugares. Então era isso?! A rainha idólatra brincara com eles e propunha ao poderoso rei de Israel, ungido por Deus, um enigma sem solução para, tal como seguramente sucedera ao bruxo negro, lhe fazer perder a face e a reputação.

Maqueda sentiu o ódio substituir-se à admiração no coração dos seus companheiros de festim e buscou os olhos de Salomão, como se esperasse apoio ou conforto, mas o filho de David reclinara-se no assento e mantinha as pálpebras cerradas e o rosto impenetrável. Ninguém ousava abrir a boca e ele manteve o recolhimento durante longos minutos. Por fim, sem abrir os olhos, disse com voz suave, como se estivesse a receber inspiração de uma fonte invisível:

– Se eu fosse o Mestre Zagdur, ter-lhe-ia respondido apenas: *"Meu filho, a resposta está nas tuas mãos!"*.

Maqueda soltou uma exclamação de júbilo e espanto e, num impulso irresistível, ergueu-se de um salto e ajoelhou-se aos pés de Salomão, dizendo, com a voz quebrada pela emoção:

– É verdadeira a fama que ouvi, na minha terra, a teu respeito e a respeito da tua sabedoria. Não quis acreditar no que me diziam, antes de vir aqui e o ter visto com os meus próprios olhos. Mas não me contaram nem metade da verdade. Felizes são estes homens, as tuas mulheres e concubinas e até as escravas e servos porque podem estar sempre junto de ti e ouvir as tuas palavras.

Salomão, com a alma a fervilhar de paixão e desejo, ergueu do chão a formosa Rainha do Vento Sul, sob a mais estrondosa ovação alguma vez ouvida na preciosa sala do trono da Casa da Floresta do Líbano. Aproveitando o entusiasmo dos assistentes, Sitamun retirou-se furtivamente com o coração pesado de derrota e humilhação.

Quando soube que Maqueda ia ser hospedada no palácio, a esposa egípcia retirou-se para a fortaleza de Sião, a Cidade de David, onde tinha vivido até a Casa da Floresta do Líbano estar construída. Salomão dera ordem aos construtores para fazerem à filha do Faraó uma casa semelhante ao pórtico, na área da sua residência. Mandara-a vir da fortaleza de David, dizendo: "A minha mulher não deve habitar na casa de meu pai, mas na sua casa". O casamento tivera lugar apenas quatro anos antes e ela amara-o, como nunca julgara ser possível vir a amar um marido desconhecido, imposto pelo Faraó, mas agora esse tempo parecia ter o peso e o vazio da eternidade.

Não queria ser testemunha silenciosa e humilhada dos amores do esposo com a rainha abexim, que faziam as delícias das alcoviteiras de Jerusalém. O casal havia-se tornado inseparável, quer discutindo religião como dois eruditos do Templo, quer montando e caçando juntos ou exercitando-se um com o outro no jogo das armas e do combate como dois guerreiros da mesma hoste. Corriam mesmo rumores de que ela era a mais forte e que Salomão se submetia aos seus caprichos, tanto na luta como... no leito. E faziam-se apostas sobre se a Rainha das Amazonas teria a mama direita cortada ou seca.

Mas a Rainha do Vento Sul tinha o corpo perfeito de uma deusa pagã e mesmo quando a instruía sobre Jahweh, o Deus único e verdadeiro, que ela queria conhecer para abraçar a Sua Lei, Salomão desejava-a com tal intensidade que da alma não lhe brotavam salmos ou palavras de oração, erguidos ao céu, mas cânticos de amor, apaixonados e voluptuosos, em seu louvor.

O amor de Maqueda era diferente de tudo o que conhecera: ardente como o fogo que funde o ouro mais puro, violento e cruel como o do violador de donzelas cativas que se recreia na dor e humilhação das vítimas, livre e solto como o vento do seu nome e o rei dos Hebreus via-se incapaz de resistir àquele jugo que punha em risco a sua dignidade e prestígio.

Nas mãos de Neguesta Azeb, tornava-se lânguido e mórbido como qualquer das suas concubinas e ela parecia ter prazer em humilhá-lo ou causar-lhe dor, pois os seus jogos amorosos jamais dispensavam o azorrague, os punhais ou até as aceradas garras de leão que compunham o colar-insígnia da Rainha das Amazonas e não raras vezes o sangue escorria dos golpes mais profundos, porém Maqueda pousava os lábios macios e quentes sobre os golpes e lambia-lhe o sangue, saboreando-o como ao mais precioso dos vinhos. E Salomão sentia-a dentro da sua própria pele como um veneno queimando-lhe as veias e pedia-lhe sempre mais.

Até no palácio e no Templo se via a influência da etíope sobre o rei que mandara construir um trono de marfim, revestido de ouro puro, com degraus e um escabelo também de ouro fixado no trono. Dos dois lados do assento havia encostos flanqueados por leões e outros doze leões estavam colocados sobre os seis degraus, à direita e à esquerda. Todas as taças do palácio do Bosque do Líbano eram feitas do ouro fino que Maqueda lhe dera como prêmio por ter desvendado os três enigmas. No Templo, o motivo predominante na decoração era a palma e, em Jerusalém, ninguém desconhecia que os leões e as palmeiras eram os símbolos de Neguesta Azeb, por isso, a gente mais piedosa e seguidora da Lei de Moisés só calou os seus protestos e murmurações quando a Sabeia jurou repudiar os seus deuses e crer em Jahweh como Deus único e verdadeiro. Foi um juramento solene e sagrado feito no Templo, com uma oferta de grandes quantidades de ouro, pedras preciosas e perfumes, diante de Sadoc, o sacerdote que ungira Salomão como rei de Israel, quatro anos antes.

O filho de David queria deslumbrar a poderosa Rainha de Sabá com o fausto e o luxo oriental do seu reino, das cidades que conquistara e reconstruíra para nelas albergar a intendência, os armazéns, os cavalos e carros de combate. Os sobreviventes das populações de amorreus, heteus, ferezeus, heveus e jebuzeus que os filhos de Israel exterminaram ou expulsaram das suas casas e terras tinham sido reduzidos à escravatura por Salomão, levados para Jerusalém ou outros lugares e condenados a trabalhos forçados nas obras de construção do seu vasto território, vigiados por quinhentos e cinqüenta inspetores.

— Como podes ver, todos os nossos escravos são estrangeiros, inimigos vencidos pelos exércitos de Israel.

— Ajazé — perguntou-lhe Maqueda —, até onde se estendem os teus domínios?

Encontravam-se em Gazer, a cidade que o sogro, o Faraó do Egito, conquistara e queimara, depois de massacrar todos os habitantes cananeus, oferecendo-a em seguida como dote a Sitamun, pelo seu casamento. E ele reconstruíra Gazer e pusera de pé na imensidão do deserto cidades como Bet-Horon, Balaat e Tadmor.

— A população de Judá e de Israel é tão numerosa como a areia da praia do mar, mas cada qual vive em paz debaixo da sua vinha e da sua figueira, de Dan até Bersabéia. Sob o meu domínio estão todos os reinos desde o rio Eufrates até à terra dos filisteus e à fronteira do Egito e todos os reis desde Tafsa até Gaza me pagam tributo.

Leu nos olhos da mulher admiração e algo mais que o perturbou.

— Quantos guerreiros tem o teu exército, Nuguea Nagasta, para assim poderes subjugar tantos povos?

Dava-lhe o honroso título de *Rei dos Reis*, apenas concedido pelos abexins a grandes imperadores e Salomão corou de prazer e desejou-a mais do que nunca:

— Determinei que ninguém do meu povo servisse como escravo, mas apenas como guerreiro dos meus exércitos, servidor da minha casa, comandante e oficial dos meus carros e da cavalaria. Por isso terei sempre tantos guerreiros quantos quiser ou precisar.

Maqueda já não tinha qualquer dúvida de que a sabedoria, o poder e o prestígio do soberano dos hebreus o tornavam bem merecedor do título de Nuguea Nagasta, que primeiro lhe dera apenas com intuito de lhe lisonjear a vaidade. Durante as suas conversas, em público ou em privado, fizera-lhe as perguntas mais difíceis e obscuras e ele a tudo respondera e de todos os mistérios lhe dera explicação. Não era por acaso que vinham gentes de todos os reinos em redor e também de terras longínquas, carregadas de presentes, objetos de prata e ouro, vestes, armas, aromas, cavalos e burros, para contemplar a face de Salomão e ouvir as suas palavras.

Administrava com um poder absoluto o enorme território, dividido em doze distritos, subordinados a outros tantos intendentes cobradores de impostos que recolhiam um verdadeiro tesouro de ouro, prata e cereais para encher as arcas da sala do tesouro e dos seus armazéns. Os estábulos eram uma construção magnífica, em pedra e madeira, com quatro mil manjedouras para os cavalos dos carros de combate e transporte e doze mil de sela, comprados ao Faraó do Egito, além de incontáveis cavalos de carga e de montaria.

A Rainha via com assombro as obras magníficas que estavam sendo feitas, as instalações dos servos, as habitações e uniformes dos oficiais, os copeiros e a baixela de ouro do palácio real, os espantosos holocaustos que fazia no templo, em honra do seu Deus e os magníficos banquetes. Diariamente o intendente do mês provia as cozinhas do palácio, de noventa sacas de farinha, dez bois gordos e vinte de pasto, cem cordeiros e inúmeros veados, gazelas e aves gordas, para os manjares da mesa real.

As suas caravanas de mercadores iam a longes terras comprar e vender os mais variados produtos e o Filho de David fizera construir uma frota em Asiongaber, perto de Ailat, na praia do Mar Vermelho, para chegar a outros lugares que as cáfilas não logravam alcançar. Hiram, rei de Tiro e seu aliado enviou nesta frota, com os homens de Salomão os seus próprios servos, marinheiros práticos em navegação, para lhe trazerem da fabulosa Ofir ouro, pedraria e madeiras preciosas.

O mês de Março chegava ao fim, o seu coração estava cheio de amor e admiração pelo Senhor de Israel, por isso, a voluntariosa Rainha do Vento Sul decidiu que era tempo de emprenhar.

Salomão fizera alojar Maqueda na ala do palácio construída para Sitamun, aproveitando a fuga ressentida e ciumenta da esposa para a cidadela de David. Rejubilava por ter perto de si aquela mulher tão exótica, de espírito finíssimo e índole indomável, cuja misteriosa essência parecia sujeita a infindas mutações, ora conferindo-lhe a natureza terna de uma tímida corça, ora o temperamento feroz e traiçoeiro de um leopardo, como se nela coabitassem mil mulheres diferentes cuja revelação inesperada o deixava desconcertado e indefeso, sem resposta para as emoções contraditórias que o vexavam e exaltavam, sem domínio nas sensações desregradas que o enchiam de gozo e remorso, mas o levavam irremediavelmente a apetecê-la cada vez mais desesperadamente, como um ébrio anseia pelo vinho que ao mesmo tempo o enlouquece e apazigua.

Jahweh era um Deus terrível, tão cioso do amor humano que não admitia partilhá-lo nem com outras divindades, nem sequer com outros humanos, negando-lhes o prazer da carne e a volúpia dos sentidos. Era um Deus rígido, para quem tudo era pecado e abominação, vingativo e impiedoso contra quem não se sujeitava às suas leis e regras implacáveis, acabando por sufocar o amor e a alegria de viver nos corações dos filhos de Israel, por isso, no mais secreto da sua alma, Salomão preferia os deuses das esposas e concubinas estrangeiras, como Astarté, deusa dos sidônios, Camos e Melcom as divindades dos moabitas e dos amonitas e Baal, o mais lascivo de todos os deuses, cujos ritos pagãos despertavam a sensualidade e apelavam ao prazer da vida, sem o sabor amargo do pecado e remorso.

O Senhor de Israel e de Judá fervia de impaciência, sentado no trono de ouro e marfim, prestando um ouvido distraído às queixas dos súbditos, enquanto os dedos acariciavam as jubas douradas dos leões ornamentais, com o vagar deleitoso com que desejava afagar a revolta cabeleira da Rainha das Amazonas. Dias antes, enviara-lhe, dentro de um pequeno cofre de ouro e pedras preciosas, um poema de adoração e desejo composto em sua honra, o cântico dos cânticos para a celebração do seu recebimento e Maqueda pedira para ele a visitar nessa noite a fim de lhe ofertar um presente tão requintado como o seu.

Os aposentos de Sitamun pareceram-lhe diferentes, fosse pelo jogo de biombos de panos leves e transparentes que formavam uma espécie de labirinto escondendo e revelando vultos e sombras fugidias, na contra-luz das muitas candeias suspensas das mãos de mulheres negras tão imóveis como estátuas. Porém, quando entrou no labirinto, seguindo a escrava nua de corpo de ébano, que lhe indicava o caminho com gestos graciosos e cheios de malícia, Salomão ouviu atrás de si um coro de vozes sussurradas e quentes como um sopro ou um suspiro de amor:

   – *Que tem o teu amado*
   mais que os outros,
   ó mais formosa
   de todas as mulheres?

E outras vozes respondiam na sua frente:

   – *O meu amado é forte e belo*
   e distingue-se entre milhares.
   A sua cabeça é de ouro puro
   as madeixas macias
   são negras como o corvo.
   Os olhos são como pombas
   que se banharam em leite
   e descansam junto à água.
   A sua boca é só doçura,

> *todo ele é um encanto.*
> *Assim é o meu amado,*
> *tal é o meu amigo,*
> *filhas de Jerusalém.*

Salomão caminhava por entre fogachos de luz roxa, dourada e laranja que o encadeavam, sentia no corpo mãos suaves a acariciá-lo de passagem e os versos do seu próprio cântico ressoavam-lhe aos ouvidos como os dos anjos do Senhor, nos sonhos mais proféticos. Sentiu um arrepio percorrer-lhe o corpo e uma contração no ventre que o fez respirar mais fundo, quase sufocando. De súbito saiu do labirinto para a luz e soltou uma exclamação de surpresa, enquanto as vozes recomeçaram o canto:

> *– Sou morena, mas formosa,*
> *filhas de Jerusalém,*
> *não repareis na minha tez escura,*
> *pois foi o sol que me queimou.*

Estava à beira do tanque que fizera construir para a esposa egípcia não ter de renunciar aos luxuosos usos do palácio do Faraó e os banhos de água perfumada no natatório de pedra eram os mais caros ao seu coração. Porém Maqueda mandara despejar a água e enchera-o com o leite espesso de mil jumentos. Inúmeras candeias iluminavam o quadrado branco, com reflexos de prata que o esplêndido corpo negro de Neguesta Azeb rasgava num doce marulhar, deslizando com a graça e a beleza da própria Astarté, a deusa da Lua e da Fecundidade. E Salomão com os dedos tremendo arrancou as vestes que lhe tombaram aos pés e entrou no tanque, murmurando os versos que escrevera:

> *"– Tens o porte esbelto da palmeira,*
> *os teus seios são os seus cachos.*
> *Eu disse: 'Subirei à palmeira*
> *e colherei os seus frutos.'*

> *Os teus seios serão para mim
> como cachos de uvas
> e o perfume da tua boca
> como o odor das maçãs."*

O líquido leitoso cobria-lhe o corpo como uma carícia de dedos sedosos e diante dos seus olhos deslumbrados o corpo de Maqueda abria-se como a noz castanha da palmeira, oferecendo-lhe a polpa deleitosa do fruto inviolado, o leite espesso e fresco para mitigar a sua sede.

Como se lhe adivinhassem os pensamentos e os desejos mais secretos, no momento em que as mãos de Salomão tocaram os pés da rainha, as vozes das mulheres entoaram:

> *– Que belos são os teus pés
> sem as tuas sandálias,
> ó filha de príncipe!*

A sabeia flutuou na superfície branca, estirando as pernas num largo ângulo por onde Salomão deslizou, até a segurar pela cintura, apertando-se contra o seu corpo e as vozes cantaram:

> *– As curvas dos teus quadris
> são como jóias,
> obras de um artista.
> O teu umbigo é uma taça redonda
> cheia de vinho perfumado...*

E o filho de David inclinou a cabeça submissa e sorveu as gotas de leite do precioso recipiente, depois os seus lábios seguiram sedentos atrás dos fios leitosos que faziam esteios como escaras brancas na pele de ébano, até ao vértice negro e sedoso do corpo, enquanto as mãos febris lhe acariciavam os seios que pareciam inchar e endurecer sob os dedos ansiosos. As vozes afastavam-se, cantando baixinho, até se perderem na distância:

*– O teu ventre é um monte de trigo
cercado de lírios;
os teus seios são como dois filhinhos
gêmeos de uma gazela;
o teu pescoço como uma torre de marfim
e os teus olhos...*

Nove meses mais tarde, Maqueda deu à luz um filho varão e pela primeira vez um homem herdou o trono dos reinos de Sabá e Abássia, pois Neguesta Azeb, a indômita Rainha das Amazonas, quis criar a sua progenitura da estirpe de Salomão[33].

---

[33] Segundo rezam as lendas, este filho de Salomão, Menilehec, denominado David quando subiu ao trono da Etiópia, foi o antepassado do Preste João.

Os Langores de Holofernes

Holofernes, chefe supremo do exército assírio, estava irritadíssimo perante a desfaçatez daquele povo de pastores que ousava fazer-lhe frente, entrincheirando-se nas montanhas de Betúlia e vedando-lhe a passagem para a conquista de Jerusalém e do famoso templo de Salomão, revestido a ouro.

Naquela manhã[35], o general de Nabucodonosor dera ordem ao exército para marchar sobre Betúlia e os defensores da cidade, entrincheirados nas encostas da montanha, viram horrorizados as tropas assírias cobrirem a planície como uma praga de gafanhotos. Havia cento e vinte mil soldados de infantaria, vinte e dois mil cavaleiros, além das tropas auxiliares compostas por inúmeros guerreiros e moços, dos muitos povos conquistados, que os assírios tinham feito prisioneiros e escolhido entre os mais robustos e aptos para o combate, alistando-os à força nas suas fileiras.

Os israelitas prepararam a defesa, tomando as armas e mantendo guarda dia e noite nas passagens da montanha e nas muralhas da cidade, rechaçando os inimigos que não logravam passar as trincheiras, nem desalojá-los dos desfiladeiros. Pedras para as fundas eram todas as munições de que os sitiados necessitavam para fazer face aos assaltantes e, após cada investida, os assírios regressavam ao acampamento batidos e humilhados, indo prestar contas do fracasso a um Holofernes cada vez mais furioso e desejoso de vingança.

---

[35] Cerca do ano 600 Antes de Cristo.

Então os amonitas e os moabitas, seus aliados, vieram em socorro do general:

– Meu senhor – disse Recem, escolhendo bem as palavras, pois todos conheciam o caráter irascível de Holofernes –, as verdadeiras defesas dos israelitas não são as setas e as lanças, mas estas colinas e montanhas escarpadas. Pelas armas não os poderás conquistar!

– Porém, poderás vencê-los de outro modo, sem combate e sem perda de mais homens – acrescentou Azmavet no mesmo tom e perscrutando o rosto do general para ver a sua reação.

– Como? Tendes algum plano? – Holofernes debruçava-se para eles, de olhos brilhantes de expectativa. – Em nome de Nabucodonosor, o meu deus e senhor, juro que saberei recompensar-vos!

– Basta que lhes cortes a água da nascente do sul – aconselhou Recem. – Se lhes destruíres o aqueduto, a água não entrará na cidade.

Azmavet concluiu:

– Põe guardas também nas fontes que estão cerca dos muros de Betúlia, pois os israelitas costumam ir aí buscar água às escondidas. Sem nada para beber, em breve ficarão desesperados e terão de te entregar a cidade se não quiserem morrer.

Os oficiais de Holofernes concordaram que era uma boa estratégia e o general mandou postar uma guarda de cem homens em cada fonte ou nascente, com ordens para matar quem delas se acercasse.

Vinte dias mais tarde, todas as fontes, poços e cisternas de Betúlia estavam secos e a população inteira de homens, mulheres e crianças, sem uma gota de água para levar aos lábios, acorreu à praça principal para pedir contas a Ozias, o governador da cidade, pela terrível situação em que se encontravam.

– Que pensas fazer agora?

– Tu foste o causador da nossa desgraça quando te recusaste a entregar a cidade aos assírios!

– Deus será o teu juiz, por não teres tratado da paz com Holofernes. Condenaste-nos a uma morte horrível!
– Não há ninguém para nos socorrer.

Ozias tinha o rosto banhado de lágrimas, todavia, como era um homem de muita fé, suplicava:
– Coragem, meus irmãos, Deus não nos há-de abandonar!

Mas ninguém queria esperar mais e a população bradava:
– Reúne toda a gente da cidade. Vamos entregar-nos aos assírios!
– Antes viver como cativo do que morrer à sede!
– Melhor fora deixar o exército inimigo entrar em Betúlia para o fio da sua espada abreviar a nossa morte!
– Sim, tudo é preferível a esta lenta agonia!
– Jahweh, tem piedade de nós!

Ozias ia de grupo em grupo, repetindo:
– Coragem, irmãos! Esperemos durante cinco dias pelo socorro de Deus. Se até então não chegar nenhum auxílio, entregaremos a cidade a Holofernes.

Embora persuadidos pela fé do sacerdote, todos os presentes prosseguiram com as lamentações durante algumas horas, até que, fatigados de tanto chorar e gritar, se retiraram em silêncio para suas casas.

Este acontecimento e a terrível promessa de Ozias chegaram aos ouvidos de Judite, a mulher de Manassés, um rico lavrador de Betúlia que morrera de insolação, cerca de quatro anos antes, durante as ceifas, quando vigiava o trabalho dos segadores no campo. A viúva era singularmente bela e herdara do marido grandes riquezas, numerosos criados e herdades cheias de rebanhos de bois e de ovelhas, dotes que lhe haviam atraído numerosos pretendentes, alguns mesmo invejáveis para qualquer mulher, mas a todos recusara com firmeza para viver sozinha, devotada a Deus e à dor da sua viuvez.

No andar superior da casa, Judite fizera uma câmara com um oratório, na qual se recolhia diariamente para rezar e se martirizar. Não largava o cilício que lhe cingia os rins até ao sangue e jejuava sempre, exceto aos sábados, nas luas novas e festas do povo a que assistia envolta em negros trajes de viúva, com o belíssimo rosto pálido e macerado dos jejuns e do sofrimento. Todos a admiravam pelo seu muito temor a Deus e devoção à memória do marido e nenhuma boca se abria para falar mal dela ou faltar-lhe ao respeito.

Ao ouvir dizer que Ozias prometera render-se, Judite mandou pedir a Cabri e Carmi, dois dos anciãos mais influentes da terra, para virem visitá-la a sua casa. Mal os viu entrar, saudou-os e perguntou-lhes, enquanto se sentavam:

– Como é possível que Ozias tenha consentido em entregar a cidade aos assírios, dentro de cinco dias? Essa não é a melhor maneira de obter a misericórdia do Senhor, mas antes de provocar a Sua cólera!

Os anciãos baixaram a cabeça, envergonhados, diante de tanta indignação, e justificaram com tristeza:

– Já não há uma gota de água na cidade. Não poderemos resistir ao cerco...

A mulher atalhou com dureza e veemência:

– Os nossos pais atraiçoaram Jahweh, ao adorarem de novo os deuses estrangeiros, mas nós não somos como eles! Não cremos nem adoramos a outro Deus e Ele vingará o nosso sangue da opressão de Holofernes.

– A sabedoria fala pela tua boca, mulher! – disse Carmi, emocionado pela voz vibrante da viúva, pelo brilho de fogo dos belos olhos. – Tens razão, não devemos ceder!

Cabri, no entanto, ainda argumentou:

– Mas o povo está desesperado e ameaça atacar as portas da cidade, para se entregar a Holofernes, mesmo sabendo que os espera uma morte certa. Dizem preferir morrer rapidamente às mãos dos assírios do que lentamente nas agruras da sede.

Judite segurou entre as suas as mãos dos velhos que estremeceram, empolgados pelo ardor combativo e a fé que lhe transpareciam na fala:

— Mas, meus irmãos, vós sois os anciãos da cidade, a vida do nosso povo depende de vós! Animai os corações das nossas gentes com palavras de coragem e conforto, dizei-lhes como esta provação é um castigo assaz leve, face aos nossos pecados.
— Tudo o que falaste é verdade – respondeu Carmi – e di-lo-ei a Ozias e ao povo, pois tu és um exemplo para todos.
— Falas como uma mulher santa! – disse, por sua vez, Cabri quase convencido pelas palavras da viúva. – Roga a Deus por nós.
O coração de Judite encheu-se de alegria e de orgulho pelas palavras de apreço dos anciãos. Fazia tantos e tão grandes sacrifícios para atingir aquele estado de graça e perfeição que, quando os outros o reconheciam, se sentia cheia de gratidão e compensada de todas as privações e sofrimentos a que obrigava o espírito e o corpo.
— Se reconheceis a inspiração de Deus nas minhas palavras, também a vereis na missão que vou tomar nas minhas fracas mãos.
— Que vais fazer? – indagaram em simultâneo os dois anciãos.
— Não me pergunteis o que penso fazer, pois é melhor não o saberdes. Orai apenas a Deus para Ele me ajudar a levar a cabo essa tarefa e esperai até eu voltar para vos contar como tudo se passou.
— Mas não podemos fazer nada para te ajudar? – ofereceu-se Carmi, preocupado e intrigado pelo tom misterioso da sua voz.
— Sim – aceitou Judite, sorrindo-lhes –, há uma coisa que podeis fazer por mim. Ficai esta noite de guarda à porta da cidade, para eu poder sair com a minha criada, sem ser interrogada ou impedida de passar.
Os dois velhos entreolharam-se com assombro, mas preferiram calar as perguntas que ansiavam por fazer, perante a determinação daquela mulher, cuja força de ânimo os dominava e os impelia a obedecer-lhe.

– Seja, então – resignou-se Carmi. – Estaremos nas muralhas esta noite, para te dar o salvo-conduto.
– Fica na paz de Deus! – concluiu Cabri e retiraram-se para ir dar parte a Ozias da estranha conversa com a viúva de Manassés.
Quando os dois velhos partiram, Judite subiu sozinha ao quarto de oração, lançou cinzas sobre a cabeça, derramou óleos perfumados no altar e queimou incenso e mirra em honra do Deus de Israel. Ajoelhou-se, cingiu o cilício e começou a flagelar-se, enquanto murmurava a sua oração, um eterno diálogo com aquela divindade implacável e silenciosa:
– Jahweh, Tu que armaste com espada o meu antepassado Simeão, para ele vingar a desonra da irmã Dina, violada em Salém, arma igualmente a minha alma e o meu corpo para a vingança contra o invasor estrangeiro.
Embalada pelo som da sua própria voz, aumentava o ritmo das chicotadas e a dor que lhe mordia as carnes causava-lhe um estranho prazer, acelerava-lhe o bater do coração e do sangue nas veias, aquecendo-lhe o corpo como uma chama de purificação. Gemeu de dor e gozo, com os sentidos num turbilhão de sensações contraditórias que a assustavam e inebriavam. O odor e os fumos das ervas queimadas faziam-lhe latejar as fontes e gotas de suor brilhantes como aljôfar rolavam-lhe docemente pelo rosto. A sua voz tornou-se mais rouca e a respiração mais ofegante à medida que prosseguia a sua invocação:
– Senhor, entregaste aos meus antepassados, os homens da tribo de Jacob, o povo inteiro de Salém, para a sua vingança. E todos os estrangeiros foram assassinados nas camas, as mulheres violadas como Dina o tinha sido e as filhas feitas cativas para servirem de concubinas ou de escravas a quem quisesse descobrir a sua humilhada nudez. Vem agora, peço-Te, socorrer esta viúva!
O pedido terminou num grito que fez estremecer as criadas no andar inferior, mas ninguém subiu ao quarto da ama,

pois tal lhes fora desde há muito proibido. Conheciam bem demais aquelas mortificações a que a senhora se entregava para sufocar os desejos da carne e as saudades do marido morto e achavam um desperdício que uma mulher tão bela e na força da vida se mantivesse, assim, numa clausura voluntária, a martirizar o corpo.

De joelhos, Judite oscilava para a frente e para trás, obedecendo ao ritmo das pancadas que lhe rasgavam a roupa e lhe marcavam vergões arroxeados no corpo. O rosto era uma máscara simultaneamente de sofrimento e de êxtase, os olhos cerrados para não ver mais do que as violações e o sofrimento das mulheres e das virgens sacrificadas à vingança da sua família, sentidos na pele como seus a cada vergastada de dor, cerrando os dentes ou mordendo os lábios para não deixar escapar os gritos, os gemidos e os suspiros quando sentia na carne a violência e o furor dos homens que as profanavam.

– Levanta o Teu braço, Jahweh, para abater o orgulho de Holofernes. Ele prometeu violar o Teu santuário e profanar o altar dos nossos sacrifícios... Permite, Senhor, que a força desse homem seja cortada com a sua própria espada.

Judite apertava o corpo com os braços, dobrada sobre si própria, com se quisesse impedir a sua carne de eclodir em chamas, enquanto rogava numa voz estrangulada:

– Faz, ó Jahweh, com que ele fique preso no laço dos meus olhos quando me olhar, na doçura dos meus lábios quando ouvir as minhas palavras ou me beijar... Dá firmeza ao meu coração para o desprezar e coragem para o destruir...

Rolou pelo chão, com um grito abafado e lento como um gemido, quase ausente de seus sentidos. Só cerca de uma hora mais tarde, pôde chamar as criadas a fim de se preparar para a arriscada missão que resolvera empreender para salvar a cidade e o povo.

Desceu ao andar inferior e dirigiu-se ao quarto de dormir onde, segundo as suas ordens, as servas lhe haviam preparado os trajes e as jóias que indicara, tirou o cilício, despiu as vestes de viúva e, como não havia água para o banho, Bara, a sua fiel criada e confidente, com as lágrimas a correrem-lhe pelo rosto, tomou os frascos e potes de bálsamos, óleos e perfumes, fechados na arca desde a morte de Manassés e, mergulhando uma esponja macia num óleo precioso, passou-lha com cuidado por todo o corpo, limpando-o das cinzas e do suor da penitência, massageando-lhe em seguida com dedos suaves e sabedores os vergões marcados pelo látego na pele aveludada, acalmando-lhe o ardor e restituindo-lhe, pouco a pouco, a formosura.

Judite vestiu os trajes mais ricos, calçou as sandálias mais delicadas do seu guarda-roupa e a serva escovou-lhe a longa cabeleira libertando-a da poeira das cinzas e, ungindo-a com um bálsamo precioso, alisou e penteou os cabelos cor de hena até lhes arrancar o brilho da seda, prendendo-lhos, por fim, no alto da cabeça com um diadema. Judite enfeitou-se ainda com os brincos, colares, braceletes e anéis de maior preço de entre todas as suas jóias, por fim, Bara ergucu o espelho de cobre à altura do rosto e a ama pôde ver refletida a sua beleza mais nos olhos da criada do que na superfície polida e avermelhada do espelho.

– Como estás bela, senhora! – murmurou a serva, encantada. – Que crime cometes ao ocultar essa formosura!

Judite sorriu tristemente, cheia de modéstia:

– Jahweh deu hoje maior realce à minha beleza, pois sabe como ela é necessária para salvar o meu povo! Mas, chega de conversa. Prepara uma cesta com um odre do nosso melhor vinho, uma garrafa de óleo, um saco de grão torrado, outro de figos secos, pão e queijo. Dá-te pressa, que quero estar nas portas da cidade ao anoitecer!

Quando Bara chegou com a cesta, Judite lançou um manto pela cabeça e ombros e partiu com a criada para as muralhas da cidade, em cuja porta encontrou à espera Ozias com Cabri e Carmi. Ao verem-na, todos os que se encontravam ali por perto interromperam as conversas e soltaram um murmúrio de admiração pela sua beleza, apesar do manto lhe deixar apenas o rosto a descoberto.

Ozias olhava-a pasmado, sem se lembrar sequer de lhe perguntar o que ia fazer nas montanhas, fora dos muros da cidade, onde não tardaria a cair nas mãos de Holofernes.

– Deus te dê a Sua graça e fortaleça o teu coração! – limitou-se a desejar.

– Que o teu nome seja contado entre os santos e os justos – disse Cabri.

– Assim seja! Assim seja! – responderam todos os presentes.

Não sabiam por que razão aquela mulher de deslumbrante formosura se ia lançar nas garras dos assírios, mas desejavam-lhe de todo o coração sucesso na aventura. E Judite, orando a Jahweh, transpôs com passo seguro as portas da muralha, seguida por Bara que, embora morrendo de medo, jamais deixaria a sua senhora enfrentar sozinha qualquer ameaça ou perigo.

Durante algumas horas, desceram com dificuldade pelos estreitos caminhos da montanha e, ao raiar da manhã, foram descobertas e mandadas parar por uma patrulha do exército assírio. Vendo nela uma mulher de qualidade e de posses, o capitão fê-la conduzir à tenda de Holofernes, não sem antes lhe dizer com ironia:

– Salvaste a vida, porque resolveste vir à presença do meu senhor Holofernes. Podes estar tranquila, que serás bem tratada pelos meus homens. E, quando o general te vir, porá o coração a teus pés, pois nenhum homem, no nosso exército, é mais sensível aos encantos de uma mulher bonita do que o nosso comandante-chefe!

À passagem das duas mulheres, os soldados admiravam Judite e diziam-lhe chistes:

– Serão todas as mulheres do teu povo assim formosas ou és única?

– Não quero outro despojo de guerra, senão uma cativa à minha escolha!

– Se não houvesse outras razões para atacar Betúlia, essa bastaria!

Riam com um riso desconsolado, ensombrado de inveja ou ciúme contra os chefes a quem sempre cabia o melhor quinhão dos despojos de guerra.

Judite não teve dificuldade em reconhecer o general de Nabucodonosor no homem poderoso sentado sob um dossel de púrpura bordado a ouro e cravejado de pedras preciosas, assim, fez-lhe uma profunda reverência, prostrando-se por terra diante dele, mantendo todavia a cabeça erguida com altivez. Holofernes ordenou aos servos que a erguessem do chão e Judite, ao pôr-se de pé, deixou o manto deslizar-lhe suavemente pelo corpo e cair a seus pés. Todos os homens a fitaram deslumbrados por tão singular perfeição, esquecidos de que tinham uma inimiga na frente, sobretudo o general que, mal viu a hebreia, ficou preso dos seus encantos. Todavia, sempre cauteloso e desconfiado, perguntou-lhe:

– Quem és tu? De onde vens e para onde vais?

– Sou Judite, filha de Merari de Betúlia e fugi da cidade, pois os hebreus vão ser chacinados pelo teu exército, por terem desprezado a tua ordem e recusado render-se enquanto era tempo.

– E por que crês que te pouparemos a vida? – o tom era sarcástico e os oficiais riram-se e agitaram-se na esperança de algum divertimento.

Judite manteve a presença de espírito ao responder:

– Eu disse para comigo: irei apresentar-me ao príncipe Holofernes para lhe revelar o segredo dos hebreus e mostrar--lhe um caminho que o fará entrar na cidade sem perder um único homem.

Com um gesto da mão, Holofernes silenciou os murmúrios de surpresa dos seus oficiais e assegurou-lhe:

– És uma mulher de muita coragem! Não tens nada a temer da minha parte, pois nunca fiz mal aos que se sujeitaram de bom grado a Nabucodonosor.

A voz de Judite era calma, aparentemente sem censura, quando contrapôs:
— Mas cercaste a nossa cidade e estás matando à sede um povo pacífico...
— Ataquei os hebreus porque desprezaram a minha proposta de aliança! – ripostou o general com irritação, para logo se dominar e perguntar, mais brando: – Mas tu, por que os abandonaste e vieste para junto de nós?
— Ouve, então, esta tua serva, meu senhor. Deus abandonou o meu povo e guiou os meus passos até junto de ti, para eu te dizer que tu serás o Seu instrumento para castigar os filhos de Israel.

Holofernes sentia-se cada vez mais fascinado pela beleza e fervor da estranha profetiza, com o brilho dos seus olhos ou o movimento dos seios causado pela respiração precipitada da sua veemência:
— Como posso ser o instrumento do vosso Deus?
— Tu és o flagelo que Jahweh envia aos hebreus como punição dos pecados – disse Judite com gravidade. – Todos sabem que vão morrer às mãos do teu exército, pois o poder de Holofernes não tem limites e os seus guerreiros não sentem piedade dos vencidos.

O general de Nabucodonosor sorriu agradado pelos elogios, já profundamente enredado no encanto da formosa mulher, e repetiu a pergunta com suavidade:
— Por que vieste procurar-me?
— Porque, em Betúlia, os hebreus estão a morrer de fome e de sede, começaram já a matar os animais para lhes beber o sangue. Por isso, eu fugi de lá para te dizer quando deves atacar a cidade.
— Tu? – perguntou Recem, o chefe dos moabitas, incrédulo. – Como podes sabê-lo?

Judite avançou alguns passos em direcção a Holofernes e prostrou-se de novo, submissa, com a formosa cabeça quase deitada nos pés do general, a sua voz era mais de mulher apaixonada do que de suplicante e o assírio, sentindo nas narinas o odor da pele perfumada de bálsamos e unguentos como a de uma cortesã, desejou ardentemente tomá-la nos braços, ali mesmo, diante dos oficiais e chefes das tropas e possui-la sob os olhos do mundo do mesmo modo que conquistara e violara as nações em redor. Mas ela falava-lhe de novo, com urgência e paixão, como se mais ninguém existisse sobre a terra para a ouvir, enredando-o no calor da voz, no fogo negro dos olhos de onde ele já não lograva apartar os seus:

— Eu vi-te no meu sonho, meu senhor! Levava-te pelo meio de Jerusalém e tu tinhas diante de ti todo o povo de Israel, como um rebanho de ovelhas sem pastor, à espera que os guiasses e nem mesmo os cães ladravam contra ti.

Holofernes, maravilhado com a profecia, bradou para os generais:

— Ouvistes as suas palavras? Haverá na terra outra mulher como esta? Quem lhe poderá levar a palma em valor, beleza ou sabedoria? — e de novo para a hebreia: — Vem sentar-te junto de mim, Judite de Betúlia, e conta-me o teu sonho com toda a minúcia.

Fê-la sentar a seu lado, subjugado não só pela graça e requinte da israelita, mas sobretudo pelo espírito que adivinhava indômito e altivo como o de uma princesa assíria.

— Se o teu Deus cumprir com o que me prometes, adorá-lo-ei também como meu Deus e Nabucodonosor receber-te-á na sua casa como uma princesa e o teu nome será celebrado em toda a terra.

Algumas horas mais tarde, fê-la conduzir e alojar na luxuosa tenda onde guardava os tesouros pilhados durante os saques das cidades conquistadas, ordenando aos seus camareiros que a servissem e lhe dessem do comer de sua mesa. Judite recusou delicadamente:

— Meu senhor, a minha religião não me permite comer agora do que me mandaste servir, pois isso seria razão de grande escândalo, mas, se mo consentires, comerei da comida que trouxe comigo.

Holofernes olhou o cesto de provisões nas mãos de Bara, agachada a um canto da tenda, manifestando a sua surpresa e alguma preocupação:

– E que vai ser de ti, quando se acabarem essas provisões?

– Juro pela tua vida, meu senhor – replicou Judite, num tom profético e misterioso –, que a tua serva não há-de gastar toda esta comida, antes de Deus lhe consentir terminar aquilo que veio fazer aqui.

O general teve uma visão prazenteira de um fim de guerra bem próximo e sorriu, agradado e generoso:

– Que mais poderemos fazer, para te sentires como em tua casa?

– Permite-me, senhor, seguir os ritos da minha religião, para que Deus me mantenha na Sua graça e não Se afaste de mim.

Tudo o que Holofernes menos desejava era desagradar àquele Deus desconhecido, mas poderoso, que lhe enviava dos céus uma tal dádiva, servida pela mais bela das suas sacerdotisas.

– De que precisas? Tudo te será dado...

– Gostaria de poder sair do acampamento, ao anoitecer e às primeiras horas da manhã, durante três dias e três noites, para ir à fonte sagrada do vale de Betúlia purificar-me, a fim de fazer as minhas orações e invocar Jahweh.

– *A devoção gera a graça* – Holofernes, rendido ao poder da estranha mulher, deu com o provérbio assírio o seu consentimento, ordenando aos camareiros para, durante três dias e três noites, a deixarem sair e entrar na tenda, livremente, para ir até ao vale adorar o seu Deus.

Embora o desejo por ela lhe tornasse a espera insuportável – e, se o general já não era um homem paciente na conquista de cidades e de reinos, muito menos o era quando se tratava de subjugar uma mulher – o assírio não ousava cometer qualquer imprudência que pudesse pôr em risco o cumprimento da profecia da hebreia. Se ela queria três dias de jejum e abstinência dos prazeres da carne, ele estava disposto a conceder-lhos, aproveitando, todavia, esse tempo para a seduzir e obter a rendição dos seus tesouros. Soubera por cativas e espias que Judite vivia privada de amor há tempo demais para uma mulher tão jovem e, como lhe pressentia no fulgor dos olhos ou no secreto tremor do corpo, assim fogosa.

Os camareiros, sob as ordens de Vagao, o eunuco de Holofernes, instalaram Judite na tenda onde iria viver até à tomada de Betúlia, com um luxo e conforto difíceis de imaginar no acampamento de um exército invasor. Trouxeram-lhe mesmo algumas escravas para seu serviço, mas ela recusou-as todas, rogando que lhe deixassem apenas Bara, a serva fiel e companheira de exílio.

Chegada a noite, a hebreia, acompanhada pela criada, desceu para o vale, até à fonte guardada pelos cem soldados que, seguindo as ordens do general, se afastaram para uma distância conveniente, a fim da profetisa poder fazer as suas abluções purificadoras com maior privacidade. E Judite, deixando Bara vigiando os arredores, depois de se lavar nas águas puras da fonte, prostrou-se por terra e orou a Jahweh:

– Senhor, Tu és grande, magnífico no Teu poder e ninguém é mais forte do que Tu, nem mesmo o general assírio, vindo das montanhas e cobrindo o vale com a multidão dos seus ferozes guerreiros e cavaleiros!

A figura poderosa e dominadora de Holofernes surgiu-lhe na mente, tão nítida e vigorosa como se fosse em carne e osso diante dos seus olhos e a voz da suplicante tremeu quando o coração bateu mais rápido fazendo o sangue subir-lhe ao rosto como uma chama que lho esbraseou:

– Holofernes jurou fazer incendiar a cidade, matar o meu povo e violar as virgens de Betúlia, porém Tu, Jahweh, entregaste-o nas minhas mãos, rendido e enamorado.

Corou ainda mais, apesar da certeza de ninguém a estar vendo, falando alto, para não sentir nos ouvidos a ressonância da voz quente e doce do assírio, a louvar-lhe a beleza do rosto, a esbelteza do corpo e a intrepidez do espírito, com palavras como há muito não ouvia e lhe soavam ao Cântico dos Cânticos do rei Salomão, aquecendo-lhe a alma solitária e sequiosa de amor humano. Rogou com o fervor do desespero:

– Permite, então, ó Todo-Poderoso, que o chefe dos assírios caia diante de mim, pois eu despi com sacrifício o traje de viúva e vesti-me com todo o aparato de uma cortesã, ungindo o meu corpo, o rosto e os cabelos com ungüentos e essências raras para o seduzir.

Prostrou-se no solo, com a face por terra, para esconder o rubor e a perturbação, mas aquele gesto de humildade trouxe-lhe à memória uma outra cena quando se prosternara diante de Holofernes e pela primeira vez lhe contemplara o rosto viril e belo. Fora premeditado e surtira o efeito desejado, aquele gesto de deixar os cabelos perfumados e brilhantes como seda aflorarem os pés do temido general de Nabucodonosor pois, ao olhá-lo, vira seu corpo imobilizar-se de expectativa e as narinas do homem moverem-se imperceptivelmente, como se aspirasse no ar o cheiro de um desejo há muito reprimido. Porém, tão pouco Judite ficara imune ao sortilégio do conquistador de povos e nações, quando o olhar sombrio e dominador a penetrara com a força de uma violação, apropriando-se-lhe da alma e fazendo vacilar a sua vontade.

– Dirige os meus passos e guia a minha mão, Jahweh, dá-me força para libertar o meu povo! – a súplica saía-lhe num grito estrangulado de lágrimas. – Arma o meu coração de dureza para eu desprezar o meu inimigo e de coragem para o destruir...

Regressou ao acampamento purificada e exausta, recolhendo à tenda que lhe fora destinada e tomou uma ligeira refeição dos alimentos trazidos de Betúlia por Bara. Nas duas noites seguintes, repetiu o ritual sem qualquer impedimento por parte dos soldados que se limitavam a saudá-la, à sua passagem, com o respeito devido à favorita do general, pois entre os assírios era coisa vergonhosa e impensável que uma mulher se retirasse livre das mãos de um homem e muito menos das do feroz chefe dos exércitos de Nabucodonosor, que jamais consentiria a uma fêmea, mesmo à mais bela e apetitosa de todas, zombar da sua honra e virilidade.

Holofernes ardia de impaciência e desejo de possuir a sacerdotisa hebreia e não estava disposto a esperar nem mais um instante, além dos três dias prometidos de purificação. Durante esse período, limitara-se a chamá-la algumas vezes à sua presença, com o pretexto de conversar um pouco com ela sobre o Deus de Israel e o Seu povo tão estranho e rebelde. Eram momentos de ócio, durante as refeições ou antes de anoitecer, quando recebia os músicos e assistia às danças, jogos ou combates dos soldados, reclinado com Judite em divãs luxuosamente almofadados.

O general tinha uma boa figura, sabia como agradar às mulheres e procurava seduzi-la com palavras e presentes, vendo com secreto júbilo como a profetiza, apesar da atitude recatada e piedosa, se deixava impressionar pela força e vigor que os homens emprestavam aos movimentos da dança e do combate. Os olhos dela brilhavam de excitação reprimida, a mão ficava suspensa sobre a taça com os frutos secos que ele lhe oferecia, a língua humedecendo demoradamente os lábios entreabertos, prestes a receber o alperce dourado e macio ou a tâmara dulcíssima que acabavam por cair no divã, esmagados pela crispação dos dedos.

Holofernes sentia-a toda fogo e paixão, só a duras penas logrando calar a fome do corpo insaciado, abafar a chama do desejo que lhe pulsava nas veias como uma maldição e um pecado. E era essa luta inglória da bela mulher contra a própria sensualidade que mais acirrava a natureza voluptuosa do general, sempre ávida de novos deleites. Em todas as terras conquistadas coubera-lhe a nata do espólio das mulheres e perdera o conto das virgens que violara no ódio e na dor ou, ainda mais, das donas e donzelas que se haviam oferecido sorridentes e ansiosas por lhe agradar e que na noite seguinte, já satisfeito e enfastiado, entregara aos seus oficiais como prêmio e alvíssaras.

Porém, Judite apresentava-lhe o sabor da novidade, a extravagância de um desafio. Conquistá-la e vê-la render-se à sua vontade era um feito mais importante do que tomar Betúlia, fazer Judite adorá-lo como um deus vivo na terra era lutar e vencer o próprio Deus de Israel, arrebatar a profetisa ao domínio do poderoso Jahweh era anunciar ao mundo a divindade de Holofernes e a supremacia do povo assírio sobre todos os povos daquele mundo.

Assim, deu ordem aos camareiros para, no quarto dia, prepararem um banquete principesco para os seus oficiais. E, nessa manhã, disse a Vagao, o eunuco:

– Tens de persuadir a judia a assistir ao banquete, esta noite. E trata sobretudo de conseguir que venha, de livre vontade, coabitar comigo. Promete-lhe tudo o que ela quiser. Vai!

Vagao foi ter com Judite e disse-lhe:

– Não tema a formosa dama vir à presença do general Holofernes, para ser honrada por ele, comer na sua companhia e beber vinho alegremente, pois os olhos do meu senhor foram arrebatados pela sua beleza que lhe cativou a alma para sempre.

Judite respondeu às lisonjas do eunuco sem mostras de desagrado ou escândalo, pelo contrário, a voz soou doce e rendida aos ouvidos do escravo e o sorriso mostrou consentimento:

– Quem sou eu, para contrariar o meu senhor? O meu maior desejo é fazer tudo o que for grato aos seus olhos; dar-lhe prazer será para mim a melhor das tarefas durante toda a minha vida.

Vagao rejubilou, pois julgara ir encontrar grande resistência naquela mulher tão orgulhosa e devota. Sorrindo de contentamento, entregou-lhe o presente de Holofernes: vestes sumptuosas e jóias dignas de uma princesa assíria.

– O meu amo lamenta não ter aqui jóias e tecidos mais preciosos, pois não julga estas dádivas dignas de tocarem a pele de tão radiosa senhora.

Judite sorriu de novo, aquecendo o coração do escravo:
– O teu senhor é demasiado generoso e eu não sou digna de usar ornamentos tão valiosos. Porém, aceitá-los-ei, pois, como te disse, o meu maior desejo é satisfazer-lhe os pedidos e acatar as suas ordens.

Encantado com o rumo da conversa, tão ao encontro da sua missão, Vagao hesitou, no entanto, ao formular o último e mais premente anseio do general:
– Holofernes está doente de amor pela formosa dama Judite e roga-lhe, cheio de humildade e paixão, que consinta, desde esta noite, em partilhar a sua tenda, a sua vida e os seus triunfos.

Os olhos da judia cintilaram e a voz tremeu-lhe um pouco, como se a proposta a tivesse emocionado ou comovido:
– Grande honra concede o general de Nabucodonosor à sua humilde escrava.

Levantou-se e chamou Bara, recolhendo ao interior da tenda para se preparar. Lavou-se, perfumou-se e vestiu-se com demorado requinte e Vagao abriu a boca de espanto quando a veio buscar, mais tarde, para a conduzir à tenda de Holofernes:
– Como estais bela! Não admira, senhora, que o meu amo se consuma de amor por vós.

Seguiu Vagao através do acampamento, deixando atrás de si um rasto de perfumes e de suspiros desolados. Bara acompanhava-a, levando na cesta o resto das provisões trazidas de Betúlia.

Quando entrou na tenda e enquanto avançava para junto de Holofernes, uma onda de sussurros envolveu-a e Judite, sentindo no corpo os olhos cobiçosos dos oficiais assírios, ignorou-os, indo ajoelhar-se diante dele, mas o general não permitiu que ela se prostrasse com o rosto por terra, pois o seu coração abrasava-se num tumulto de paixões e desejos contraditórios.

— Nem Ishtar, a deusa do amor e da guerra, te iguala em formosura! — exclamou, num deslumbramento, secundado pelo murmúrio aprovador dos convivas.

Dominou-se com esforço e, segurando-a pela mão, fê-la sentar-se a seu lado, dizendo-lhe com galante simplicidade:

— Come e bebe alegremente comigo, porque encontraste graça aos meus olhos.

A judia respondeu-lhe, num tom igual, como um eco da própria alma:

— Beberei, meu senhor, porque nunca na minha vida recebi tamanha glória como hoje.

Holofernes, ao vê-la junto de si durante todo o jantar e disposta a passar a noite na sua tenda, deu largas a uma alegria triunfante, como se estivesse festejando a conquista e destruição do tão cobiçado Templo de Salomão. Judite comeu e bebeu com ele, sempre muito animada, embora tomasse apenas os alimentos que Bara lhe tinha preparado e o general, pensando na noite e no prazer que o esperava, bebia com moderação e não até à embriaguez, como se disse mais tarde, após o crime e a infâmia, nessa calúnia criada pelas fabulosas lendas dos israelitas para denegrir a memória do chefe dos exércitos de Nabucodonosor.

Ao anoitecer os oficiais, embriagados e satisfeitos, apressaram-se a regressar aos seus aposentos, pois todos sabiam da cisma obsessiva do seu general pela "profetiza de Betúlia", como era nomeada a judia. Vagao fechou a abertura exterior da tenda e deixou-os sós e Bara ficou de fora, vigiando o quarto, seguindo à risca as ordens da ama, embora sem lhe conhecer os motivos.

Como mulher prática e conhecedora da vida, não a desgostava nem escandalizava ver Judite passar a noite com um homem, mesmo sendo ele o general inimigo do seu povo. Até talvez fosse melhor ser um assírio e não um homem de Betúlia a conquistar os favores da ama, pois, assim, ela podia saciar o jejum do corpo jovem e manter a reputação de mulher virtuosa, se voltasse a viver na casa da cidade, visto que da boca de Bara ninguém ouviria uma só palavra sobre aquela aventura. E, para mais, Holofernes era um homem bem bonito! Naquele momento a ama já deveria estar nos braços ansiosos do amante, pois toda a gente podia ver como ela enfeitiçara o general de Nabucodonosor, a ponto de o fazer esquecer a guerra e o cerco de Betúlia.

Judite não esteve muito tempo só no compartimento espaçoso que servia de quarto de dormir a Holofernes, luxuosamente mobilado com um confortável e riquíssimo leito de dossel. De pé, ao lado da cama, movia em silêncio os lábios, numa prece sem lágrimas a Deus, repetindo as frases que proferira ainda na cidade, ao receber a inspiração divina para a sua missão: *"Faz, ó Jahweh, com que ele fique preso no laço das minhas palavras, na doçura dos meus lábios quando me beijar... Porém, Senhor, dá firmeza ao meu coração para odiar este homem e coragem para o destruir... Que, diante dele, eu não sofra mais esta tremura na pele, este calor no ventre! Não deixes que me perca no negrume do seu olhar!"*

Holofernes entrou, vestido apenas com o saio usado pelos nobres assírios e Judite cerrou os olhos para não sentir prazer à vista do corpo poderoso, de pele acobreada e músculos fortes e flexíveis como cordões de seda. Queria cerrar igualmente os ouvidos à doçura da voz, mas as palavras de amor sussurradas junto dos seus cabelos arrepiavam-lhe a pele e inundavam-lhe a alma de harmonia como o mais belo salmo do templo de Betúlia.

Quando as mãos do assírio lhe desprenderam, sem pressa e suavemente, as vestes que escorregaram para o chão deixando-a nua, Judite com um grito enrolou-se no dossel do leito, como se nele buscasse um sudário para a proteção da sua virtude. Holofernes era, como todos os assírios, um bom conhecedor dos jogos de sedução e do prazer e o prêmio desejado não era a violação da hebreia, mas a sua entrega voluntária e ardente. Para derreter a pretensa frigidez da mulher, teria de buscar não o seu próprio prazer, mas o dela, embora vibrasse de impaciência ante aquela esplêndida nudez envolta no pano transparente e leve como espuma, que mostrava mais do que encobria o fruto apetecido.

    Judite conhecera, ou julgara conhecer, o amor durante os escassos anos de casamento. O marido, um homem mais velho e muito piedoso, acercara-se dela com alguma freqüência e tomara-a, segundo os preceitos da religião, com o fim de ter filhos e assegurar descendência. Fora um prazer tímido e envergonhado, sem sobressaltos nem arroubos, para não sofrer as censuras do esposo ou passar por uma mulher sem decoro. Nada preparara a viúva de Manassés para as sensações que as carícias do general inimigo lhe despertavam na carne e no espírito.

    O corpo da judia era uma harpa tocada pelas mãos de um anjo que das suas cordas tirava uma torrente de sons inesperados e harmoniosos, ora rápidos e sibilantes como os ventos no deserto, ora suaves e frescos como um murmúrio de água, por fim vibrantes e dolorosos como o crepitar de uma sarça ardente. Os anos de solidão e sacrifício, de retenção e castigo esboroavam-se qual pão longamente esquecido na arca da cozinha e Judite, rolando no leito entre os braços de Holofernes, ao sentir-se prestes a submergir naquela onda vertiginosa de sensações, clamava num desespero silencioso por Jahweh.

    Holofernes sentiu a partida ganha, quando o corpo macio da mulher perdeu, sob o peso do seu corpo, a rigidez defensiva e a passividade resignada, começando a vibrar ao ritmo do desejo, abrindo-se como terra branda e fértil ao ferro do arado e o general penetrou-a com a lentidão de um estratega que conquista uma cidade para nela habitar e reinar.

    Para melhor buscar o prazer dela e uni-lo ao seu, Holofernes rolou no leito e deixou Judite repousar sobre o seu corpo, acariciando-lhe o dorso com mãos sabedoras, movendo-lhe os quadris com suavidade, derrubando-lhe as últimas defesas, vendo os suspiros sufocados na garganta subirem-lhe aos lábios entreabertos, o suor escorrer em fios transparentes por entre os seios, a curva dos rins e as virilhas e, por fim, cerrou os olhos, sentindo o espasmo do seu ventre prestes a explodir de vida.

    Judite sentiu o fim da sua luta, o corpo esvaindo-se numa volúpia de sensações nunca antes imaginadas, fora do êxtase de uma contemplação divina e soube que não teria salvação. Abriu os olhos e viu o rosto tenso de Holofernes, por baixo do seu, de pálpebras cerradas, a cabeça ligeiramente inclinada para trás, expondo a garganta por entre os fios sedosos da barba.

    Judite, com o rosto inundado de lágrimas, soergueu o tronco e estendeu a mão para a coluna da cabeceira da cama, tirando rápida e silenciosamente a espada da bainha que o general ali tinha pendurado. Holofernes excitado pelo seu movimento descerrou as pálpebras e a hebreia pousou-lhe a outra mão sobre os olhos, como se o acariciasse. E, no momento em que o homem soltava dentro dela a onda quente do sêmen e Judite sentia o seu próprio ventre abrir-se como um fruto maduro, repleto de sucos e de seiva, contraindo os músculos soltou, num grito rouco, a dor e o êxtase da sua queda e enterrou-lhe a espada na garganta, cravando-o ao leito e mantendo-o preso com o seu corpo, esperou até o último estertor para sair da cama e preparar a sua fuga.

BIBLIOGRAFIA

Álvares, Francisco – *Verdadeira informação das terras do Preste João das Índias*, Imprensa Nacional, Lisboa, 1889.
Atlas da Arqueologia.
Atlas Histórico.
Atlas das Descobertas.
Bíblia Sagrada (nova edição papal) – Traduzida das Línguas Originais, com uso Crítico de todas as Fontes Antigas pelos Missionários Capuchinhos de Lisboa, USA, 1974.
Grande Enciclopédia Portuguesa e Brasileira – Ed. Representações Zairol Lda, Lisboa, 1992/1993.
Grimberg, Carl – *Histoire Universelle – De l'aube des civilisations aux débuts de la Grèce antiqúe* – Dir. Georges-H. Dumont, Ed. Marabout Université, 1963.
História Universal – Vol. I, Antigüidade – Ed. Grupo Editorial Oceano, Lisboa, 1992
Milênios (Os) – *História das Civilizações* – Vol. I, A Antigüidade. Versão portuguesa dirigida por Ester de Lemos, Ed. Verbo, Lisboa s.d.
Santos, Fr. João dos – *Etiópia Oriental*, Vol. I e II – Biblioteca da Expansão Portuguesa, Publicações Alfa, Lisboa, 1989.
Teles, P.ᵉ Baltazar – *História da Etiópia* – Biblioteca da Expansão Portuguesa, Publicações, Alfa, Lisboa, 1989.
Internet, textos vários, enigmas.

Impressão e Acabamento
Com fotolitos fornecidos pelo Editor

EDITORA e GRÁFICA
VIDA & CONSCIÊNCIA
R. Agostinho Gomes, 2312 • Ipiranga • SP
Fonefax: (11) 6161-2739 / 6161-2670
e-mail:editora@vidaeconsciencia.com.br
site: www.vidaeconsciencia.com.br